文春文庫

幻　　庵

上

百田尚樹

文藝春秋

幻庵（上）　目次

幻庵（中）目次

幻庵（下）目次

幻庵上巻　主要登場人物

■井上家
幻庵（吉之助→橋本因徹→服部立徹→井上安節）主人公。
服部因淑（虎之介→佐市→因徹）井上家外家の服部家当主。「鬼因徹」。幻庵の育ての親。
道節因碩　三世井上家当主。名人碁所。
春達因碩　六世井上家当主。因徹の師。
因達因碩（吉益因達）七世井上家当主。因徹の兄弟子。
春策因碩（佐藤民治）八世井上家当主。
因砂因碩（山崎因砂）九世井上家当主。

■本因坊家
葛野丈和（松之助）幻庵因碩の悪敵手。
元丈（宮重楽山）十一世本因坊。
奥貫智策　丈和の兄弟子。坊門の麒麟児。
水谷琢順　本因坊家の塾頭格。元丈の相談相手。
道策　四世本因坊。囲碁史上最高の天才。
道知　五世本因坊。名人碁所。
察元　九世本因坊。名人碁所。「碁界中興の祖」。
烈元　十世本因坊。
舟橋元美　烈元の弟子。林家から養子に欲しいと請われている。

■安井家
安井仙知（坂口仙知。七世仙角仙知）七世安井家当主。坂口仙徳の長男。
知得（磯五郎→中野知得）八世安井家当主。
桜井知達　天才少年。

幻庵（上）

プロローグ

二〇一六年三月、人類のゲーム史に残る大事件が起きた。

世界最強棋士の一人と言われる韓国の李世乭九段がグーグルのＡＩ（artificial intelligence＝人工知能）「アルファ碁」（AlphaGo）との五番勝負に一勝四敗で敗れたのだ。これはゲームの世界において、一九九七年にＩＢＭのスーパーコンピューター「ディープ・ブルー」がチェスの世界王者ガルリ・カスパロフを破った時以来の衝撃的な出来事だった。

旧ソビエト連邦アゼルバイジャン出身のカスパロフは二十三年間世界ランキング一位だった。「百年に一度の天才」と言われた男がコンピューターに敗れた時、ヨーロッパやアメリカの新聞は、一面トップ記事でこれを大々的に報道した。それほどのビッグニュースだったのだ。新聞はこう書いた。

「人類が機械に敗れた日」

チェスはわずか八手先を読むだけで、その変化は星の数ほどあり、すべての変化は無限に近いとも言われている。そのためヨーロッパでは、チェスこそ「人類の究極の知性」とされ、またあらゆるボードゲームの中で最高のもの、すなわち「キング・オブ・ゲームズ」という称号を与えていた。それゆえにコンピューターが人類の英知を打ち破った歴史的光景を目の当たりにした世界中のチェス愛好家は大きなショックを受けた。

しかし一部のコンピューターのプログラマーたちは、「チェスが人間に勝った」イコール「機械が人類を上回った」とは考えなかった。なぜなら東洋には「囲碁」というとてつもなく神秘的なゲームがあることを知っていたからだ。

　カスパロフがディープ・ブルーに屈した頃、コンピューターは囲碁を理解することさえできなかった。最新のコンピューターにどれだけ学習させても、その実力は入門者レベルに到達できるかどうかだった。野心に燃える世界のプログラマーたちは「人類に勝てる囲碁の人工知能」の研究に挑戦した。囲碁をよく知らないプログラマーたちは、チェスを克服したコンピューターならば、チェスよりもはるかにルールの単純な囲碁など簡単に打ち負かせるであろうという楽観的な見方をしていた。

　コンピューターの進化は異常とも思えるほどの速度を持つ。それは指数関数的とも言えるほどで、たとえば半導体の集積度は二十年で一万倍以上になるという。ちなみにコンピューターによる円周率の計算は、一九七三年には一〇〇万桁までしかできなかったが、ディープ・ブルーがカスパロフを破った一九九七年には五一五億桁に達している。それが五年後の二〇〇二年には一兆二四〇〇桁、二〇一三年には一二兆一〇〇〇億桁まで到達した。一二兆という桁は、もしこれを読み上げるとしたら、一秒間に一〇桁数えても約四万年かかるほどの桁数である。

　コンピューターの進化をもってすれば、囲碁など簡単に征服できると、プログラマーたちが考えたのは当然であった。ところがコンピューターがどれほど進化しても、囲碁の壁は厚く、二十一世紀に入って十年が過ぎても、コンピューターはプロ棋士どころかアマチュア有段者にも勝てなかった。いつしかプログラマーの世界では、「囲碁は機械が人間に永久に勝てない唯一のゲーム」とも囁かれ始めるようになった。また「囲碁で人間に勝つには、コンピューターが人間並みの思考力を持つ必要がある」とも言われた。

これに敢然と挑んだのがグーグルであった。彼らは囲碁でプロ棋士を倒すことができれば、そのAIはあらゆることに応用できると考えたのだ。そのために天才プログラマー、デミス・ハサビスが作ったAI開発会社「ディープマインド」を四億ポンド（約五〇〇億円）で買収し、囲碁の征服に乗り出した。その手段としてグーグルとハサビスが導入したのはディープ・ラーニング（深層学習）というまったく新しいシステムだった。ディープ・ラーニングとは大雑把に言えば「自己学習機能」である。「アルファ碁」は自分自身で対局（その速度は二秒に一局）し、そうして得た三〇〇〇万局以上の局面の勝率データを蓄積すると同時に、ヨミを磨いていった。もちろん過去に打たれたプロ棋士の膨大な対局データもすべて蓄積したうえでのことだ。グーグルがこの開発にかけた時間は二年、費用は六〇億円とも言われている。

李世乭との対局時、「アルファ碁」は高性能のCPU（中央処理装置）一二〇二台、GPU（グラフィックス処理ユニット）一七六台を並列させ、それを数台のサーバーにネットワーク接続して分散処理させた。一説には一局対局する電気代だけで一〇〇万円以上かかったとも言われている。つまり一人の棋士に対して一個師団とも言える軍勢を動員したのだ。「アルファ碁」は映画「２００１年宇宙の旅」に出てくるＨＡＬ９０００をはるかに凌ぐ怪物コンピューターだったのである。そしてディープ・ブルーがチェスで人類を破った十九年後、ＡＩはついに囲碁でも人類に勝利した。

この結果に世界のプロ棋士たちは驚愕した。いかに凄いコンピューターでも世界のトッププロにはまだ勝てないと考えていたからだ。しかし「アルファ碁」が李世乭を圧倒する様子を見て、プロ棋士たちもＡＩの強さを認めざるを得なかった。

「アルファ碁」はこれまで多くの棋士たちが「悪手」と考えていた手をいくつも打った。ネット中継の解説者（プロ棋士）たちは最初それを非難した。ところが李世乭がその手を咎めることができずに敗れる姿を見て、解説者も次第に無言になった。過去何度も世界一位にランクされた李世乭が一勝（四敗）しか挙げることができなかった事実に、プロ棋士たちは自信を喪失したのだ。

しかし今回の勝負で人工知能が人類を完全に打ち破ったと見るのは早計という意見もあった。多くの棋士の一致した見解は、一局目の李世乭がひどすぎたというものだ。序盤で李世乭は「アルファ碁」の力を試すような手を打った（「舐めていた」と言う棋士もいる）。ところがそれを「アルファ碁」に衝かれて敗れた。その心理的動揺から立ち直れないまま翌日に二局目を打ったが、その碁も次の三局目もいつもの李世乭らしくない疑心暗鬼に陥ったような打ち方になっていたという。一説には李世乭は敗戦のショックでほとんど寝られない状態で二局目三局目を打ったとも言われる。四局目に形勢不利の碁を乱戦に持ち込んで逆転勝ちしたが、五局目は勝負所で弱気を見せてずるずると敗れた。一連の対局はネットで世界に同時中継されて二億八千万人が見たと言われるが、李世乭にそのプレッシャーがなかったとは言えない。また七日間で五局打つ疲労は相当なものである。一方、人工知能には疲れはないし、心理的な動揺やプレッシャーもない。それにケアレスミスを犯す可能性は〇パーセントである。さらに「アルファ碁」には李世乭の対局データはすべて入っているのに対して、李世乭には「アルファ碁」のデータはほとんどなかった。

ただ、李世乭との五局で「アルファ碁」は強さとともに弱点もいくつか露呈した。ヨミが完璧でないこと、劣勢に陥った時に悪手が飛び出したことなどだ。実際に李世乭にヨミ負けたケースが何度かあった。また独特の棋風も明らかになった。世界には李世乭と同等かそれ以上の棋士が数人いて、今後、彼らと「アルファ碁」が戦えば、どうなるかはわからないとも言われた。二〇一六年は「人工知能と人類の戦い」の幕開けという声もあった。

しかし「アルファ碁」の進化は人間の予想をはるかに超えていた。その年の暮れ、囲碁のネット対局サイトに「Master」と名乗る謎の打ち手が現れた。「Master」は二〇一六年の年末から二〇一七年の年始にかけて中国、韓国、日本のトップ棋士相手にネット対局し、六〇連勝（無敗）という離れ業を演じ、世界の囲碁界を騒然とさせた。後日、「Master」の正体はアルファ碁の進化型AIということが判明し（後に「アルファ碁マスター」〈AlphaGo Master〉と名付けられた）、もはや人間は人工知能に完全に抜き去られたことが明らかになった。同時に人間はディープラーニングという画期的なシステムの凄さを目の当たりにした。

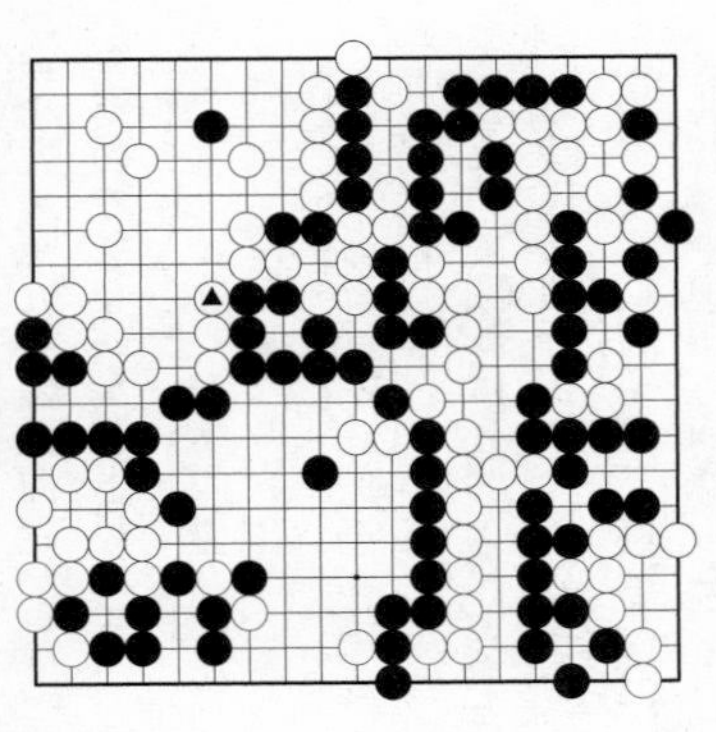

2016年3月9日　グーグル ディープマインド チャレンジ マッチ　第一局
黒番　李世乭
白番　アルファ碁
186手▲完。白番中押し勝ち

しかしAIに敗れたことで、囲碁の価値が減じたわけではない。半世紀にわたって驚異的な進化を続けるAIを二十一世紀初頭まで苦しめたということは、むしろ囲碁の難解さを証明したとも言える。そして何より、この深遠なゲームを素晴らしい高みにまで引き上げた人類もまた誇りとすべきである。

囲碁は紀元前一〇〇〇年頃、中国で生まれたと言われている。

「十九×十九」の盤面の交点は三百六十一なので、おそらく一年の何かを占うためにできたのではないかと思われるが、詳しいことはわかっていない。とにかく紀元前五〇〇年頃には、ほぼ今の囲碁に近い形のゲームとなっていた。『史記』などにもよく登場する。

孔子の時代には、文人は「琴棋書画」を嗜みとするべきと言われていたが、この「棋」とは囲碁のことである（琴は楽器、書は書道、画は絵画）。つまり、この頃の文化人にとって囲碁は必要な教養だった。時代を下ると囲碁はさらに進化する。十四世紀、元の時代に刊行された『玄玄碁経』は今も読み継がれているし、その後（一六九四年）に出された『官子譜』は現代のプロ棋士たちが勉強用に使うほどの高度な内容の本だ。

囲碁は中国から朝鮮、さらに日本へと伝わった。『万葉集』には碁師という職業があったことが書かれている。平安時代は女性を中心に碁が盛んになった。紫式部も清少納言も囲碁が打てたと言われている。『源氏物語』にも『枕草子』にも囲碁のたとえがよく出てくるからだ。鎌倉時代や室町時代にも囲碁は人気が高かった。吉田兼好も『徒然草』の中で囲碁について書いている。

もちろん中国でも、全時代を通じて盛んに打たれた。おそらくあらゆる時代に高い技量を持った打ち手がいたことだろう。しかし囲碁を飛躍的に進化させたのは、実は中国ではない。江戸時代の日本人なのである。二百六十年余の江戸時代において、日本の囲碁は大発展を遂げ、本家中国をはるかに追い越したのだ。

その始祖とも言えるのが日海という顕本法華宗の僧である。

日海は永禄二年（一五五九年）、京都で生まれた。幼いときから碁が強く、十代の終わりに織田信長に仕え、囲碁の指南をする。信長は日海の技量に感心し、「そちはまことの名人なり」と言った。これ以後、「名人」という言葉はいろいろな分野で使われるようになるが、もともとは日海が受けた言葉である。この言葉は茶器などの「名物」に対応するものとして言った信長の造語である可能性が高い。

日海はその後、算砂と名乗る。彼は京都の寂光寺の僧で、境内にある本因坊という塔頭（僧が暮らす離れ）に居住していたので、周囲の者から「本因坊算砂」と呼ばれるようになる。

信長と算砂には不思議な逸話が残っている。ある日、本因坊算砂と鹿塩利玄という碁打ちが信長の御前で対局した。この時、「三劫」ができた。詳しい説明は省略するが、「三劫」とは同時に三つの「劫」ができるという、何千局に一局生じるかどうかという不思議な現象だ。これが起きると碁は永遠に終局できないため、無勝負となる。

算砂と利玄は帰宅の道すがら、「何やら不吉なことが起きる前触れではないか」と語り合った。その夜、信長は明智光秀の反乱軍に襲われて天下統一を目前に憤死を遂げる。

「本能寺の変」である。以後、碁打ちたちの間では「三劫」は不吉な前兆と言われるようになる。

この時の棋譜とされるものが残っているが、中盤までしか書かれておらず、三劫はまだできていない。ただ、この後に三劫ができるような局面ではなく、そのためこのエピソード自体が作り話ではないかとも言われている。「棋譜」（江戸時代は碁譜と言った）というのは、盤上に打った双方の手が記録されたもので、これがあれば、何百年前の対局でもそっくりそのまま再現できる。ちなみに対局棋譜を付けるようになったのは算砂が最初と言われる。古棋譜の中には日蓮と弟子の吉祥麿（日朗）が対局した碁譜や武田信玄と高坂弾正が対局した棋譜があるが、これは江戸時代の作り物である。

信長の死後、算砂は豊臣秀吉に仕えることになる。秀吉は何でも信長の真似をしていたので、彼に倣って算砂に碁の手ほどきを受けたのだろう。秀吉に仕えていた時代、算砂は当代のトッププレーヤーが集められた大会を勝ち抜き、名実ともに第一人者であることを天下に証明している。

ちなみに現存する棋譜から彼の実力がほぼわかる。古棋譜に詳しい福井正明九段によれば、現代のプロ棋士の力は十分にあるという。もちろん当時の布石は未開発なので、仮に算砂が現代の棋士と打てば、勝つことは難しいだろう。しかし現代布石の概念などは、算砂ほどの者ならひと月もあれば把握できるはずだという。あるいは、現在使われている十九路の碁盤に縦横二路ずつ加えた二十一路盤で打てば、現代布石などは通用しないので、知識ではなく碁の力そのもので戦うことになる。そうなれば現代のプロと互角に打てるのではないかという。算砂がいた頃は棋書もデータもなく、勉強方法も確立されていない。また先人に優れた打ち手もいない環境の中でそこまで強くなったということは、天才以外の何ものでもない。

　秀吉没後、算砂は徳川家康に仕えることになる。奇しくも彼は信長、秀吉、家康という戦国の三英傑に仕えた唯一の男となった。碁の技量以上に、人間的な魅力も備えていたのだろう。

　信長と秀吉ははたしてどこまで碁が好きだったのかはわからないが、家康は相当に囲碁が好きで、晩年は前田利家としょっちゅう烏鷺を戦わせていたとの記録が残っている。「烏鷺」とは囲碁の別名で、黒白の石を烏と鷺にたとえてこう呼ばれた。

　江戸時代と明治時代の囲碁の記録を残した『坐隠談叢』（安藤如意著）によれば、信長、秀吉、家康は、いずれも算砂には五子の手合（五目の手合とも言う）だったとある。囲碁は実力の違う者同士が対局するときは、下手（下位者）はハンデとして事前に石をいくつか置く。五子というのは五つの石を置く実力差があったということである。三人が揃って同じ実力であったとは考えにくいが、彼らを同格として扱った算砂の如才のなさが窺える。ちなみに技量や人格が優る相手に対して「一目置く」という言葉はここからきている。なお家康と算砂の棋譜は存在しない。おそらく家康の名誉になるものではないと判断した算砂が残さなかったのだろう。

家康が江戸幕府を開いたとき、算砂を始め当代有数の打ち手もともに出府した。家康は彼らに扶持を与え、棋道に精進するように命じた。算砂はまもなく本因坊家を興し、「名人碁所」の地位に就く。これは将軍の指南役であると同時に、碁打ちや将棋指しなどを束ねる役目でもある。算砂は一代限りながら三百石を与えられたが、これは大名の家老級の禄高である。

やがて囲碁に四つの家元が生まれる。本因坊家、安井家、井上家、林家である。その扶持は国家（江戸幕府）から出る。ここに世界の歴史でもきわめて稀な、「ゲームを専業とする」職業集団が誕生したのである。これを生み出したのは本因坊算砂であり、まさに算砂こそ、日本囲碁界の恩人、いや世界の囲碁界の恩人というべき人物であろう。ちなみに本因坊は江戸時代「ほんにんぼう」と発音した。

同じ頃、将棋の世界にも三つの家元が誕生している。余談だが、算砂は将棋も強く、将棋家元の大橋家の初代当主である大橋宗桂と平手（ハンデなし）で対局して勝ったこともある。

囲碁の家元の目標は、一門から「名人」を生むことだった。名人を出した家は、他の三つの家に君臨することのできる「碁所（ごどころ）」になり、幕府からの扶持も増えた。そのために各家は全国から天才少年を集め、ひたすらに碁の修行をさせた。家元とはいえ、当主の息子が家を継げるわけではない。家同士の戦いともなれば、最終的に当主同士の勝負となる。実力が劣る者が当主となれば、家の没落につながりかねないからだ。

したがって各家とも、一門で修行をしている少年の中から、最も技量の優れた者が跡目（あとめ）となった。つまり、少年たちにとっても日々が必死の戦いである。家の名誉を懸（か）けて戦う前に、同門の仲間を打ち破らなければならない。戦国時代を終え明治維新を迎えるまでの天下泰平の間、こうして碁打ちたちは名人を目指してひたすらに碁の修行に明け暮れたのだ。

ただ、名人になるには非常に厳しい条件があった。それは同時代において、他と隔絶するほどの圧倒的な強さを持った者でなければならないということだ。これがどれほど困難なことか想像がつくだろうか。たまたまトーナメントで優勝をしたとかリーグ戦で勝ち抜いただけでは駄目なのだ。

江戸時代の二百六十年間に誕生した名人はわずか八人。およそ三十年に一人である。いかに名人が狭き門であったかがわかる。その座をめぐっての四つの家元の争いは、まさしく命懸けの勝負の歴史でもあった。

この物語は、その中でも最も激しい戦いを繰り広げた江戸後期「文化・文政」時代から幕末にかけての囲碁界が舞台である。囲碁史の中で、この時代ほど多くの俊秀が出現したときはない。不世出とも言えるほどの天才たちが綺羅星のごとくあらわれ、碁界最高権威の「名人碁所」の座をめぐって、死闘を繰り広げた。そしてその戦いの中で囲碁は二百年後、ＡＩを苦しめるほどの高みに進化したのである。

ちなみに囲碁は中国語で「ウイチイ」、朝鮮語で「パドゥ」と言うが、世界では「ＧＯ」と呼ばれる（「アルファ碁」も正式には「AlphaGo」と綴る）。発祥の地である中国を抑えて「碁」が世界共通語となったのは、江戸時代の先人たちのおかげに他ならない。

第一章

鬼因徹

一

文化元年（一八〇四年）九月朔日。

時刻は夕刻近い。西日が差し込む十六畳の部屋において、服部因淑は目の前の童子を睨んでいた。

因淑が碁笥から白石を取り出して一手打つと、童子は間髪をいれずに黒石を置く。因淑の手が膝に戻るよりも早い。因淑はその着手の早さをよしと見た。童子で一手一手考慮するのは鈍である。

年の頃は七歳ごろか。榧で作られた四寸の碁盤に体の半分が隠れるほどに小さかった。腕をいっぱいに伸ばしてやっと盤の向こう端に手が届くかという感じだった。

盤面は中盤の勝負所を迎えていた。その碁は最初から激しい戦いとなった。対局開始時に盤上に七つの黒石を置いているにもかかわらず、童子は置石を利用して勝とうとはしていなかった。

置石一つはおよそ十の「地」に相当すると考えられている。碁は最終的には「地」の多さを競う芸だが、童子の頭の中には「地」の意識などはないようだ。相手を生かし、また自分も生きて打つというような妥協の手が一切ない。ひたすら因淑の白石を取ろうという気持ちしかない。力強い攻めだが、惜しむらくは大局観がない。

　因淑は笑みがこぼれそうになるのを抑えて着手した。童子は一直線に攻めてくる。ただその攻めは単調で強引だった。白の石を包囲はしているが、黒石にはいくつも傷がある。童子はその傷に気付いていない。

　頃合よしと見た因淑は逆襲に出た。ぴしりと音を立てて、黒の断点にキリを入れた。キリとは相手の石を分断する手のことである。

　そこからにわかに乱戦になった。しかし童子の着手はいささかも停滞することはない。盤面は互いに生きていない大石同士がいくつも絡み合う複雑な局面となった。

　――数十手後、盤面の黒石はほとんど死んだ。

前かがみになった童子の動きが止まった。碁笥に入れた右手が石を持ったまま動かない。い。肩が小さく震えている。顔は盤面に覆いかぶさったままだ。

　やがて、榧の碁盤の上にひとしずくの涙が滲んだ。最初はぽつりぽつりと垂れていたが、まもなく大粒の涙がぼたぼたと落ちた。そして童子は声を上げて泣いた。

「これ、みっともない」

　盤側にいた父親らしき武士が静かな声で注意を与えた。童子は泣くのをこらえようとして、そのため却って咳き込んだ。

「かまいませぬ。子供とはいえ、負けは悲しいもの」

因淑の言葉に、父は「見苦しいところをお見せして申し訳ござらぬ」と恐縮した。

深川にある尼崎藩松平家の中屋敷で行われたこの日の対局は、三人の童子を相手にしてのものだった。

服部因淑の名声は江戸の碁好きの中ではつとに知られていた。一局指南して欲しいと請われることは度々あったが、中にはこうして子供と打ってもらいたいというものもあった。

碁好きの男の多くは子供に碁を教える。そうした中には稀に凄い勢いで上達を見せる子がいる。すると父は狂喜し、「末は本因坊か名人か」と夢見る。高段に上れば、将軍が観覧する御城碁にも出場が叶う。たとえ下級武士の出であっても、将軍に拝謁することも可能となるのだ。しかしそうなるためには囲碁の家元に弟子入りし、本格的な修行を積む必要がある。内弟子となるには実力を認められなければならないが、それには家元の高弟に打ってもらうしかない。

実は服部因淑は本因坊、安井、井上、林という四つの家元の碁打ちではない。正確には井上家の外家（親戚筋にあたるようなもの）の当主である。だが、因淑の名は家元の碁打ちさえも凌ぐものがあった。壮年期は家元の高弟相手に互角以上の戦いを演じ、その剛力をもって「鬼因徹」と呼ばれた。因徹とは因淑の若い時の名である。

この年、服部因淑は数え年の四十四歳。当時、四十を過ぎると、子に家督を譲り、隠居する者も少なくなかったが、因淑は気力体力ともに衰えを知らず、碁界の強豪として君臨していた。ちなみにこの物語では、登場人物はすべて数え年齢で記す。数え年齢とは、生まれた年を一歳とし、元旦を迎えるたびに年を加える数え方である。基本的には現在の満年齢よりも一歳上だと考えればよい。

このとき因淑は三人の童子と同時に対局していた。これは多面打ちと呼ばれるもので、高段者ともなれば、たとえ数名が相手でも瞬時に石を打つことができる。しかも驚くべきことに、終局しても、複数の対局を初めから終わりまで並べなおす（再現する）ことができる。また、彼らの頭の中には過去に自分が打った対局のすべてが記憶されている。もちろん古今の上手（じょうず）や名人が打った碁も入っている。この能力がなければ、高段者にはなれない。

因淑はまず一人の童子を中押し（ちゅうおし）で破った。碁は終局までいかなくとも、途中で圧倒的な差がついて一方が負けを認めたときは投了する。これを「中押し」と言う。

残るは二人の童子だ。二人とも最初に投了した子よりも年が少し上で、石を五つ置いていた。つまり先ほどの子よりもはっきり強い。

二人は共に長考した。童子でじっくり考える子は珍しい。子供というものは深く長くものを考慮することができない。ところが、二人の子はいずれも一手一手時間を使い慎重に打ち進めていた。

一人の子は置石をうまく利用した打ち方だった。足早に地を取り、中盤から逃げ切り態勢を取った。因淑は利発な碁だと思った。もう一人の子は白の策動には乗らず、戦いは避け、少しくらいの損はしても碁の形を決めていく戦法だった。対局中、何度も小刻みに首を振っているのが見えた。双方の地の数を目算しているのだ。この子もまたしたたかな打ち手だと因淑は感心した。二人とも真っ先に潰れた子供とは打ち方がまるで違う。おそらく長ずればひとかどの打ち手になるであろう。

やがて半時（一時間）ほどして二局とも終局した。

もはや打つところはないと双方確認した上で、盤面を整理した。碁は終局すると、「地」を数えやすいように、一度きれいに石を並べ直す。これを整地という。そして「地」は「目」と数える。

一局は黒番三目勝ち、もう一局は黒番一目勝ちだった。

ちなみに因淑は現代のタイトルホルダーの力量はあると言われている。その彼に対して五子で勝つのは、平成時代のアマチュアでも至難である。つまり因淑に勝利した二人の童子の力は並ではない。

「いかがでござろう、因淑殿」

一人の武士が訊ねた。その顔には笑みが浮かんでいた。因淑を負かした二人の童子のうちのどちらかの父であろう。対局の部屋には、三人の童子の父たちが正座をして見守っていた。いずれも武士である。もう一人の子の父も同じように訊ねた。

因淑は二人の武士に向き合うと、一礼した。

「お二人のご子息ともいずれも見事な打ちぶりでござる。この齢でこれほど打てるとなれば、将来は藩内でも有数の打ち手となるは必定」

武士たちの頰が緩んだ。

「しからば、服部殿の内弟子にしていただけるか」

「その儀、お断り申し上げます」

父親たちの顔色が変わった。

「見事な打ちぶりと申されたではないか」

「左様。たしかにそう申し上げました」

実際、二人の童子の碁は見事なものだった。

「碁というものは深遠なものでござる」因淑は言った。「それがしはこの道一筋に生き、生涯をかけて修行を積んで参りました。しかしながら、いまだその奥義の一端に触れた気も致しませぬ」

「因淑殿、それは謙遜がすぎるというものでござろう」

「いや、碁の恐ろしさを知る者の言葉と受け取っていただきたい」

因淑がにこりともせず言ったので、二人の武士も黙った。

夕刻の部屋に重い空気が漂ったが、それを振り払うかのように一人の武士が苦笑しながら言った。

「さすがに服部殿のお眼鏡にかなうのは難しいものでござるな」

「いや」と因淑は言った。「もし、ご尊父さえお許し願えるなら、この子を弟子にいただきたい」

そう言って、一人の子を指差した。その子は早々に因淑に潰されて負けた童子だった。

「なんと――」さきほどの武士が声を上げた。「この子は簡単に負けたではないか」

もう一人の武士も不満げな顔をした。

「たしかに負けはしました」

もとより因淑は勝ちにいってはいない。あくまで子供の力を見るための碁である。

彼は三人の童子の力を試すために様々な手を繰り出した。その応手を見て、彼らの力を見定めようとしたのだ。もちろんそのことは言葉にしなかった。

「この子は三人の中で最も弱いのですぞ」

それを聞いても因淑は驚かなかった。それは打っていればわかる。

他の二人の童子の碁は豊富な知識で戦ったものだ。この形ではこうなる、ここではこう打つ、ということを知っている碁であった。因淑はだから敢えて、時折形を崩して打ってみた。すると二人の童子はひどい受けかたをした。

しかし、最も幼い童子だけが正着を打った。

その子にはヨミがあった。着手と同時に瞬時にして十数手先まで見えていた。ただ、それは一直線のヨミでしかない。碁には無限の広がりがある。相手の石を取ったとしても大局的にはそれは不可ということはしばしばある。童子は大局観を持たなかったゆえ、逆にそのヨミを利用され、因淑に潰された。

因淑は童子と打つときは、その子の持っている地力だけを見た。知識や形はどうでもよい。それらは後にいくらでも身につくものだ。「地力」とは「ヨミ」にほかならない。ヨミとは、盤上に想像力で石を並べていく能力だ。

ヨミこそは碁打ちにとって最も必要なものだ。知識や形は言うなれば「技」だ。しかるにヨミは「力」である。碁は小手先の技で勝てるほど甘いものではない。最後にものを言うのはヨミだ。ヨミは天分である。天分のない子をいくら鍛えても、決して一流どころにはなれない。碁の芸事で身を立てるには、「上手」（七段）と呼ばれるところにいけないようでは苦しむだけである。

「この子の名前はなんといいますか」

因淑の言葉に、一人の武士が「吉之助と申します」と答えた。

「ご尊父であられるか」

「橋本佐三郎と申します」

言葉に幾分上方なまりがあった。おそらく近年江戸詰めになったのであろう。

「ご子息は跡取りではないのかな」

「三番目の子です」

因淑は頷いた。武家の長男なれば家を継ぐ身である。碁打ちになるわけにはいかない。

「この子を内弟子に貰い受けたく存じます」

因淑の言葉を聞いて、吉之助が顔を上げた。

「橋本殿に異存がなければだが」

橋本は座ったまま深く一礼すると、「お願いつかまつります」と言った。

二人の武士は事の成り行きに唖然とした顔をしていた。

「吉之助は――ひとかどの碁打ちになれるでしょうか」

「それはわかりません。上手になれるか、あるいは半名人になるか――それは誰にもわかり申さぬこと。しかし、それだけの器であるとそれがしは見ました」

因淑が発した半名人という言葉に、橋本佐三郎は背筋を伸ばした。

碁打ちにはその実力に応じて「段」というものがあった。初段から始まって順々に上がっていく。七段で「上手」と呼ばれ、これが碁打ちの目標である。八段は人が昇り詰める最高段位であり、「半名人」と呼ばれた。その上の九段は人知の及ばぬ境地ということで「入神（にゅうしん）」とも呼ばれ、同時に「名人」という座を射止めることができる。このとき服部因淑は六段だったが、その実力は七段上手以上であるのは碁界の誰もが認めていた。当時は家元の当主か跡目でなければ七段にはなれなかったのだ。

今、その因淑が一人の童子を「半名人の器」と言ったのである。一同の驚きは並ではなかった。

吉之助はすでに泣き止み、真っ赤になった目を大きく見開いて、因淑を見つめていた。因淑は童子ながら爛々（らんらん）と輝く鋭い目を見たとき、この子はものになるやもしれんと思った。

この童子こそ後年「幻庵（げんなん）」と呼ばれることになる、この物語の主人公である。

二

尼崎藩松平家の中屋敷を出た服部因淑は久々に胸躍（おど）る気持ちであった。

両国橋に差し掛かったころは、陽はかなり沈んでいたが、足取りは軽かった。

童子との対局でこんな気持ちになったのは初めてだ。白が打つとすかさず打つ気合も心地よかったが、そこにはたしかなヨミがあるのに感心した。双方の死活（しかつ）がかかった複雑な左下隅で、白石を見事な手順で殺すのを見たときには思わず膝を打ちそうになった。

そのヨミは部分的なもので、その結果が全局的にどうなるのかということまでは見えていなかったが、そんなものはどうでもいい。あの複雑な攻めあいを瞬時に読んだことが、童子の才をあらわしている。

因淑が何より惚れ込んだのは、目だった。内弟子にすると言った自分を睨みつけるような、童子とは思えぬ鋭い眼差しを見たとき、この子は自分で運命を切り拓いていける子だと思った。内弟子がどういうことかは童子でもわかるはずだ。親と離れて見知らぬ家で暮らすということに、いささかの動揺の色も見せなかった。あの子は必ず強くなる。自分を上回る碁打ちになるのは間違いない。あるいは――と因淑は思った。自分がついに叶わなかった碁界の頂きに昇り詰めることができるやもしれん。

因淑は夕暮れの道を歩きながら、我が身を振り返った。美濃国江崎村（現・岐阜市）の百姓の三男として生まれた自分が今こうして江戸に居住し、大名家にも呼ばれるほどになれたのは、ひとえに碁芸のおかげにほかならない。

因淑が碁を覚えたのは虎之介と名乗っていた八歳の頃だった。近隣の立江寺の寺子屋に学んでいるときに、永舷という僧から教えられたのが始まりであった。碁盤の上に白と黒の石が織り成す玄妙な世界は、たちどころに虎之介を魅了した。

以来、虎之介は毎日のように立江寺に行き、永舷の手ほどきを受けた。最初、永舷は退屈しのぎのつもりだったが、虎之介の上達ぶりを見て、真剣に教えるようになる。虎之介はひと月余りで永舷に追いついた。

不思議な才能を見た永舷は、知り合いであった美濃国芝原（しばはら）の富豪、渡辺喜助（わたなべきすけ）に虎之介のことを語る。渡辺は初段の免状を持っていた。当時は段位にはプロとアマの違いはなく、初段と言えばかなりの打ち手だった。現在で言えば、アマチュア七段以上である。渡辺は半信半疑ながら、早速に虎之介を呼び出して対局したが、永舷の言葉が嘘ではなかったことを知った。これほどの才能を田舎に置いておくのは惜しいと思った渡辺は、この子を江戸へやってはどうかと虎之介の父に言った。貧しい小作農の父は三男を手放すことに躊躇（ちゅうちょ）はなかった。

虎之介が江戸へ出たのは明和九年（一七七二年）、十二歳のときだった。試験碁を打ったのは井上家筆頭弟子の吉益因達（よしますいんたつ）、二十六歳、六段だった。虎之介は六子置いて因達に勝ち、入門を許された。

当主は六世井上春達因碩（しゅんたついんせき）で年齢は四十五歳、七段上手（じょうず）だった。井上家は当主が代々「因碩」を名乗る。後世の研究家は紛らわしさを避けるために当主になる前の名を付けて呼ぶが、この物語でもそれに倣（なら）うことにする。春達の七段は碁打ちとしては申し分のない貫禄だったが、虎之介の目には覇気というものがまったく感じられなかった。老け込む年齢ではなかったが、一年に一度の御城碁以外ではほとんど対局しなかった。

ところで江戸時代の平均年齢は現代よりはるかに短い。そのためもあってか社会的な成長も現代よりずっと早い。成人式にあたる元服は十五歳前後で行なわれ、城勤めの武士や商家の主は四十代後半で家督を嫡男に譲って隠居した。江戸時代の年齢を一・三倍ないし一・四倍すれば現代の社会的年齢の感覚に近いものになる。


井上家は芝新銭座（現在の浜松町駅の近く）にあり、百坪ほどの敷地に母屋及び廊下で繋がった離れがあった。

そこには虎之介と同じく、碁の修行に励む少年たちが内弟子として住んでいた。伝統と格式のある本因坊家の内弟子は武家の子弟がほとんどだったが、井上家の場合は農家や商家の子が多かった。内弟子はいずれも次男坊以下である。長子でなければ家を継ぐことは難しいのは、武士も百姓も同じである。当主の春達も、その前の春碩（五世春碩因碩）も農家の出だった。

しかしたとえ百姓の出であっても、碁の家元の当主あるいは跡目となれば、御城碁に出場することが叶う。

御城碁とは、寛永三年（一六二六年）から始まったもので、一年に一度、千代田城（江戸城）の黒書院において、将軍が観戦する前で打つ対局である。これこそすべての碁打ちの目標であった。御城碁は、幕末までの約二百三十年間に五百三十六局打たれているが、その対局の記録（碁譜）はすべて残っている。

将軍の御前で碁を打つというのは、それだけでも大変な栄誉だが、さらにもし「名人碁所」になることができれば、将軍の碁の指南役にもなれる。その地位は想像を絶するほどのものだ。碁さえ強ければ、たとえ一介の百姓の倅であっても、そこまでの位に昇り詰めることが可能なのだ。そのためにはまずは同門の少年たちとの戦いに勝たねばならない。一門の中で最も優れた技量の持ち主が家を継ぐことができる。そして、それ以外の者は家を去ることになる。

虎之介は懸命に修行した。朝、起きて道場の掃除を終えた後は、ずっと碁盤の前に座る日々だった。

修行は対局と碁譜並べである。碁譜は、対局の双方の手を順番に記録したものである。縦十九横十九の線が書かれた紙（碁罫紙とも言う）の上に、黒一、白二、黒三というふうに記されている。見やすいように黒の手番は黒色で、白の手番は朱色で書かれている。

ちなみに江戸時代に打たれた対局の碁譜は現在一万ほど残っている。江戸を襲った何度かの大火、また関東大震災や大東亜戦争で相当数の貴重な碁譜が焼失したものと思われるが、今でも時々、地方の蔵などから有名な碁打ちの碁譜が発見される。

もっとも江戸時代は現代のような印刷技術もコピー技術もない。その多くが手書きで写したものである。だから時折、写し間違いも生じる。名人であった三世井上道節因碩の碁譜の一つに、名人の謎の一手と古来より言われているものがあったが、近年、別の写譜が発見され、従来知られていた碁譜の写し間違いであったのがわかったこともある。

虎之介は碁譜並べには気持ちが入らなかった。過去の対局を並べることに何の意味があるのだろうかと思っていたからだ。それより彼が力を注いだのは対局だった。同門の少年たちとの一局であっても、虎之介はいつも真剣勝負で臨んだ。実戦に優る修行はないというのが、虎之介の考えだった。

虎之介の碁は兄弟子たちに「異筋」だと言われた。同時に「形が悪い」とも言われた。碁には「筋」と呼ばれるものがある。別の言い方をすれば、石の効率を働かせた形が「筋」である。玄人の碁は何よりも「筋」を大事にする。それは幼少期から叩き込まれたもので、素人の碁打ちとは決定的に異なるものだ。

美濃の素人碁打ちに習った虎之介は筋や形に暗かった。初めのうち、虎之介と対局した子供たちは、彼の手を笑った。対局中であるにもかかわらず、「そんな手はない」と口にする者さえいた。また布石もなっていなかった。そのため序盤から中盤にかけて、虎之介は大いに形勢を損なった。ところが中盤になって石がねじり合うようになると、にわかに様相が変わるのだ。

碁は、乱戦になって大石の生死がかかったせめぎ合いになると、筋や形よりもヨミが物を言う。虎之介の碁は乱戦になると、大いに力を発揮した。彼は形勢の悪い碁を中盤から終盤にかけて乱戦に持ち込み、ことごとく相手を潰した。

「潰す」とは大石を殺すことである。負けた少年たちは皆憮然として頭を下げた。碁は途中で負けを認めるときは、「ありません」と言うか、黙って一礼する。あるいは、相手から取って碁笥の蓋に入れた石（アゲハマという）を碁盤に置く。中には腹立ちまぎれに石を投げるように碁盤に置く子もいた。同門の少年たちは、虎之介が定石はずれの手を打つたびに、「美濃の山猿の碁」と悪口を言ったが、師匠の春達だけは何も言わなかった。

碁は最終的には「地」の多寡を争うゲームだが、本質的にはどろどろした「戦い」である。決して計算だけで成り立つものではない。盤上のどこかで大きな戦いになれば、その一戦だけで碁は終わる。序盤でいくらリードしていようと関係ない。

ちなみに碁において「力が強い」という表現は、単に実力があるという意味ではない。「攻めが強い」「戦いが強い」という意味である。「戦闘力」は碁の重要な要素である。ボクシングに喩えればパンチ力と言えるし、野球の投手に喩えれば球速とも言える。パンチ力のあるボクサーが試合に勝てるとは限らないし、球速がある投手が必ずしも勝利投手になれるわけではないのと同様、碁においても「戦闘力」さえあれば碁に勝てるわけではない。碁には「戦いに負けても勝負に勝つ」ということがある。それが碁というゲームの不思議な魅力でもあるが、敢えて言えば「戦闘力」は「局地戦」で発揮される能力と言えるかもしれない。

碁には個々の「局地戦」よりも、もっと重要な「戦略」というものがある。かつて項羽と劉邦が中原の覇を競ったとき、項羽は九十九の戦闘にすべて勝ったという。しかし最後の決戦のときには、「四面楚歌」状態だった。また我が国においても、家康は生涯において華々しい勝利は一つもないにもかかわらず、天下分け目の関ヶ原では、東軍が西軍を圧倒していた。その意味では、劉邦も家康もきわめて大局観に優れていた武人と言えるかもしれない。余談だが、「大局観」という言葉も碁から来ている。

虎之介はめきめき腕を上げていき、江戸へ出て三年目の安永三年（一七七四年）、十四歳で初段を許された。当時、初段となれば世間的にも一人前の碁打ちとして認められた。前にも述べたが、江戸時代はプロとアマの段の違いはなく、家元の発行した初段免状があれば、全国の関所を通過できたほどだ。虎之介が初段になる前年には、試験碁を打ってくれた兄弟子の吉益因達が跡目となっていた。

井上家では、十代の終わりになっても初段を許されなければ、家を出なければならない決まりであった。そうして志半ばにして家を出ていった兄弟子たちを、虎之介は何人も見てきた。その中には日夜懸命に碁の修行を続けてきた者もいたし、十年も精進した者もいた。虎之介は「兄弟子たちは天分がなかったのだ」と思った。

この虎之介の直観は正しい。これはすべての芸事にも言えることだが、碁においては、とくに「碁才」の有無が大きい。これは頭の良さとは別物である。このことは江戸時代の庶民もわかっていたことらしく、愉快な言葉がいくつも残っている。「あの馬鹿が本因坊に先二つ」「酒は別腸、碁は別智」などがそうだ。前者は馬鹿としか見えない男なのに、天下の本因坊に三段差の力があるという意味で、後者は碁の才能はふだんとは違う頭を使っているという言葉だ。

虎之介は初段になると同時に、服部姓を与えられ、名を佐市とあらためた。

この時、初めて当主の春達と対局している。おそらく初段を祝してのものだ。

江戸時代の碁打ちたちは段位の差による「手合割」で対局する。同じ段位の者同士は「互先」で、黒番（先番）と白番を交互に打つ。一段差の場合は、「先々先」といい、下手（下位者）が黒黒白という順番で打つ。二段差は「定先」で、下手が常に先番で打つ。以下、段差が広がっていくと、「先二」（先番と二子番を交互に打つ）、「二子」（常に二子）というふうに置石の数を増やしていく。

この時の師弟対局は、七段の春達に対し、初段の佐市は三子（六段差）の手合だった。佐市は、三つも石を置けば、たとえ師匠であろうと序盤で潰してみせる、という気概で臨んだ。対局が始まると、いきなり佐市は白石に襲いかかった。碁で三子置いている威力は絶大である。佐市の猛攻に春達の石は防戦一方になった。あちこちで局地戦が行なわれ、佐市はそのほとんどで部分的な勝利をあげた。佐市は打ちながら、七段上手といえどもこれほどのものかと思った。我が師匠は少々ぬるすぎるのではないか。ばらばらになっている白石は方々で死にそうだった。一気に潰して勝てる——佐市はそう思った。

しかし春達の石はのらりくらりと攻めをかわしながら、なかなか死なない。佐市は次に別の大石に狙いを定めた。ところがこの石もまたしぶとさを見せた。

佐市は師匠の石を殺すことは諦めた。こうなったら地で勝とう。三子も置きながら地を取って勝つのは不本意ではあったが、勝つことが何よりだ。

ところがそう思って形勢判断をしてみると、黒がいいとは言えないことに気がついた。それどころか各所で薄かったはずの白石は互いに連絡し、全局を制しつつあるではないか——。

むしろいつのまにか黒の薄さが目立つようになっていた。中盤以降、白は厚みを背景にじわじわと黒に圧力をかけてきた。受けてばかりでは地合いが足りなくなると見た佐市は反撃を試みた。黒にはいくつか傷があった。白は的確にその傷を攻めてくる。余談だが、「序盤」「中盤」「終盤」という言葉も囲碁から生まれたものである。

最初はその程度の攻めはたいしたことはないとたかをくくっていたが、師匠の石は急所へ急所へと来る。その攻めは鋭かった。さきほどまでのぬるさは微塵もない。何でもないところに置かれた白石が左右や上下を睨んでいる。

気がつけば、黒は方々で切断され、ばらばらの形になっていた。もはや碁の形をなしていなかった。それでも佐市は必死になって抵抗したが、最後は大石を見事に仕留められた。

「ありません」

佐市は震えるような声でそう呟くと、頭を下げた。

春達は盤上の碁石を片付けると言った。

「力は筋があってのもの」

師匠の言葉はそれだけだった。相変わらず静かな佇まいだった。しかしその言葉は鏨で打たれたように佐市の胸に刻まれた。

佐市は春達との対局で、筋と形の大切さを学んだ。最初はぬるいと見えていた師匠の手だったが、そうではなかった。それは「本手（ほんて）」と言われるもので、言うなれば、じっと腰を下ろして力を溜（た）めた手だった。

同時に碁の広さを教えられた気がした。力任せに戦っていたつもりが、すべては白の手の中で暴れていただけだったのだ。まるで孫悟空がお釈迦（しゃか）様の手の内で世界の果てまで飛んだ気になっていたようなものだ。高段の芸とはかくも奥深いものなのかと佐市は思った。自分はこの先、どれほどの修行を積めば、この芸にたどり着くことができるのだろうか。目の前の道のあまりの遠さに呆然（ぼうぜん）とした。七段でこれなら、その上の八段半名人はどれほどの強さなのだろうか。

この時初めて師匠の鬱々（うつうつ）とした顔の意味が少しわかったような気がした。というのは当時の碁界には、八段のさらに上の「入神」と呼ばれていた名人が存在していたからだ。

三

その名は本因坊察元（さつげん）。

享保十八年（一七三三年）に武蔵国幸手（むさしのくにさって）（現・埼玉県幸手市）の武家に生まれた察元はこのとき四十二歳。井上春達よりも五歳も若かった。

実は察元が生まれる少し前から、碁界は停滞期に入っていた。家元の碁打ちたちが初期の闘争心を忘れ、真剣勝負を避けるようになっていたからだ。家同士でしのぎを削るよりも、互いの均衡を崩さないでおこうという暗黙の了解ができあがっていた。安定を望んだ頽廃である。驚いたことに、御城碁においてさえ真剣勝負が行なわれていなかった。互いの家に傷がつかないように、対局者同士の申し合わせによって勝ったり負けたりを繰り返していたのだ。高段者がお互いの了解のもとに碁譜を作れば、素人にはまず見抜けない。御城碁を管轄する寺社奉行も気付かなかったに違いない。

ただそうした碁譜には価値がないと考えるのは早計である。古碁に造詣が深い福井正明九段によれば、「作り物」の碁譜には碁の究極の美しさがあるという。序盤から中盤、さらに終盤に至るまで、黒白双方の秘術を尽くした手筋がちりばめられているからだ。失着などは一切ない。現代のプロが見ても、その高度な「作品」には感心させられるところが多いという。敢えて喩えれば、一流の格闘家同士が見せる素晴らしい演武といえようか。

しかしその碁譜からは、切れば血が吹き出すような凄絶さを見ることはできない。真剣勝負の碁にはたとえ失着や疑問手があろうと、見る者の心を打つ魂がある。その意味でも、この「申し合わせ」の時代は不幸な時代であったと言える。

そこに風穴を開けたのが、本因坊家の跡目、察元だった。

武士の出であった察元は碁の才能にも恵まれていたが、それ以上に気性の激しい男だった。碁打ちにしては珍しく大きな体軀で、眼光も鋭かった。碁打ちの家元は表向きは僧籍であるため、当主と跡目は剃髪し、あらたまった席では僧衣をまとうことになっているが、察元は朝夕の木刀の素振りを欠かさなかったという。

彼は若い頃から他家の門弟たちと積極的に対局した。自ら他家まで出向き、他流試合を挑んだ。彼の碁はその性格通りに獰猛なものだった。ヨミと力を主体にした力戦派で、同年輩の打ち手たちを圧倒した。昇段速度も異例で、二十歳になる前に五段に昇った。当時、五段以上は碁界に四人しかいなかった。

察元が六段になると、他家の高弟たちは彼との対局を避け始めた。打って負かされたなら、彼の七段上手の昇段を認めざるを得なくなるからだ。そこで察元は、棋道の発展のために四家合同で研究会を行なおうと呼びかけた。ところがこれも拒絶される。研究会とはすなわち対局だったからだ。

次に察元が打った手は、長い間廃れていた「碁興行」の復活だった。碁興行とは、大名たちに対局場と謝礼を提供させて、碁打ちが対局を見せるというものだ。察元は碁興行がいかに奇貨であるかを碁好きの大名たちに説いてまわった。二十歳そこそこで、そうした興行師的な手腕を見せる察元という男は、盤外の勝負にも秀でた碁打ちだった。

そしてこれは見事に当たった。千代田城の御黒書院で将軍しか見られなかった一流碁打ち同士の対局を直に見られるとあって、多くの碁好きが対局の主催を希望した。家元の碁打ちたちも謝礼に惹かれて、あるいは大名からの対局要請を断れず、真剣勝負の場に引きずり出された。勝った者にはより多く謝礼が支払われるだけに、碁打ちたちも真剣に打った。

こうして長い間、談合によって真剣勝負を避けてきた碁界に大きな変化が起こった。察元が後年「碁界の中興の祖」と呼ばれるのは、単に「名人」になっただけではなく、碁界全体を活性化したからでもあった。

察元は宝暦四年（一七五四年）、二十二歳の若さで九世本因坊になった。当主である伯元が二十九歳で没したためだった。察元は家督を継ぐと、二年後に七段昇段を寺社奉行に願い出た。当時、七段上手は五十歳の井上春碩因碩ひとりだけだったから、いかに七段昇段が難しいものだったかがわかる。

察元の力を知る安井家は昇段を了承したが、井上家と林家は反対した。察元は同じ六段の林家当主、門入には大きく勝ち越していることを主張し、「文句があれば、争碁で決めようではないか」と迫った。

「争碁」とは、家と個人の誇りをかけて対局するもので、寺社奉行の役人たちが見守る中で行なわれる。これは御城碁よりもはるかに重い対局である。負けた方は家の面目も失うことになる。そのため、江戸二百六十余年の中でも争碁は数えるほどしかない。

　この時も察元に敗れることを恐れた林家と井上家は争碁を避け、彼の七段昇格を認めた。本因坊家にとっては四代ぶりの七段上手の誕生だった。


　ここで読者のために、江戸時代の碁打ちにとって、争碁がいかに命懸けのものであるかというエピソードを紹介したい。

　察元が生まれる六十五年前の寛文八年（一六六八年）、寺社奉行が二世安井算知（さんち）に名人碁所を命じたとき、それを不服とした三世本因坊道悦（どうえつ）は算知との争碁を願い出た。このときの寺社奉行は悪名高い加賀爪甲斐守直澄（かがつめかいのかみなおずみ）である。若い頃は凶暴な旗本奴（はたもとやっこ）としても知られ、当時、庶民の間で「夜更け（よふ）に通るは何者か、加賀爪甲斐か泥棒か」と恐れられたほどの男である。「旗本奴」とは、旗本や御家人の子弟たちからなる集団で、市中で乱暴狼藉（らんぼうろうぜき）を働き、しばしば治安を乱す存在として町人たちに嫌われていた。そのため幕府は何度も大がかりな取り締まりを行なっている。

　加賀爪直澄は道悦の申し出をはねのけた。

「公儀（こうぎ）の決定は上意も同じ。これに対して争碁を願い出るなど、もっての外（ほか）である」

　道悦は「何とぞ、争碁をお許しくださるように」と重ねて嘆願（たんがん）した。

　加賀爪直澄は怒りをあらわにして、こう言い渡した。

「もしも争碁の結果、負けるようなことがあれば、島流しに処すが、それでもよいか」

この恫喝にも道悦は怯むことなく答えた。

「碁院の宗家に生まれたからには、争碁を恐れて退いたとあれば、祖先に申し訳が立ちませぬ。もしも芸拙くして敗れたならば、遠島に処せらるるも寸毫の憾なし。何とぞ、争碁を許されたし」

江戸と明治の碁界の記録を編纂した『坐隠談叢』によれば、このとき道悦は涙を流して訴えたという。この覚悟を見て、さすがの加賀爪直澄も心を動かされたか、争碁を許した。

ちなみにこの争碁は最初六十局と決められたが、七年かかって二十局が打たれたところで中止となった。道悦は算知に対して互角以上に戦い、結果、算知は名人碁所を返上するにいたった。道悦もまた公儀の決定に故障を唱えたことをはばかって家督を退いた。

それにしても「負ければ遠島」という勝負を恐れぬとは、当時の碁打ちの凄まじい執念には驚くばかりである。加賀爪直澄の言葉は単なる脅しではなかったろうと思われる。武士がいったん口にしたものを軽々しく反故にはできないからだ。道悦と算知の対局はまさしく、剣客の真剣勝負に等しいものだったと言える。

しかし後に続く太平の世に、いつのまにか碁打ちたちはその心を失い、長い停滞期に入っていた。察元こそは出るべくして出た碁打ちかもしれなかった。

さて七段上手になった察元は、八年後の明和元年（一七六四年）、三十二歳で八段半名人を願い出る。

このときも察元は争碁も辞さずという態度だったが、碁界の長老格で五十八歳の五世井上春碩と同時昇段ということで認められた。春碩は半ば功労賞的な昇段であったが、察元の八段は実力に見合ったものだった。八段は「半名人」とも言われ、人智で昇りつめることの最高段位とされていた。

察元の野望はそこで終わるものではなかった。二年後の明和三年（一七六六年）、なんと名人碁所願いを寺社奉行に出した。もし認められれば、およそ四十年ぶりの名人誕生ということになる。

これはさすがに他家も認めるわけにはいかず、三家を代表して、察元と同じ八段半名人の井上春碩が二十番の争碁を打つことになった。このとき、察元三十四歳の打ち盛りに対して、春碩は六十歳の老境だった。

察元は積年の恨みを晴らす時がついに訪れたと武者震いした。というのは、察元の二代前の七世本因坊秀伯（しゅうはく）が元文四年（一七三九年）に七段昇段願いを出した時、他の三家が反対し、井上春碩が秀伯と争碁を打ったのだ。その争碁の途中、秀伯は病に倒れ、ついに七段になることなく、二十六歳の若さで世を去った。つまり察元にとっては、井上春碩は本家の仇でもあったわけだ。気性の荒い察元がこの争碁にどれだけ闘志を燃やしたかは想像にかたくない。

これは春碩も同じである。以前の争碁は秀伯の七段を阻止するためのものだったが、今回は察元の名人を阻止するためのもので、その重さは比較にならない。さらに、もし察元を打ち破ることができたなら、察元に代わって名人碁所になることも可能だった。まさに生涯最後の大勝負だった。ちなみに一生に二度の争碁を打った碁打ちは井上春碩と前述の二世安井算知以外にない。こうして歴史に残る争碁が始まった。

争碁の第一局は明和三年（一七六六年）十一月に打たれた。

察元と春碩は同じ八段半名人であるから、手合割（単に手合とも言う）は互先である。「互先」とは交互に先番（黒番）を交代しながら打つ手合である。碁は先番が圧倒的に有利である。その差は江戸時代においては、地にして五目前後と考えられていた。これは実力伯仲のトップ棋士の間では圧倒的なアドバンテージだった。だから互先の対局では、お互いに先番を確実に勝つ。そして相手の先番をいかに破るかに工夫をこらすのだ。これはテニスのサーブをいかにキープするか、あるいは相手のサーブをいかにブレークするかに似ている。

ちなみに現在は白番の不利をなくすためと、一局で決着をつけるため、黒番は六目半のハンデ（コミという）を負うというルールになっているが、江戸時代の争碁は複数対局で勝負を争った。

　ところで、江戸時代の碁は打ち終わるのに何日かけてもいいというものだった。寺社奉行の役人たちが見守る中、巳の刻（午前十時頃）から打ち始め、暮六つ（日の入り）になれば、そこで打ち掛け（中断）にし、翌日、同じ時刻にその続きから打つというものだ。現代の二日制の対局に似ているが、違うのは持ち時間がないことだ。つまり一手に何時間でもかけられる。ただし勝負の決着がつくまで藩邸からは一歩も外には出られない。

　第一局は御城碁として打たれている。古来、争碁の第一局は芇（引き分けのこと。現在は持碁と書く）にする習わしがあり、このときも察元と春碩は一局目を芇とした。つまり厳密に言えば両者の談合によるものである。なお、争碁の一局目を芇にする理由はよくわかっていない。

　したがって二局目からが本当の勝負だった。これは御城碁と同じ月に寺社奉行の一人、久世大和守の藩邸で打たれた。ちなみに寺社奉行は三奉行の一つだが、勘定奉行や町奉行よりはるかに格上で、この時代は一万石以上の譜代大名たちが月番で務めていた。

　勝負は予想外の展開となった。第二局から第六局まで、察元が一気に五連勝したのだ。

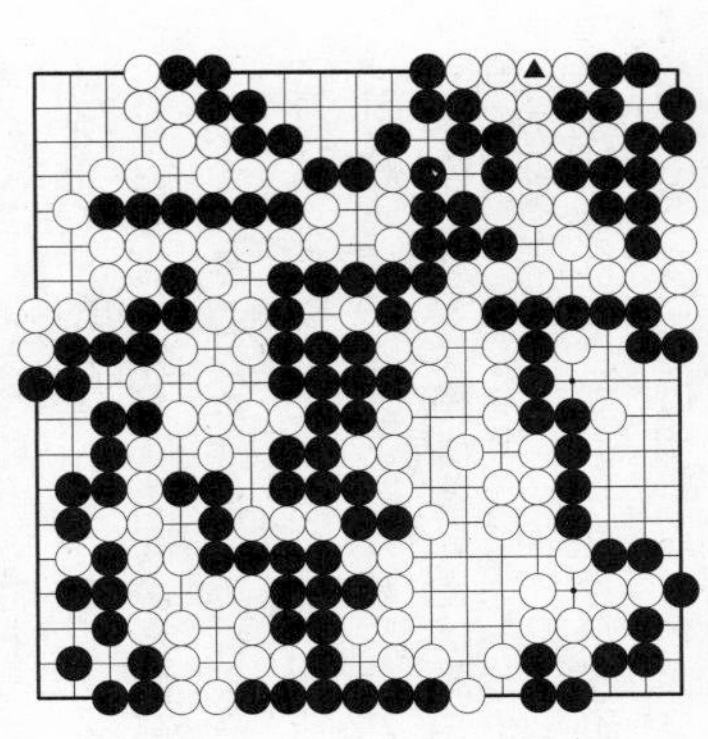

明和４年（1767年）３月27日
互先　井上春碩
先番　本因坊察元
争碁第六局。258手▲まで。黒11目勝ち。
これで察元の５連勝となる

その中には春碩を白番で二度破った星もある。

そしてここで意外なことが起こる。察元が手合直りを要求したのだ。

当時はどちらかが四番勝ち越せば、「打ち込み」と言って手合割が変わることになっていた。つまりこの場合は、「互先」から「先々先」という手合に変わる。「先々先」とは、三局のうち、下手が二局先番で打つというものだ（現在では「先相先」と言う）。段位においては一段差の手合である。つまりこの手合直りの要求は、八段半名人に対して、自分が一段上であると宣言したに等しい。八段半名人を一段差に打ち込むということは、即、名人格ということになる。

この手合直りの要求には、さすがの春碩も怒った。

「古来、手合直りは六番勝ち越しをもって行なうはず」

こう言って拒絶した。しかしこの言い分は少し無理がある。六番勝ち越しの手合直りは昔のことで、春碩の時代は四番勝ち越しが通例となっていた。当然、察元も反駁する。

「六番手直りはすでに過去のこと。四番手直りが形である」

「ならば、なぜ四番勝ったところで、それを言わぬ。言わなかったのは、六番手直りを承知しておったからではないのか」

　まさに屁理屈である。しかし春碩の言い分にも一分の理はある。五番勝ち越しという中途半端なところで、手合直りを持ち出した察元にも落ち度はあった。

「四番勝ち越したところで、手合直りを要求してもよかったが、貴殿の半名人の格式を考慮して、敢えてもう一番打ったまでのこと」

「余計な斟酌は無用。手合直りをしたくば、六番勝ち越せばよかろう」

　双方の言い分が真っ向から衝突し、争碁は中断した。

　業を煮やした察元は、寺社奉行にあらためて願書を出した。内容をかいつまむと、

「すでに勝負は決した。これ以上戦えば、井上家の名誉にも大いに傷がつく。それはあまりにも気の毒であるから、争碁はここで終わりにして、私を名人にしてほしい」というものである。率直といえば聞こえはいいが、見ようによっては、恐ろしく傲慢な願書である。

　寺社奉行としても、察元が春碩を圧倒していることは承知している。八段半名人をものともしない力は明らかに名人格である。しかしこれまでの「名人碁所」はすべて他家

の反対もなく、円満な形で生まれている。察元のような例は一度もない。そこで、寺社奉行は老中に相談した。おそらく関係者の間で相当長く吟味されたかと思われる。

察元の願書が届いてから、四ヶ月後の明和四年（一七六七年）九月、察元の名人昇格は認められた。ここに本因坊道知以来、四十六年ぶりに碁界に名人が誕生した。

この決定に対して、春碩から異議が出たという記録はない。もしかしたら争碁が中断したことに胸を撫で下ろしていたのは家名を汚さずにすんだ井上家だったのかもしれない。もし先々先から定先（下手がすべて先で打つ手合割）に打ち込まれたりしたら、一大事である。定先は二段差である。

ただ、寺社奉行も察元のあまりに強引なやり方を快く思わなかったのか、「名人」への昇段は一応認めたが、他家に対して力を持つ「碁所」はすぐには任命しなかった（碁所任命は三年後）。

なお、察元は名人碁所に就いた後、本因坊家恒例の京都の寂光寺（初代本因坊の算砂が出た寺）へ墓参りを行なったが、このときの行列は大藩の参勤交代かと見紛うほどの豪華絢爛なものだったという。察元の得意満面な様が窺える。この行列により本因坊家の威光は東海道一円に轟いたが、一方で莫大な金を費やし、長年の本因坊家の蓄財を一気に使い果たしたと言われる。こうした面でも察元は破天荒な碁打ちであった。

察元が名人碁所を拝命した二年後の安永元年（一七七二年）、五世井上春碩は失意のうちに世を去る。その跡を継いだのが佐市（虎之介）の師匠である六世春達である。

春達は本因坊家が我が世の春を謳歌している様を苦々しく見ていた。まして彼を名人ならしめたのは先代当主である。その無念を晴らすには、自ら察元を破るしかない。春達は察元に対して争碁を願い出たが、察元は拒絶した。

春達は察元が名人になった翌明和五年（一七六八年）の御城碁で対局して勝っているが、それは先二（三段差）の手合割の二子番だった。五歳年下の名人に二子置いての勝利は自慢にはならない。いや、むしろ自らの不甲斐なさでいっぱいだったろう。またこの碁は、段位は六段ながら七段の力ありと言われていた春達に二子置かせて二目しか負けなかったことで、むしろ察元の名声を高めたものとなっていた（後年「察元一生中の出来」と称されることもあるほどである）。

四年後、七段上手に昇った春達は、安永二年（一七七三年）、再び御城碁において、今度は先番で察元と対局する機会を得た。

春達は必勝の信念で戦ったものの、名人の前に中押しで敗れる。

このとき春達は本因坊察元の強さを思い知らされた。己はこの男には一生かかっても勝てないと悟った一局でもあった。碁の芸に命を懸け、一生を費やしてきた春達がいかに絶望的な気持ちになったかは容易に想像がつく。

幼い頃の服部佐市が初めて春達を見たとき、彼から諦観に似たものを感じた理由はそこにあった。

四

当主春達の鬱々とした気持ちは井上家全体を覆ってはいたが、佐市にとっては、そうした空気は微塵も影響するものではなかった。名人や上手などは己には関係のない雲の上の世界だったからだ。自分にやれることは、目の前の山を一つ一つ登っていくことだけだ。

佐市は自らに与えられた境遇に深く感謝していた。もし美濃の江崎村にいたなら、三男である自分は父の跡を継いで百姓になることもできず、いずれどこかの下男になるか、奉公人になるかしか道はなかった。それが碁という芸の才のおかげで、本来なら一生訪れることがなかったはずの江戸に出ることができたばかりか、井上家という名門で修行することができた。この幸運に報いるためには、ただひたすらに精進するのみである。

師、春達との対局で本手の大事さを学んだ佐市は、それまでおろそかにしていた碁譜並べに真剣に取り組んだ。毎日黙々と碁盤に石を並べた。一手一手の深い意味はわからなかったが、その碁譜を暗記するまで何度も並べた。あれほど好きだった対局を減らしてでも棋譜を並べた。

この「棋譜並べ」と言われるものは、現代でもプロ棋士を目指す少年たちの修行方法の最も基本的なものの一つである。古今の名手たちの棋譜はすべての手が最高の手と言っても過言ではない。もっとも、子供や低段者にはその手の持つ深い意味は理解できない。それでも優れた棋譜を何度も並べることによって、筋と形を体に覚えこませるのが真の目的だ。幼い頃から本物に接することは非常に大切なことだった。かつて京都の呉服屋は、丁稚(でっち)に入った小僧には、一流の反物(たんもの)しか見せないし触(さわ)らせなかったという。本物ばかりを見て育った少年は、二流の反物を見ると、たちどころに見破る目を持つようになるからだ。

佐市は棋譜並べに真剣に取り組むようになってから、不思議なことに対局において負けることが多くなった。これまでは一方的に勝っていた相手にも易々(やすやす)と不覚を取るようになった。そのため初段を認められてから、長らく昇段できなかった。同門の少年たちはそんな佐市を見て、「山猿の碁は所詮初段どまりだ」と嘲笑(あざわら)った。

しかし佐市はそんな声には耳を塞(ふさ)いで、ひたすら棋譜を並べた。師である春達の碁も、察元名人の碁も繰り返し並べた。最初のころは、ただ無心に並べているだけだったが、次第に一手一手の意味を考えながら、自分なりに盤上に現れなかった変化を並べたりもした。後年、佐市は何冊も碁の本を著(あらわ)すが、その糧(かて)となったのはこのときの勉強だった。

佐市の力が爆発するようになったのは初段になって二年後であった。ずっと負け続けていた彼が突如として連勝を始めた。もともと「悪力(あくりき)」と呼ばれるほどのヨミの深さに加えて筋と形を身につけた佐市は、同門の少年たちをことごとく粉砕した。

佐市は十六歳で二段になり、十七歳で三段を許された。この頃には兄弟子たちをほとんど追い抜いた。当時の碁界においては、三段以上となると、四家合わせても十人ほどしかいない。佐市は井上家では当主の春達七段、跡目の因達六段に次ぐ実力者だった。

その頃に佐市は因徹(いんてつ)と名前を変える。「井上家に服部因徹あり」と言われるようになり、将来を大いに嘱望(しょくぼう)されるようになる。他家との駆け引き上、段位は低く抑えられていたが、実力的には五段はあると言われた。

因徹自身もいずれ本因坊察元が名人を退いたときはこれを襲う気概を持っていた。本因坊家の跡目は烈元だった。因徹よりも十一歳年長の二十九歳だったが、察元名人が当主でいたため長らく跡目に留まっていた。段位は六段だったが、いずれは八段半名人を狙える器と言われている実力者だ。因徹も一度は対局したいと願っていたが、その機会は意外に早くにやってきた。

安永六年（一七七七年）六月、番町に住む旗本の飯田孫三郎が、烈元と因徹の対局を所望したのだ。察元名人の出現以来、江戸における碁の人気が再興し、大名のみならず裕福な好事家の主催による多くの対局が行なわれるようになっていた。

　本因坊家の跡目との初手合に因徹は燃えた。

　烈元との手合は先二の二子番だった。先二とは、下手が先番と二子番を交互に打つ手合割だが、初番は二子番からということになっていた。

　因徹は手堅く打ち進めることを決めていた。二子の威力は大きい。がっちりと打てば、何目かは残る。大きく勝つ必要はない。

　烈元はさすがに名門本因坊家の跡目であった。序盤から様々な技を繰り出してきた。それらは一見隙がありそうで、因徹の攻めを誘っているかのようだった。しかし因徹は相手の策動には乗らず、白を攻めることはしなかった。碁は大きな戦いが起こることもなく、終盤に差し掛かった。因徹は、このまま進めば、少なくとも二目は残ると踏んだ。

　ところがあとわずかで終局というところで、烈元が因徹の地の中に石を打ちこんできた。因徹は来たなと思った。そこには幾分味の悪さがあったが、何も手がないのは随分前から読んでいる。おそらく非勢の烈元が無理を承知で打ちこんできたに違いない。

　因徹は黒石を取り出そうと碁笥に指を入れた瞬間、その手が止まった。同時に背中に戦慄が走った。烈元の石は因徹の地の中で生きるというものではなかった。中の石を捨て石にして、外からのヨセを効かせる形となっていたことに気付いたのだ。

ヨセとは、「寄せ」とも「侵分」とも書き、碁の終盤で、相手の地を狭めたり、自分の地を増やしたりする手の総称である。終盤になると、そうした手が百手以上も残っている。対局者はそれらの手から価値が大きいところを順に打っていくわけだが、碁を複雑にしているのは、ヨセは必ずしも計算だけでは済まないということだ。ヨセには無数の手筋が潜んでいて、それらの複雑怪奇さは、ある意味、中盤の戦い以上に難解である。そのため「ヨセの力は碁の力」と言われる。古来より一流と呼ばれる棋士は例外なくヨセが強い。

このときの対局の終盤で、烈元の狙いすましたヨセの手筋が炸裂（さくれつ）したのだ。ここで因徹は計算上約一目半の損をした。高段の碁にとって、一目半はとてつもなく大きい。

終局してみると、双方の地の数はまったく同じ――芇（じご）だった。必勝と思っていた烈元との碁を芇（じご）にされた因徹の衝撃は大きかった。二子局での芇（じご）は負けに等しいからだ。

辛い結果に終わったが、その一方で碁の深遠さを教えられた気がした。単なる攻め合いだけではなく、攻め合いに負けながら、ヨセで利得を図るという手筋もあるということを知らされた。また、勝負は最後の最後まで油断してはならないということを肝に銘じさせられた一局でもあった。

本因坊家跡目の烈元はたしかに強い。しかし、届かない強さではない、と因徹は思った。五年、いや三年あれば、追いつくことは不可能ではない。

この対局を機に、因徹の修行に拍車がかかった。一日中、盤の前に座り、研究を怠らなかった。

その年の八月のある日、因徹は当主の春達に呼ばれた。

あらたまって呼ばれるとはよほどのことである。因徹が部屋に入ると、師匠が文机の前でこぢんまりと座っていた。その表情はいつものように暗かった。緊張する因徹の目の前に、春達は一冊の書を出した。書といっても写本である。表紙には「囲碁発陽論」と書かれてあった。

「師匠、これは？」

「世に『不断桜』と呼ばれているものだ」

因徹は驚いて、畳の上に置かれた写本を睨んだ。

かつて高段者といえども容易には解けぬほどに難解な『不断桜』という名の幻の詰碁集が存在したと聞いたことがある。因徹はにわかに興奮してくるのが自分でもわかった。「幻の書」と呼ばれているものが、今、目の前にある。

「これは我が井上家の三世因碩殿が著した書である」

三世井上道節因碩は井上家にとっては神のごとき存在である。もとは本因坊家の門弟であったが、請われて井上家の当主となり、後には名人碁所に就いたほどの実力者だった。そして旧主である本因坊家の若き当主、道知の後見人となり、彼を薫陶したことでも知られる。道知もまた後に名人碁所に就いている。

『発陽論』(『不断桜』)はその三世道節因碩が著した詰碁集であるが、その難解さは現代のプロ棋士さえ悩ませるほどだ。

詰碁とは、部分的に様々な形を作って、その石を殺すことができるか、あるいは生かすことができるか、ということを問う問題である。古来、数多くの詰碁の書が出されていて、最も有名なのは中国の『玄玄碁経』である。碁打ちは皆、幼い修行時代にこの詰碁を解く訓練を徹底的にする。石の死活に強くなると同時にヨミの力が養われるからだ。いや一人前の碁打ちになっても詰碁の訓練は欠かすことができない。プロのアスリートにとっての基本トレーニングに似ているとも言える。

このとき、因徹が手にした『発陽論』は、長く井上家で門外不出とされていたものだった。またその秘密保持の目的から、門弟であっても容易に見ることはできず、その書があることさえ、知らされなかった。もっとも、明和五年(一七六八年)に起こった井上家の火災により原本は失われており、因徹が見たのは写本である。これが初めて刊行されたのは大正三年(一九一四年)であるから、いかに長く秘匿されてきたかがわかる。

「これを私に見せていただけるのですか」

因徹は訊ねた。

「本来、発陽論は跡目にならなければ見ることはできぬが――」春達は言った。「お前にならば見せてもよかろう。さらに精進するがよい」

因徹は黙って頭を下げると、震える手でその書を受け取った。

自室に戻り、襖(ふすま)を閉めてから、『発陽論』を開いた。

それはまさに驚愕の詰碁だった。『玄玄碁経』をはじめ、従来の詰碁のほとんどは盤の隅に限った問題であるのに対し、『発陽論』ははるかに規模が大きく、中には碁盤全部を使ったものもある。

その変化は恐ろしく多岐にわたり、解答図は出題図からはとても想像できないほど複雑なものになっている。わずかに数手読むだけで、何百通りもの変化が生まれる。正解への道はたった一つである。そこに辿(たど)りつくまでは、万を超える変化を読まなければならない。恐ろしいのは、白黒双方の手の中に、妙手(みようしゆ)と鬼手(きしゆ)が紛れ込んでいることだ。それを見落とせば、永遠に答えに辿りつくことができない。まるで暗闇の中の迷宮を出口に向かって進むような気持ちがした。しかも出口には明かりはない。すべてが暗闇の中で読み進まなければならないのだ。

障子を締め切った部屋には熱気がこもっていたが、因徹は全身にひんやりとしたものを感じていた。古い写本から立ち上る妖気のせいかもしれなかった。そこに書かれている詰碁はとても人間業(わざ)とは思えなかった。

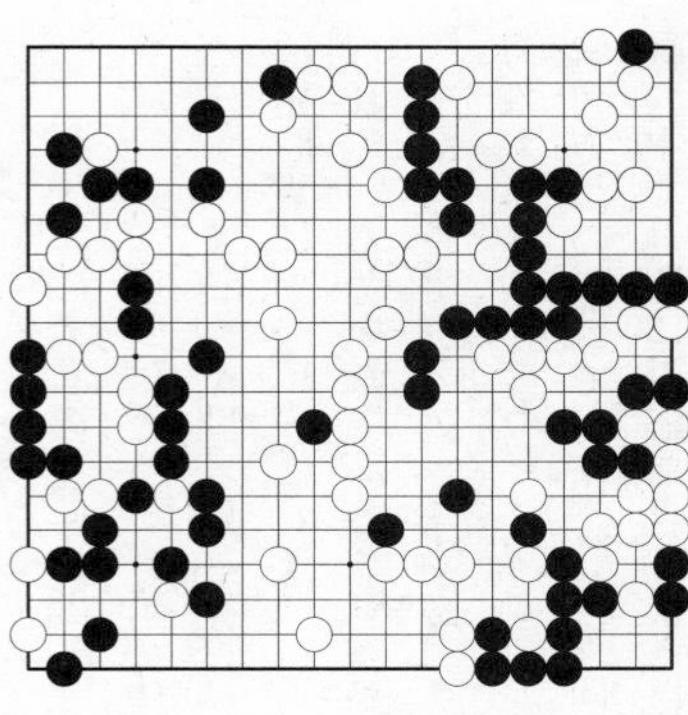
『発陽論』のなかの一題（黒先）。盤中詰碁の最高傑作と言われている。藤沢秀行名誉棋聖が1000時間考えたといわれる

この書を書いた者は化け物か——あるいは魔に取りつかれた者か。問題を解くのも至難の業だが、作る困難は想像を絶する。古来、名人は「入神の技」と称えられるが、名人というのは、これほどのものを作ることができる力があるのか。いや、名人を目指すなら、これほどまでの技が必要なのか。碁打ちの中で、これを見て絶望感に襲われない者はいないだろうと思った。

しかし絶望はすぐに喜びに変わった。己が目指している「碁の芸」のはるかな高みを垣間見たような気持ちになったからだ。自分もまたその道を歩んでいることに言いようのない喜びを覚えた。

この後、六ヶ月余り、因徹は部屋に籠ったまま、眠りの時間さえ削ってひたすら『発陽論』に取り組んだ。それを可能ならしめたのは彼の頑健な体だった。美濃の百姓出身の彼は小柄な体軀ながらこれまで病気ひとつしなかった。

問題に向かうときは、碁盤の上に図を並べ、それを睨みながら読み解く。碁打ちが詰碁を解くときは、絶対に石を並べない。すべての変化は、頭の中にある碁盤に石を置いていくことで調べていく。解くのに十日以上かかる難問もあった。一問解くと、疲労困憊した。門下生同士で打つ対局よりもずっと消耗させられた。

すべての問題を解き終えたとき、因徹は頭の中に碁盤が作られたような気がした。

これ以降、因徹は明らかに腕を上げた。他家との対局にもそれははっきりと現れた。

五

この物語の読者の多くは囲碁というゲームのやり方やルールを知らない人かもしれない。そこで囲碁はどういうものであるかを少々乱暴な形で説明する。

チェスや将棋や囲碁は「完全情報開示ゲーム」と言って、プレーヤーのすべての意思決定時点において、これまでにとられた行動や実現した状態に関する情報がすべて与えられているゲームである。麻雀やポーカーのような、「運」の要素は一切ない。

また同じボードゲームでも、チェスや将棋とはまったく異なる。チェスと将棋は、もともと言うなれば「ロールプレーイング・ゲーム」である。ロールプレーイングとは、学習方法の一つで、「現実の場面を想定して、複数の人がそれぞれの役を演じ、疑似体験の中で適切に対応できるようにする」というものだ。心理療法にもよく用いられる。

チェスも将棋も、王様、武将、騎兵、歩兵などのキャラクターを持ったコマがあり、それぞれ個別の能力が与えられている。

チェスは様々な言語を持つヨーロッパで愛好されたので、コマの造形から役割がわかるようになっているが、将棋は同一言語を使う日本で広まったので、コマに書かれた字から役割がわかるようになっている。プレーヤーはゲームをする前にそれぞれのコマが持つ能力を覚える必要がある。またゲーム開始時のコマの配置が決められていて、自由に並べることは許されない。このあたりはかなり人工的な要素が大きい。それにコマの役割上の制限もあって、着手できる場所は限定されている。ゲームの目的は相手の「王」を取ることである。

一方、囲碁で使われる石には、能力も個性もない。「究極のアブストラクト（抽象）ゲーム」と言える。そして自分の手番であれば、基本的には盤面のどこに石を置いてもいい。自由度は限りないほど高い。ただ、一度盤面に置いた石は動かすことはできない。

ルールもたった一つ――「相手の石をすべて囲めば、その石は死に、盤面から取り去られる」というものだ。これは言うなれば「公理」である。囲碁の初心者は「石は眼が二つあると生きる」と習うが、これは「公理」から導き出された公式の一つにすぎない。

オセロ（リバーシ）も抽象的という意味では似ているが、着手の自由度という点では比較にならない。また人間はオセロの市販ソフトにも勝つことは容易ではない。

ただ、将棋と囲碁ではどちらが覚えやすいかということになれば、実は圧倒的に将棋なのである。これはゲームの目的と手段が一致しているからだ。

一方、囲碁においては、ゲームの目的と手段が異なるケースが多い。この説明は実に難しい。囲碁では常に相手の石を殺すための「戦い」が繰り広げられるが、最終的には、より多くの地を取った者が勝ちというゲームである。では、「地を取る手」を打てばいいではないかと思えるが、そうではない。地を取る（囲う）手は勝利に最も遠い手になることが少なくないからだ。碁においては、相手の石を攻める「戦い」の手が最も有効な手であることが多い。

ならば、「戦い」に強い者が勝つのかといえば、そうではないからややこしい。このあたりはさながら禅問答のようでもあるが、アマチュアの高段者なら筆者の言っていることも理解してもらえるだろう。しかし、囲碁を知らない人が聞けば、まるで意味不明のことを言っていると思われるかもしれない。

実はこれが囲碁の玄妙さであり、複雑怪奇なところなのだ。大人になってから囲碁を覚えようとする人は、ほとんどの人がこの何とも言えない気味悪さにつまずく。「アルファ碁」が登場するまでコンピューターが長い間人間にまったく歯が立たなかった最も大きな理由もそこにあったと言われる。かつて棋聖・名人・本因坊の三大タイトルを同時制覇した趙治勲（ちょうちくん）名誉名人本因坊はエッセイで面白いことを言っている。「大人になってから碁を覚えて、一年で碁が面白いと思えるようになれば、それだけで碁の才能がある」と。

よく知られていることだが、囲碁を打つときは右脳を使う。とくに序盤の「布石」と言われる部分で使われる比重が高い。右脳は芸術脳・感覚脳と呼ばれていて、音楽や絵画その他抽象的な分野で活躍する部分だ。それに対して左脳は言語脳あるいは計算脳と呼ばれ、文字や計算を主につかさどる。

なぜ囲碁が右脳を使っているとわかったかというと、もともと囲碁を打てる人が脳梗塞などで右脳の機能障害を起こした場合、布石や形勢判断がむちゃくちゃになってしまう事例が多く報告されているからだ。ただ左脳が無事なら、死活のヨミやヨセの計算などは間違えない。その反対に左脳だけが障害を起こした場合は、簡単な死活が読めなくなったりするのに、布石の力は落ちない。この布石や形勢判断の「感覚」の部分こそ、ディープ・ラーニングという学習方法が登場するまで、コンピューターが最も苦手とする分野だったのである。

話を再び服部因徹に戻そう。

安永七年（一七七八年）二月、十八歳の因徹は赤坂御門内の平河町にある旗本、伊東正高宅の碁会に呼ばれた。そこで、因徹は当家の隠居である忠左衛門と打った。

碁好きにとって、家元の碁打ちと打つのは楽しみの一つである。これは稽古碁とか指導碁と呼ばれているものだ。家元の当主には幕府からの扶持があるが、それ以外の碁打ちは、碁好きの大名や旗本が主催する対局や「お稽古」の謝礼で生計を立てていた。また各家元も道場を設け、素人棋客相手に囲碁指南をしていた。今日でも多くのプロ棋士がアマチュア相手に行ない、囲碁の普及活動のひとつになっている。賞金稼ぎのトーナメントプロ以外の棋士にとっては、大きな収入源でもある。

この日、因徹は忠左衛門に三子置かせて対局した。彼の友人らがその碁を観戦した。忠左衛門は年の頃は五十近かった。聞けば、林家の門下だという。打ってみるとなかなか筋のいい打ち手だった。鋭くはないが、堅実な手を打ち、上手に付け入る隙を与えない。因徹は勝機を見いだせぬまま終局し、結果は黒番の四目勝ちに終わった。しかし元より勝負を争う碁ではない。対局が終わって、石を片付けた後、因徹は今打った碁を初めから並べ直しながら局後の感想をした。

碁においての「感想」とは、対局者同士が勝因あるいは敗因を調べるために、対局を再現しながら重要な局面での変化を研究することを言う。ただ、稽古碁の場合は、上手が下手に対して、「この局面ではこう打てばよかった」とか「ここはこういう手がある」という指導や指摘をする側面が大きい。もっとも、この碁は因徹が敗れたので、むしろ相手の手を褒めることが多かった。それでも、いくつかの悪手を指摘した。忠左衛門は謙虚に頷いていた。

半時（一時間）ほどの感想を終えて屋敷を出たときは、すでに陽は落ちていた。ただ、月明かりと雪のせいで、道は明るかった。

赤坂御門を出て、外堀沿いの道を歩いていると、不意に後ろから声を掛けられた。振り返ると、初老の僧が立っていた。さきほどの碁会にいた見物人の一人だ。おそらく忠左衛門ゆかりの碁好きの坊主であろうと思った。

「何用でござろうか」

因徹は訊いた。僧は笑みを浮かべて言った。

「井上家に因徹ありと呼ばれるほどの男が、ずいぶんぬるい手を打つのう」

因徹は内心で苦笑した。碁自慢の素人衆には玄人の碁打ちに向かって平気で手の善し悪しに口を出す者がたまにいる。

「碁は本手が大切でござりますから」

因徹は慇懃に答えた。

本手というのは、自らをがっちりと守る手をさして言うことが多い。家元で修行した碁打ちは本手を好む。相手にすぐに響く手ではなく、また一見して派手さはないだけに、素人にはしばしば守りだけの固すぎる手に見える。しかし後々の局面においても、本手で打たれた手は、相手に無言の圧力をかけることが多い。

「本手も時によりけり」僧は平然と言った。「右下の補強は不要じゃな。あそこは手を抜いて、上辺の大場に打つ一手」

「右下のキリを狙われては、打てません」

「三子置かせての碁なら、キリを誘って打つくらいでないといかんな」

そこまで言われては、さすがに因徹も少し腹が立った。

「失礼ながら、貴僧は段をお持ちか」

「家元の免状か」僧は馬鹿にしたように笑った。「そんな紙切れは対局では何の力にもならんよ」

たしかに家元の免状には二種類ある。その実力を認めて発行したものと、厚情に感謝の意を表して発行したものだ。援助や後援あるいは贔屓にしてくれた旗本や大名には、そうした免状を出すことは珍しくない。もちろん免状発行に際しては家元に多額の謝礼が支払われる。

「貴僧は、どれくらい打たれるのか?」

因徹の問いに、僧は「五段で打って恥はかかぬよ」と答えた。因徹は驚くというよりも呆れた。五段と言えば高段である。井上家跡目に次ぐ自分ですら三段だというのに。

「疑うようなら、今からその局面で、打ってみるか」

僧は言った。

「碁盤をお持ちか」

因徹の言葉に、僧は笑いながら、自分の頭を指差した。

「碁盤なら、ここにあるではないか」

因徹は苦笑いした。たしかに両者がそこそこに打てるなら、想像上の碁盤で打てないこともない。

こうして二人は道を歩きながら碁を打つことになった。僧が指摘した場面から始めた。因徹にとっては黒白を入れ替えての碁だ。

「右下は手を抜いて、上辺、星にケイマにかかる」

僧が言った。

「では、右下をキリます」

因徹は行きがかり上、キリを入れた。これで白は困るはずだ。だからさきほどの碁ではそこにカケツギの本手を打ったのだ。

「ハネる」

僧は平然と言った。

「ノビます」

「ツケる」

ツギ、ハネ、ノビ、ツケはいずれも囲碁用語だが、玄人同士は局面を共有している場合、こうした言葉だけで、どの部分をどう打つかを理解し合える。

二人は江戸城の外堀沿いの道を歩きながら、言葉だけで碁を打ち続けた。

しばらくすると、因徹はあれっと思った。右下にキリを入れると、白が窮すると思っていたはずなのに、一向にその気配がないのだ。僧は黒の攻めをするりするりとかわすではないか。

因徹はいったん下辺の攻めを保留して、上辺に向かった。さきほど白が打ったところだ。しかし白が先着している分、遅れを取った。

そこで中央の要所に打った。すると僧はすかさず左下に入ってきた。そこは白から手があるところだったが、素人には容易に見つけられる筋ではない。さきほどの忠左衛門にも敢(あ)えて打たなかった。しかし僧にはその手が見えていたらしく、左下の黒の地の中で簡単に生きてしまった。

因徹はこの僧はいったい何者だと思った。碁は黒が三子置いているから、悪くはならないが、僧の白を潰すことはできない。黒に攻めさせながら利を図るという、何とも味わい深い手を打つではないか。

また僧が頭の中の碁盤でしっかりと碁を打てているのにも感心した。十九路の碁盤で方々に石を置くと、かなりの打ち手でもこんがらがる。

ところがこの僧はまるで実際の碁盤に並べているかのように打っている。最初、十手もいかぬうちに支離滅裂な手が出るだろうと思っていたが、僧の碁は一向に乱れなかった。それどころか、驚いたことに碁が黒によくならないではないか。素人の坊主相手に頭の中で碁を打って、苦戦するなどということがあるだろうか。しかも自分が三子置いているのにだ。

因徹が考え込んでいると、僧は笑いながら言った。

「三子置いて、長考か」

因徹は足を止めた。僧も同じく立ち止まった。

「貴僧のお名前は何とおっしゃる？」

僧はにやりと笑った。

「わしの名は、快禅」

因徹はあっと思った。

小松快禅の名を知らない碁打ちはない。素人棋客でありながら、その力は家元の碁打ち衆も怖れたほどの打ち手である。噂には聞いていたが、会うのは初めてだった。

本因坊家の跡目、烈元に定先で十番碁を打ち、五分で打ち分けたのはつとに知られていた。烈元は六段だが、実力は七段と言われている。その相手に先で打ち分けるというなら、その力は優に五段はある。因徹自身、その碁を何局か並べたことがある。快禅の碁はヨミを頼りにした攻めが特徴である。一見素人くさい手を打つが、そこにはしっかりとヨミが入っていて、うっかりすると罠にはまる。並べていて、はたして自分は快禅に勝てるだろうかと思ったことを覚えている。

「わしの名前を知っていたか」

「はい」

「キリは怖くはなかろう」

因徹は頷いた。

「本手も大事だが、場合による。碁は本手ばかりで勝てるほど甘くはない。時として、無理を承知で打たねばならぬ時もある」

「それはあくまで互先の場合ではないでしょうか」

「違う」快禅は言った。「置碁であっても勝負の機微は同じ」

因徹はたしかにと思った。

「お前の碁は見どころがある。もし打ちたければ、いつでも増上寺に来い」

快禅はそう言うと、去っていった。

小松快禅は謎の人物である。『坐隠談叢』によれば、加賀国能美郡小松の禅宗の僧で、後に江戸に出て、芝増上寺の所化（修行中の僧）となる、とある。生年と没年は不詳。当時、「不思議の上手」と評された一風変わった碁を打つ男だった。「快禅の大塗り」は古来より有名なハメ手である。豪快な攻めの碁で、当時の並いる強豪とほぼ互角に打っている。

江戸時代には時折、在野にこうした強豪が出現している。同時代には尾張の徳助、田嶋源五郎、四宮米蔵などが知られている。上記の三人はいずれも賭け碁打ちである。彼らに共通するのは、ヨミを主体にした力碁である。当時は棋書もなく、また家元の門下生でなければ、碁譜なども容易には見られなかったことから、強くなるにはひたすらヨミを磨くしかなかったのであろう。

快禅の不思議な話が幕末に刊行された『爛柯堂棋話』（林元美著）に載っている。宝暦の頃、厩橋（現・群馬県前橋市）から近藤左司馬なる素人碁打ちが江戸にやってきて、快禅に二子置いて二局勝った。これは大いに評判になり、左司馬は快禅に先での対局を願うが、「まだ先では打てぬ」と断られ、失意のまま故郷へ帰る。何年か経ったある日、左司馬は再び快禅を訪ねて熱心に対局を頼み、熱意に負けた快禅は左司馬の先で打った。左司馬の打ちぶりは見事だった。深夜になってようやく終局し、快禅のかろうじて四目勝ちとなった。左司馬は礼を述べて席を立つと、そのまま戻ってこなかった。それからしばらくして厩橋の者が訪ねて来た際に、快禅がこの話をすると、左司馬は長く患った末に死去しており、亡くなった日が、快禅と打った日であったという。

筆者はこの話が好きで、ここには碁に魅せられた男の妄執のようなものが感じられる。おそらく近藤左司馬は死の床にあってなお、快禅と先での対局を切に望んでいたのであろう。あるいは今際のきわに夢うつつで対局していた様子が、このような綺談に変化したのか。そうした話が残るほど、小松快禅の名は広く知られていたのだ。

因徹は毎月のように増上寺に通った。むろん快禅と打つためだった。

快禅は怪力と言ってもいいほどの力の持ち主だった。碁で「力が強い」というのは、「戦いに強い」という意味である。

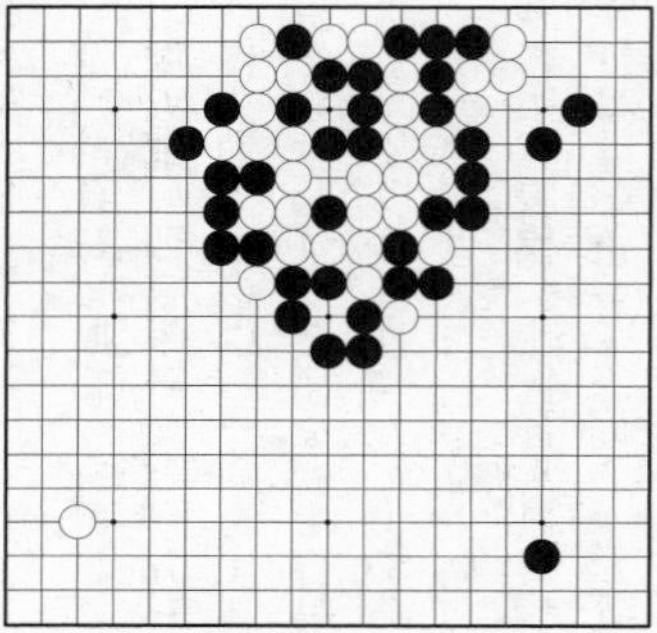

「快禅の大塗り」。小松快禅がつくったとされる有名なハメ手。白の腹中にある黒石13個は死んでいる。白は40目近くの地を持つが、黒の豪快な姿勢の威力はそれを上回る

快禅は因徹が初めて出会った類の打ち手だった。序盤の布石が終わらないうちに、戦いが始まることが多く、それが終局まで続き、一瞬たりとも気を抜けない。わずかな油断が命取りとなる。

因徹にとって今や快禅が第二の師匠のようなものだった。快禅との碁でヨミの力を徹底して鍛えられた。最初は因徹の先だったが、半年後には先々先になり、その半年後には互先になった。

初めて白番で勝ったとき、快禅は大笑した。

「見事だ、因徹」

因徹は黙って頭を下げた。

「今のお前なら、烈元にも先々先で打てるだろう。もうお前に教えることは何もない。これからはさらに精進せよ」


安永八年（一七七九年）、因徹が十九歳のとき、師の春達は四段を許した。

因徹は御城碁に出る夢を持っていた。しかし御城碁は家元の当主か跡目でなければ打つことができない。井上家の跡目は兄弟子の因達である。因徹より十四歳年長の三十三歳で、段位は五段だったが、因徹との手合は互先（同格）になっていた。いずれ因徹が抜き去ると言われていたが、いったん寺社奉行に届けた跡目を覆すわけにはいかない。

因徹は御城碁に出られない鬱憤（うっぷん）を晴らすように、他家との対局に力を入れた。因徹の碁を見たいという者は多く、大名や旗本が主催する碁会に呼ばれ、そこで他家の様々な打ち手と対局した。因徹は連戦連勝し、いつしか「鬼因徹（おにいんてつ）」と呼ばれるようになった。江戸の二百六十年の碁界にあって、「鬼」と呼ばれたのは服部因徹だけである。

余談だが、時代が大きく下って昭和の終わり、小林光一（こばやしこういち）名誉三冠は中国棋士たちに「小林鬼（シヤオリンキ）」と呼ばれた。昭和六十三年（一九八八年）から始まった日中名人戦の三番勝負において、全盛期を迎えていた小林は中国名人の劉小光、馬暁春に対して四年で八連勝し(「2―0」を四年続けたことになる)、圧倒的な強さを見せつけたからだ。この時が日本の囲碁が中国を上回った最後の時代であった。この少し前から中国は国家主導のもと、全土から集めた天才少年たちに英才教育を大々的に施しており、小林名人四連覇のあと、ついに中国は衰退する日本の碁に追いつき、これを抜き去った。

実は中国の囲碁の発展に大いに寄与したのは日本の棋士たちであった。五十代で日本最高のタイトルである棋聖を獲得した藤沢秀行九段が何人もの棋士を引き連れて何度も中国にわたり、中国の棋士たちを鍛え抜いた。中国で生まれた囲碁というゲームが江戸時代の日本で大輪の花を咲かせ、それが二百年後に中国に恩返しをすることになったのだ。

その年の三月、因徹は麻布の会津保科家の碁会に招かれた。保科家は昔から安井家の有力な後援者だ。

この日の碁会は安井家の門弟たちが他門の打ち手たちと対局するものだった。

因徹は、坂口仙知という少年と対局することになった。仙知は因徹の三歳下の十六歳だった。ひょろりと背は高いが、顔にはまだ幼さが残っている。ただ、目は鋭かった。

聞けば、安井家の外家(親戚筋のようなもの)である坂口仙徳の長子だという。仙徳は外家でありながら御城碁に出仕したほどの強豪である。

　仙知の段位は初段で、四段の因徹とは先二の手合である。初番で二子置いた黒はいきなり白に襲いかかってきた。置碁の白にとって、黒からの序盤の急襲は厳しいが、それさえしのげば逆に打ちやすくなる。攻めが切れたときに、黒にいくつか弱点が残るからだ。

　しかし少年の攻めは思っていた以上にきつかった。攻めが途切れないのだ。甘く見て一手他所に打ったこともあって、白は防戦一方になった。百手もいかないうちに形勢ははっきり黒がよくなった。これは二子の手合ではないと因徹は思った。

　勝敗はその時点で明らかだったが、因徹は投げずに最後まで打った。少年のヨセの力を見たかったからだ。ところが、少年はヨセに入ってもいささかも乱れず、因徹はなかなか差を詰めることができなかった。終局してみれば、少年の七目勝ちだった。

　因徹は少年の力量をはかるため、もう一局打とうと言った。主催者である保科家の家老は喜んだ。

　二局目は少年の先番である。さきほどの二子局ではいきなり戦いを仕掛けてきた黒だったが、先番の碁では、打って変わってじっくりと打ってきた。今度も急戦に来ると思っていた因徹は意外な気がした。

　ただ、序盤の十数手を見て、おやっと思った。布石の感覚が変わっている。経験不足から来るものだろうか。石が中央にいく手が多い。中央へ向かう手は勢いはよいが、実質が伴わないことが多い。素人棋客にたまにこういうのがいるが、明らかに地に甘い打ち方だ。しかしさきほどの二子局を見る限り、少年の手筋の冴えは素人碁打ちの腕ではない。ということは、これは少年の棋風なのか――。

因徹は、形勢は悪くないと思いながら打ち進めていったが、中盤に入ったあたりから、少年が猛烈な攻めを繰り出し始めた。それまで幾分ぬるいと思っていた打ち方だったが、中央の石がすべて攻めに働いているではないか。

油断だったか――いや、そうではない。因徹の手に悪手も緩手もない。だとすれば、この少年はここに至る構想力を持っていたということか。

因徹は座り直した。二子で負けるのは仕方がないとしても、こんな小僧に向こう先で負けるわけにはいかない。石を攻められたくらいで慌てては鬼因徹の名前が泣く。昔から「大石死せず」と言う。長くつながった大石を包囲した石には必ず傷が生じ、攻められた方はそこを衝けば簡単に死ぬものではないからだ。

ところがこの時は状況が違った。白は二つの弱石を抱えていた。一つの石を逃げれば、もう一つの石が攻められる。それを防げば、別の石が攻められる。これを囲碁では「カラミにかけられる」と言う。

少年の石はことごとく白の二つの石の急所を睨む手だった。まさに肺腑をえぐるという強烈さがあった。序盤はぬるいと思われていた石がここにきてすべて攻めに生きている。

そして、ついに因徹の二十数目の大石が死んだ。

因徹は呆然として、死んだ白石を眺めていた。いったい、何が起こったのだ。この小僧は何者だ。

「さすがの因徹殿も、仙知の先二は荷が重いか」

保科家の家老は嬉しそうに言った。そもそもこの日の碁会は、坂口仙知の力を見るために因徹を呼んだのだ。

「初段ということですが、三段の力はあると思われます」

因徹は答えた。家老は満足そうな笑みを浮かべた。

保科家を辞して、井上家へ戻った因徹は、あらためてその二局の碁を並べてみて愕然とした。少年の力は三段どころの話ではない。明らかに自分よりも強い。するとその実力は五段以上かもしれぬ。しかも自分より三歳も若い。

天賦の才か――思わず呟いた。

仙知にはそれがある。自分はおそらくこの少年には勝てぬ。そう思った途端、まるで深い沼に沈んでいくような気持ちを味わった。

気が付けば、盤の上に涙がこぼれていた。幼い頃はともかく、碁打ちになってから碁に負けて泣いたのは初めてだった。

因徹はこのとき、はっきりと悟った。自分はこの世界の頂きには、永遠に立てぬ――。

六

ここで話を坂口仙知に移す。

仙知は因徹との対局直後に、坂口家から安井家の養子となり、同時に跡目となった。そして、翌年の安永九年（一七八〇年）、当主である仙哲の急逝により、なんと十七歳二段で名門安井家の家督を継いだ。古今、十七歳で家元の当主となった者は安井仙知以外にない。

同年、初めて御城碁に出仕し、林家当主の祐元門入に二子で中押し勝ち。翌年の御城碁では林家跡目の門悦に対し、白番二目勝ちした。

安井仙知の碁は、因徹が「天賦の才」と見做しただけあって、才気に溢れたものだった。当時の碁は隅や辺を重視したのに対し、仙知の碁は中央に大きく勢力を張る雄大なものだった。碁盤は縦横十九の線でできているが、地を作りやすいのは盤の端から数えて三番目ないし四番目の線に石を配置する手だった。競り合いとなれば中央へ伸びる手は重要だが、ふつうに四線より上（中央寄り）に石を置く手を玄人は「実のない手」と言って嫌った。しかし仙知はそうした「位の高い手」を好んで打った。地を欲しがらず、むしろ勢力を好み、相手に地合いで先行されても悠然と構えていた。そして中盤に差し掛かるころより、中央に築いた勢力を背景に一気に攻めに転じる。状況によっては序盤から一気に攻める場合もある。その凄まじい攻めに同時代の打ち手のほとんどが打ち取られた。

もっとも碁の攻めというのは複雑怪奇で、大石を取るという単純な攻めはむしろ少ない。一つの石を攻めながら、別のところで大きな利を図るというのが玄妙な攻めだった。仙知の碁盤全体を見た攻めはまさしくそれだった。

天明二年（一七八二年）、安井仙知は御城碁において本因坊家跡目の烈元（れつげん）と対局した。仙知十九歳四段、対する烈元は三十三歳七段。三段差の手合割は先二で、この時は仙知の二子番だった。それまで両者は五局打っていて、仙知の全勝だった。そしてこの御城碁でも烈元を中押しで破った。

翌天明三年（一七八三年）、仙知は御城碁において、本因坊家では烈元に次ぐ実力者と言われていた河野元虎（こうのもととら）と対局、これを先番で破っている。この頃、本因坊家では「仙知恐るべし」と言われ、彼の中原（ちゅうげん）に勢力を張る碁を打ち破るために対策が練られていたともいわれる。しかしその甲斐も空（むな）しく河野元虎や水谷琢元（みずたにたくげん）などの坊門の強豪がことごとく仙知の軍門にくだっていた。

　翌天明四年（一七八四年）、仙知と烈元は再び御城碁で相まみえた。二十一歳の仙知は五段にあがり、烈元との手合は先になっていた。

　烈元は九世本因坊察元の次の名人候補と目されるようになっていた。それだけに白番とはいえ、十四も年下の仙知に負けるわけにはいかない。しかし仙知の先番は無類の強さで、烈元はほぼなすすべもなく敗れた。

　仙知の強さに感服した第十代将軍家治（いえはる）は、「仙知と察元名人の碁が見たい」と言った。早速、二人の対局が組まれた。これは「御好碁（おこのみご）」と言われるもので、将軍が直々（じきじき）に碁打ちを指名して対局を所望するものだ。御城碁では過去に何局も打たれている。

　思わぬところから意外な対局が始まった。手合割は、九段格の察元名人に対して五段の仙知の二子だった。察元五十二歳、仙知二十一歳である。「御好碁」とはいえ、真剣勝負であることは言うまでもない。この日、千代田城の黒書院では決着がつかず、翌日、寺社奉行の阿部備中守（あべのびっちゅうのかみ）宅で打ち継がれたほどだ。つまり両者とも必死の対局であった。

　十六年前（明和五年）の御城碁で六世井上春達（服部因徹の師匠）相手に二子置かせての二目負けの碁は、「察元一生中の出来」と言われたが、春達と仙知ではものが違う。天下の名人といえども仙知に二子置かせては勝負にならず、結果は、仙知が察元を中押しで破った。道場に戻った察元は、門弟たちに「仙知はいずれ名人になるであろう」と語ったといわれる。

仙知と察元の対局はこれ一度だけである。察元はこの碁を最後に御城碁を引退し、四年後に亡くなっている。残念なのは、仙知先番の碁を見られなかったことだ。はたして仙知の先番に対して名人がどう受けるか。もし打たれていれば天明の名勝負になったことだろう。

仙知は同時代の碁打ちたち相手に圧倒的な戦績を残している。烈元との対局譜は二十七局残っているが、総計すると二十三勝二敗という一方的な記録である（内訳は仙知の三子番二勝、二子番四勝、先番十四勝二敗、白番三勝一芇（じご）一打ち掛け）。「鬼因徹」こと服部因徹も仙知には歯が立たなかった。

なぜ同時代の打ち手がことごとく仙知の前に屈したのか。もちろん仙知の力がそれだけ強かったからにほかならないが、それよりも仙知の碁が当時としては異色の碁であることが大きかった。彼はある意味、時代を超えた感覚の持ち主だった。

時代は大きく下って昭和の初め、木谷實（きたにみのる）と呉清源（ごせいげん）は「新布石」というこれまでにまったくなかった碁の布石概念を発表した。呉清源は近代の囲碁を飛躍的に進化させた二十世紀の天才である。「新布石」はそれまでの辺を重視した布石から、中央を重視する新しい思想を盛り込んだ布石だったが、実は百五十年も前に仙知が試みていたものだった。

仙知以前にはそういう碁を打った者は誰もいなかった。御城碁の棋譜の解説書『御城棋譜』（全十巻・昭和二十六年刊行）を編纂した瀬越憲作は「仙知は大天才である」と書いている。呉清源を育てた名伯楽の言葉であるだけに、重みがある。

新布石が発表されて約半世紀後、昭和の後半、武宮正樹九段（当時）が「宇宙流」と呼ばれる画期的な布石を考案し、世界の囲碁を変えたが、仙知はそれを二百年先取りしていたと言える。

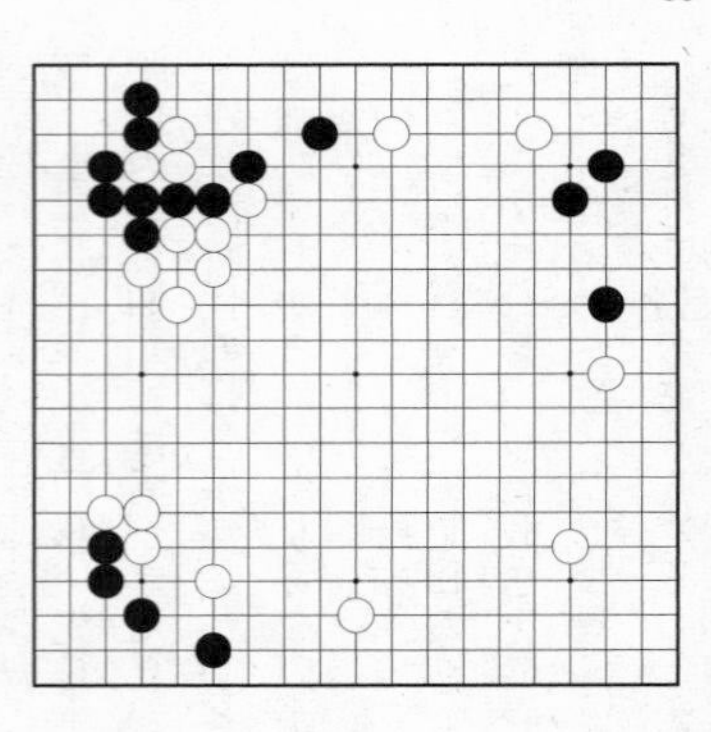

図①天明2年（1782年）12月21日　御城碁
先番　林門悦
　　　安井仙知

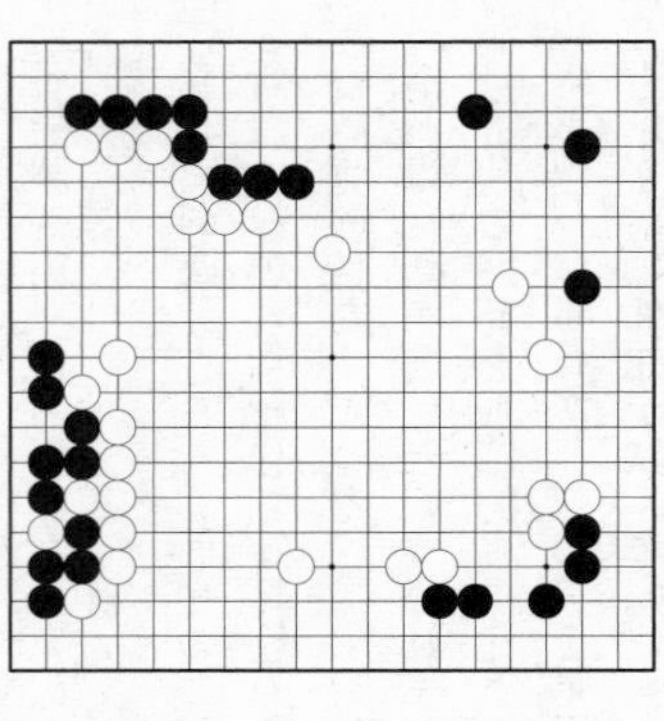

図②昭和57年（1982年）1月14日
第七期名人戦リーグ
黒番　本田邦久
白番　武宮正樹

前頁の図①は天明二年（一七八二年）の御城碁において仙知が林門悦（跡目）と対局した碁譜である。黒の門悦は左上隅、右上隅、右下隅と各所に四十目以上の地を持っているが、白の仙知にはまだほとんど地はない。しかし中央方向への勢力がすごい。この勢力で今後の戦いを有利に展開していこうというのだ。当時の碁界で、こういう感覚を持った碁打ちはいなかった。ちなみに図②は、図①の局のちょうど二百年後の昭和五十七年（一九八二年）に武宮正樹九段が本田邦久九段と打った碁譜。二人の碁は驚くほど似ている。

仙知の布石感覚が時代を超えていたのは紛れもない事実であるが、碁は布石だけで勝てるほど単純なゲームではない。最終的にものをいうのは「力」である。とくに仙知のような地を欲しがらずに勢力を重視する打ち方は、攻めが弱くては話にならない。いかに勢力があっても、あっさりしのがれてしまっては、地がない分、大差で負けることにもなりかねない。それだけに、勢力一辺倒の打ち方というのは、玄人碁打ちには「怖い打ち方」でもある。「攻め」に相当な自信がないと打てない。つまり仙知は独特の布石を生かすだけの剛腕を持っていたということだ。

こうして仙知は二十代半ばにして、天明から寛政にかけての碁界をほぼ制圧した。

天明八年（一七八八年）一月、本因坊察元名人が五十六歳で亡くなった。家督は三十九歳の烈元が継いだ。

このとき安井仙知は二十五歳、段位は六段だったが、半名人（八段）の力ありと言われていた。察元名人が亡き後、仙知は碁界の第一人者となった。この時点で御城碁では十一局打ち十勝一敗という見事な成績であった。負けは本因坊家の跡目候補である河野元虎に白番で負けた一局だけだった。まさしく他とは隔絶した打ち手であり、名人碁所の資格は十分にあった。

しかし仙知は寺社奉行に名人碁所願いを出さなかった。

おそらく名人碁所願いを出したとしても、時期尚早という理由で却下されるに違いないと考えたと思われる。名人碁所は将軍の囲碁指南役であり、また碁と将棋の家元の上に君臨する地位である。二十代では若すぎると見做（みな）されても不思議ではない。事実、過去七人の名人はいずれも三十代以上でこの地位に就いている。江戸幕府はとかく前例を重んじる。先例のないことは認められない場合が多い。察元でさえ名人になったのは三十五歳、碁所を拝命したのは三十八歳である。

慌てる必要はないと仙知は考えた。三十半ばになったときに、あらためて碁所願いを出せばいい。本因坊烈元はもはや敵ではないし、河野元虎も水谷琢元も恐るるに足らず、林家にはこれといった打ち手はいない。唯一、怖いと言えるのは井上家の服部因徹くらいだが、負ける気はしない。他家の若手を見渡しても、当分自分を脅かしそうな者はいない。

もし自分を超える者がいるとすれば――と、仙知は思った。それは我が弟子の中野知得だろう。

七

中野知得は伊豆国三島の貧しい漁師の倅だった。幼名を磯五郎といった。正式な苗字はなかったと伝えられる。

幼い頃に碁を覚え、すぐに近隣の漁村では敵う者がいなくなった。その噂を聞いた安井家の門弟である石原八十八が伊豆まで足を伸ばし、磯五郎と打った。磯五郎は三段の八十八に対し、六子局、五子局と勝ち、四子局で負けた。田舎の漁村で育ち、実戦だけでここまで強くなった九歳の童子に八十八は驚いた。

江戸に戻った八十八からその碁譜を見せられた仙知は、一目で磯五郎の並々ならぬ才能を見抜いた。棋力も申し分なかったが、それよりも感心したのが、童子が一局ごとに成長を見せていたことだ。最初の六子局で八十八が放った手筋に対して、次の局ではもう対応している。そして五子局で失敗した部分でも次の局では修正を加えている。

この子を育ててみたい。そう思った仙知は八十八に、再び三島に行くことを命じた。磯五郎が伊豆から江戸に出て、安井家の内弟子になったのはそれからまもなくのことである。

仙知の目に狂いはなかった。磯五郎は兄弟子たちの碁を眺めているだけで、手筋や定石を覚え、また対局で一度失敗したことは二度とやらなかった。驚くべき吸収力だった。

仙知は磯五郎に中野知得という名前を与えた。

察元名人が亡くなった天明八年（一七八八年）の四月、安井仙知は旗本松平隠岐守定国が主催する碁会に招かれた。本因坊家の門下三人と安井家の門下三人が打つというものだった。これは碁好きの何人かが勝敗を予想して金を賭ける対局だった。その頃はこうした一種の「興行」とも言える対局が盛んに行なわれるようになっていた。この少し前、田沼意次が側用人として権力をふるい、それまでの重農主義を捨て商業主義を重視した政策によって、江戸の経済が活性化したことも大きかった。

さらに時代が下ると、大衆にも広がり、勝敗予想の「碁券」なども売り出された。個人の対局もあれば、連碁（団体戦）の対局もあった。個人の場合は、十番碁や二十番碁といった複数対決で決着がつけられた。もちろん、賭けた者は賭け率のようなもので配当も変わる。現代でも欧米ではスポーツ選手の対戦がブックメイカー（賭け屋）の対象となっていて、公然とギャンブルが認められているが、江戸中期以降の碁や将棋の世界でもそうしたことが行なわれていた。もちろん、碁打ちには謝礼が支払われる。またそれとは別に勝者に懸賞金が払われるケースも多かった。ただ、家元の棋士は幕府から扶持をいただいている身であるので、あまりおおっぴらにはできなかった。とはいえ公儀もある程度は大目に見ていたようだ。

仙知はこの日は後見人として来ていたが、知得を勉強のために伴っていた。対局が始まる前に、松平隠岐守は知得を見つけると、仙知に言った。

「その子も仙知殿の門下か」

「中野知得と申します」

「どれくらい打たれるのか」

「まもなく初段を許してもよいかなと思っております」

仙知はそう答えたが、知得の力は二段はあると思っていた。

「ほう、その年で初段近いとは」松平隠岐守は感心したように言った。「では、本因坊の子と打ってみてはどうだ」

そして、本因坊烈元が連れてきていた少年を指差した。おそらくその子も兄弟子たちの真剣勝負を見せるために連れてこられたのだろう。少年はいきなり指差されても表情一つ変えなかった。肝が据わった子だなと仙知は思った。

年は知得よりも幾分上に見えたが、髪を束ねていたから元服前であろう。

「本因坊、その子はどれくらい打つのか？」

松平隠岐守が訊いた。

「先日、初段を許したところです」

烈元が答えた。

「ほう、それならば、いい勝負ではないか。名は何と言う？」

「宮重楽山（みやしげらくざん）と申します」

仙知はその名前に覚えがあった。本因坊家に「楽山」という非常に利発な子がいて、烈元の秘蔵っ子とも聞いていた。

「手合はどうする」

松平隠岐守は訊いた。烈元が仙知を見た。

「知得は未だ入段前でありますから、おそらくは楽山とは先二が妥当だとは思われますが、定先でお願いつかまつればありがたい」

そう仙知が言うと、烈元は「承知つかまつりました」と答えた。

意外なことから、番外の一局として楽山と知得の対局が行なわれることになった。このとき知得は十三歳、楽山は十四歳だった。この後、生涯にわたって八十局を超える両者の第一局であった。

仙知は、楽山という少年がいかに烈元の秘蔵っ子とはいえ、知得の先を受けきることはできないだろうと思っていた。安井家では二段格で打たせている。その先を受け止めるなら四段の力は必要だ。

門弟たちの対局に合わせて、知得と楽山の碁が始まった。仙知は他の門弟の碁よりも知得の碁が気になった。同時に、本因坊家の少年がどんな碁を打つのか知りたかった。

互いに一礼するやいなや、知得が一手目を右上隅の小目に打った。楽山はゆっくりと碁笥から白石を取り出すと、知得から見て左下隅の高目に打った。

仙知は楽山の所作を見て感心した。正座した背筋をぴんと伸ばし、微動だにしない。家元の碁打ちはいずれ将軍の前で技芸を披露する御城碁を目指すだけに、対局中の姿勢は美しい。齢十四にして、これだけのたたずまいを保てる少年は珍しい。聞けば、父は武士だという。

一方の知得は何度も正座した足をずらしたり、上体を揺すったりと、いかにも子供らしい態度だった。仙知は知得の対局姿勢にはひとまず目をつぶり、盤面を眺めた。

知得の石が思ったほど伸びていない。慣れない旗本の屋敷での対局で緊張しているせいか、と仙知は思ったが、よく見るとそうではなかった。楽山の手が知得の持ち味を封じているのだ。あの才気あふれる知得が押されている。さすがに烈元が可愛がる子だけのことはある。

碁は白番の楽山がやや有利のうちに中盤を迎えた。非勢を意識した知得は勝負手を繰り出すが、楽山はそれをがっちりと受け止め、堂々と寄り切った。終局して、楽山の十二目勝ちだった。

整地して負けを確認すると、知得は一礼して碁石を片付けた。

両者による感想が始まった。知得の疑問手を指摘すると、知得は黙って小さく頷いた。感想の間、知得はうつむいたままほとんど喋らなかった。日頃、負けると全身で悔しさをあらわす知得の淡々としている様に、仙知は意外な感じがした。

感想が進むうち、その肩が小刻みに震えているのに気付いた。やがて、うつむいた顔から涙がぼたぼたと落ちるのが見えた。

周囲の者もそれに気付くと押し黙った。しかし知得は流れる涙を拭おうともせずに、石を並べ続けた。楽山は知得の涙を気にすることもなく、淡々と感想の言葉を述べた。

仙知は妙な情けをかけない楽山の態度に好感を持った。同時に、知得に白番で完勝した楽山の碁を見て、素晴らしい才能だと思った。それに感想の言葉が的確である。いずれは本因坊家を代表する打ち手となるであろう。坊門の兄弟子である河野元虎や水谷琢元を追い抜くのはそう遠いことではあるまい。烈元の跡を襲うのはこの少年かもしれぬ。

ただまだ当分はわしを脅かすまでには至らぬ。大成するまでにはしばらくかかる。楽山と覇を競うことになるのは知得だ。近い将来、本因坊家と安井家の家を懸けて戦うことになるだろう。この対局を見る限りは、楽山に一日の長がある。知得の碁はまだまだ甘い。

ところが仙知のそんな予想を知得が自ら覆した。

半年後の十月、稲葉丹後守正諶邸において、再び楽山と知得の対局があり、知得は楽山を先でほぼ一方的に破ったのだ。

その日の碁会の観戦者たちも驚いたが、誰よりも驚いたのが仙知であった。知得は半年前の対局での甘い手が一切影を潜めていた。それどころか逆に楽山の力を封じ込めるような打ち方でもあった。おそらくあの時の負け碁を徹底して研究していたのだろう。

楽山もまた、ただ者ではなかった。翌年の寛政元年（一七八九年）三月、酒井大学頭邸の対局で、白番で二目勝ちした。知得の弱点を鋭く衝いた一局だった。

その四ヶ月後、田中吉蔵宅で打たれた四局目では、再び知得が先で五目勝ちし、二勝二敗の五分に戻した。

それにしても、わずか一年余りの間に大きな屋敷で四局も打たれたということは、いかにこの二人の少年の対局が人気を呼んでいたのかがわかる。今風に言うなら碁好きたちを夢中にさせる若きホープ対決であったのだろう。

仙知は四局をつぶさに調べて驚嘆した。

二人とも一局ごとに力をつけている。知得の技量が伸びれば楽山も伸びる。楽山が伸びれば知得も伸びる。まるで二人の力が、互いに働きかけているようだった。その力も初段前後どころではない。両者とも三、四段の技量を身につけている。もちろん二人ともにまだ甘いところはある。大局観において幾分劣るところもある。ただヨミに関しては、すでに高段者と肩を並べるところまで来ている。二人はおそらく生涯の好敵手となるであろう。そして今後も、打ちながら互いの技量を高め合っていくに違いない。

仙知はふと自らを省みて、一抹（いちまつ）の寂しさを覚えた。自分の最も伸び盛りの時代にはそうした敵はいなかった。年長者には目標となる打ち手は何人もいたが、切磋琢磨（せっさたくま）する好敵手ではなかった。十代の終わりから二十代の半ばにかけて、彼らに追いつき、追い越した。そして三十歳を前にして碁界をほぼ制圧したが、はたして碁打ちとして、それが本当の幸せだったのだろうか。これから後、自分ははたしてどこまで強くなれるのだろうか。

もし青年時代に、知得にとっての楽山のような存在がいれば、自分の碁はさらに飛躍していたかもしれない。しかし、過ぎたことを嘆いても仕方がない。安井家の棟梁（とうりょう）として、務めを果たすことだ。自分の生きる世界はここにしかない。

仙知は知得を鍛え抜こうと思った。自分の持てるすべてを注ぎ、いずれは安井家を継がせる。

田中吉蔵宅の碁会以来、数日おきに知得と打った。対局が終わると、知得の悪手と疑問手を指摘した。知得はまるで乾いた砂が水を吸い込むように仙知の教えを吸収した。

ところが、ここで奇妙なことが起こった。それは知得に独特の棋風が生じたことだ。前にも書いたように、仙知は中央に勢力を築く碁である。その勢力を背景にした怒濤の攻めで、同時代の名のある打ち手をねじ伏せてきたが、その豪腕を少年に対しても存分にふるった。知得は対局のたびに、師匠の恐ろしいまでの攻めの洗礼を受けた。幾度も大石を殺され、投了を余儀なくされた。また生きることができても、さんざんにいじめ抜かれ、地はぼろぼろにされた。

知得は仙知の攻めを受けるうちに、徐々にシノギの力を得た。碁で「シノギ」とは、相手の攻めを耐え抜く、あるいはかわすという意味で使われる。いじめ抜かれて生きるだけではシノギとは言えない。後年、知得は「シノギの知得」と異名を取る碁打ちになる。すなわち、相手の攻めをしのぎきる特異な棋風である。今も昔も攻めを得意とする碁打ちは多いが、「シノギ」を得意とする者は少ない。独特な棋風と書いたのはその意味である。

知得の碁は、師の仙知のような派手さや豪快さはない。一見、地味にも見えるが、その玄人好みの碁は、しばしば「いぶし銀」とも評される。現代でも非常に評価が高く、平成の元名人、依田紀基九段も知得に私淑する一人である。また将棋の米長邦雄名人もその碁に惚れこみ、子息に知得と名付けたほどだ。

知得はそれほど不思議な魅力を持った碁打ちであった。

一方、本因坊家の楽山も才能は知得に優るとも劣らなかった。

徳川御三卿の一つ清水家の物頭役の四男として江戸に生まれた宮重楽山は幼い頃から碁の才能を謳われ、十一歳のときに本因坊家の内弟子となっている。河野元虎を初めとする兄弟子たちの薫陶を受け、十代初めには、将来の本因坊家を背負って立つ男と見られていた。

楽山は厚みを背景とする豪快な攻めを身上とした。この棋風は実は安井仙知の棋風であった。仙知の棋風が弟子の知得に受け継がれず、本因坊家の楽山に受け継がれたのは面白い。ともあれ、厚みを好む楽山と実利を好む知得という対照的な碁打ちが現れた。

ここで碁を知らない読者に、「実利」と「厚み」とはどういうものかを、定石を例に出して説明してみたい。

囲碁には「定石」と呼ばれるものがある。おもに隅で白と黒が打ち合って、「これで

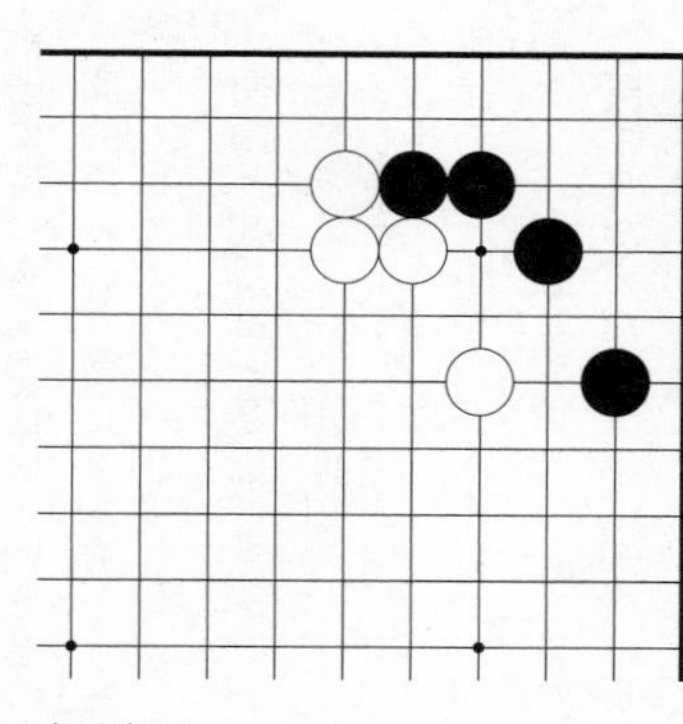

高目定石

互角」という形である。何千（一説には何万とも言われる）という定石のほとんどは、一方が「実利」を取り、もう一方は「厚み」を取る形になっている。上図は高目定石の一つだが、黒は約十四目の地を持っているが、白には地がない。しかし白は中央方向に向けて勢力があり、その価値は約十四目に匹敵すると考えられている。この匹敵というのがややこしい。というのは、実際のところは数値化できないからだ。

黒はこのあと、厚みを利用して戦いを有利に持っていくことができる。それが成功すれば、十四目以上の地になる可能性もある代わりに、うまく利用できなければ、十四目以下の地になってしまう危険もある。そこで、その双方を勘案して、約十四目の地に匹敵する「厚み」というわけだ。

乱暴な喩えを承知ですれば、「実利」は銀行預金、「厚み」は有価証券（株）とも言える。銀行預金は元本保証されているので、減ることはないが大きく増えることもない。有価証券は上手に運用すれば何倍もの利益を得ることが可能だが、失敗すると紙屑になってしまう恐れもある。

囲碁は「実利派」と「厚み派」の戦いとも言える。もちろんトッププレーヤーともなれば、基本的にはオールラウンダーであるが、それでも実利を好むタイプと厚みを好むタイプに分かれる。中には極端なまでに実利を好む棋士もいるし、その反対に厚みにこだわる棋士もいる。前に書いた「宇宙流」の武宮正樹元名人などは、囲碁史上、最も厚みを好む棋士と言ってもいいだろう。それが棋風と言われるもののひとつだが、棋風がどうして生まれるのかについては諸説ある。指導者やライバルの影響も欠かせないが、棋士の持つ本来の性格というものが大きいとも言われる。だとすれば、囲碁はきわめて人間的な戦いと言えるかもしれない。

楽山と知得は囲碁史にも珍しいほどの好敵手であるが、典型的な「厚み派」と「実利派」であるところが面白いし、それが当時の碁好きたちを沸かせた理由かもしれない。二人は天明八年（一七八八年）の初対局以来、毎年、何局も打った。知得の定先（二段差）で始まった二人の対戦だったが、二年後には知得の先々先（一段差）になった。そして二年後、ついに互先（同格）となった。しかしその年の暮には再び楽山に先々先に戻された。だが翌年、知得は再び互先に戻した。知得が十八歳、楽山が十九歳のときである。

その時点で両者の対戦成績は、知得先番十七勝五敗一芇、白番一勝七敗一芇である（現存する棋譜による）。ここまでの成績上は楽山に一日の長ありといった感じだが、二度目の互先になってから以降は、両者はほぼ互角の戦いを繰り広げた。

碁はいつも知得が地で先行し、後半に楽山が攻めるというものだった。しかし知得はただ一方的に攻められるというひ弱な打ち手ではない。楽山の攻めをかわしつつ、一瞬の隙をついて楽山に逆襲するということもしばしばあった。もちろん楽山の攻めが決まって、知得が潰されるときもあった。二人の碁は深いヨミに支えられたもので、一見、淡々とした碁に見えても、その裏には恐ろしい世界が広がっていた。二人の碁を調べた島村俊廣九段は、「神秘的なヨミ」と評している。

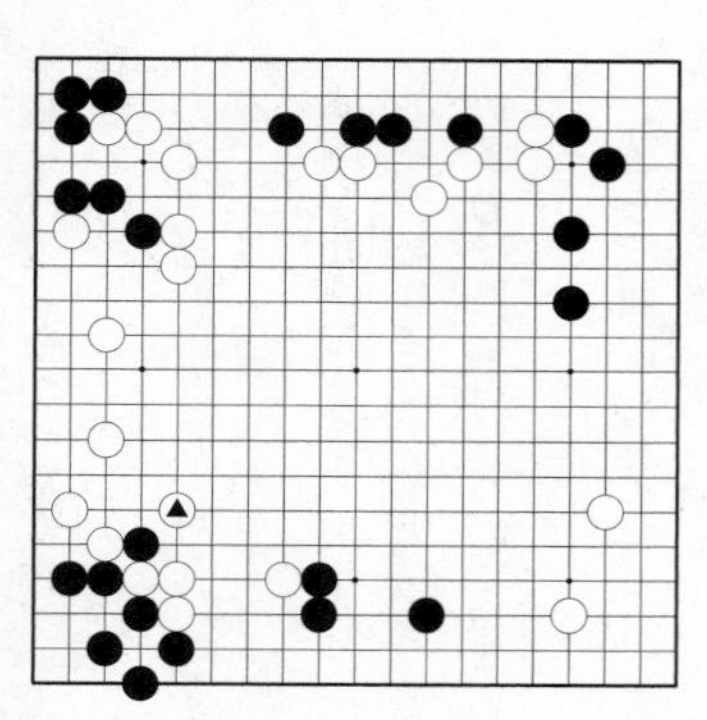

文化 12 年（1815 年）11 月 17 日　御城碁
先番　安井仙知（知得）
互先　本因坊元丈（楽山）　二目勝ち。
48 手▲まで。ともに八段半名人の円熟期の碁。厚みを好む楽山と実利を好む知得の棋風がよく現れている

高手の棋譜には、表には現れない闇の世界がある。棋譜を研究する者は、

実戦には現れなかった変化図を調べなくてはならない。もしも両者が相手の悪手を咎める手を見落としていたり、好手を見つけられなかったりしていたなら、対局者の評価は下がる。当時の碁打ちは何よりもそれを恐れたのである。

楽山と知得は寛政の前半に周囲の者が驚くほどに急成長を遂げた。

十代終わりには、本因坊家、安井家を代表する打ち手になっていた。共に四段ながら、その実力は段位をはるかに超えたものがあった。二人の対局は、江戸の碁好きたちを大いに沸かせた。

ところで面白いことにと言うべきか、不思議なことにと言うべきか、楽山と知得は碁を離れると無二の友人であった。これには互いの師匠である烈元と仙知も苦笑するしかなかった。

本所相生町(現・東京都墨田区両国)にあった本因坊家と薬研堀(現・東京都中央区東日本橋)にあった安井家はわりに近いということもあり、正式な対局のとき以外にも、二人はよく互いの家を行き来した。おそらくその時に戯れに打たれた早碁も多くあるだろう。ただ、残念なことにそうした碁は碁譜には残っていない。

小太りで短軀の楽山に対して、知得は痩せて背が高かった。また快活でよく笑う楽山に対して、知得はどちらかといえば無口な青年だった。そんな陽と陰の対照的な性格ゆえにかえって馬があったのかもしれない。そんな二人が、いざ盤に向かうと、友情も忘れたかのように、厳しい手を打ち合った。いや、互いに尊敬しあえる友だからこそ、真摯に対局に向かえたのかもしれない。そしていかに激闘であっても、終局すると、にこやかに感想をする姿が、周囲を唸らせた。

『坐隠談叢』には、二人のことがこう書かれている。「元丈、性温寛篤裕、知得、亦恭謙豊譲にして、共に凡界を超越せり」と。またこうも書かれている。「幼時より交り厚く、共に八段に進みてよりも肝胆相照して――」と。いかに二人が人格的にも優れて、互いに敬意を抱いて交わっていたかがわかる。

そんな二人の前に立ちはだかった碁打ちがいた。「鬼因徹」こと、服部因徹だった。

八

因徹は三十二歳になっていた。

ここで話はいったん八年前の天明四年（一七八四年）にさかのぼる。この年、井上家の当主であり、因徹の師匠でもあった春達が亡くなった。因徹が二十四歳のときだった。兄弟子である三十八歳の因達が家督を継ぎ、七世井上因達因碩を名乗った。

当時、因達は六段、因徹は五段だったが、力はすでに因徹が上と見られていた。しかし寺社奉行に跡目と認められた者でなければ家督を継ぐことはできない。因達が跡目となった頃は、まだ少年だった因徹の芸は兄弟子に及ばなかったのだ。因徹はその後長足の進歩を遂げたが、いったん決めた跡目の変更は許されなかった。

十代の終わりから何度も安井仙知と戦い、その恐るべき才能を目の当たりにし、ついに名人になれぬと悟った因徹ではあったが、碁への情熱を捨てたわけではなかった。名門井上家にふさわしい碁打ちになるべく、修行はいささかもおろそかにはしなかった。いずれは井上家の跡目となり、御城碁に出仕するという夢を持っていた。

二年後、因徹が二十六歳のとき、状況が大きく変わった。

備後国深津郡（現・広島県福山市）から佐藤民治という十三歳の少年が井上家に内弟子として入ってきたのだ。民治は庄屋の息子で、幼い頃から碁の才を見せ、十二歳のときに福山藩主の阿部正倫公の目にとまる。当時、阿部正倫は碁界を束ねる寺社奉行の一人だった（後に老中となる）。井上家への入門は阿部正倫の紹介によるものだった。寺社奉行の肝煎となれば、井上家もそれなりに遇さなくてはならない。つまり将来は跡目に据えるということだ。もっとも民治にはそれだけの碁才もあった。民治は入門と同時に名を春策に変える。

春策が井上家に入ったことで、因徹は、自分は井上家を継ぐことはできないと悟った。それは同時に御城碁にも出仕がかなわないことを意味した。

因徹は井上家を出た。美濃から出て十数年起居した家を去るのは悲しいものがあったが、自分がいては春策がやりにくいだろうと思ったのだ。

新しい住まいは井上家に近い浜町だった。同じ頃、世話をする人がいて、妻帯した。因徹はそこで囲碁道場を開いた。「鬼因徹」の評判は高く、道場は盛況だった。かつては「大名の遊び」と言われていた碁だが、察元名人の出現以来、広く人口に膾炙（かいしゃ）するようになり、庶民の間でも盛んに打たれるようになっていた。

因徹は碁打ちとして第二の天命を与えられたと思った。これからは棋道の発展のために精進していこう。そして「三世井上道節因碩」になろうと決めた。

道節はもとは本因坊門下で、師は大名人の本因坊道策だった。道節は優秀な弟子だったが、師の道策と一歳しか変わらなかった。そのため道策は道節を跡目にせず、井上家へ養子にやった。道節は師家の恩を忘れず、道策亡き後、十代で本因坊家を継いだ道知の後見人となって、彼を薫陶した。道節はその後は名人碁所に就き、井上家の家格を大いに上げた。少年時代の因徹が夢中になって勉強した難解詰碁『発陽論』も道節の著したものだ。

因徹もまた主家に対する感謝の念を忘れなかった。美濃の百姓の倅（せがれ）だった自分をここまでの碁打ちにしてくれた師や兄弟子の恩は海よりも深いと思っていた。この恩返しは春策（民治）を鍛えることだ。因徹は井上家に通い、春策を指導した。

春策は優秀な少年だった。その碁才は一歳下の本因坊家の楽山や二歳下の安井家の知得にも決して劣るものではなかった。事実、知得との初対局では知得の先番を見事に破った。

だが、春策は生来のものか、あるいは庄屋の息子として大事に育てられたせいか、蒲柳(ほりゅう)の質(しつ)だった。よく熱を出したし、一度寝込むと、数日は起き上がれなかった。

江戸時代の碁打ちには早死にした者が少なくない。本因坊家では道策の優秀な弟子の四人が早世しているが、道策の後に家を継いだ名人道知も三十八歳で亡くなっている。また、そのあとを継いだ知伯、秀伯、伯元の三人は二十代の若さで世を去っている。上記三人がいずれも六段止まりだったのは、そのせいでもある。もっとも江戸時代の平均寿命は三十代半ばとも言われているから、若くして死ぬのは珍しいことではない。

因徹は自分がここまでこられたのは丈夫な体のおかげだと思った。この体があったればこそ、十代の頃に厳しい修行ができた。それだけに体の弱い春策が不憫(ふびん)だった。もしかすると春策は大成できぬかもしれぬと思った。そして不幸にもその危惧は的中した。

十五歳のときに初めて二歳下の知得と打った碁では、知得の先を押さえ込んだ春策ではあったが、わずか二年で先々先（一段差）から互先（同格）に追いつかれた。そして互先だった一歳下の楽山には先々先にまで打ち込まれた。

因徹は歯噛みするほど悔しかった。才能では決して楽山と知得に劣らないものを持ちながら、体の弱さから修行に打ち込めない春策を哀れに思った。

春策と楽山・知得との差はその後もじりじりと開いた。春策が十代の終わり頃には、その距離は大きく開いていた。

いや、恐るべきは楽山と知得であると因徹は思った。両者とも段位は四段ながら、碁譜を見る限り、七段近い力はある。十三年前に安井仙知と対局したとき、とてつもない才に驚愕したが、今またそれに優るとも劣らない若者が現れたのだ。それもほぼ同時に――。

碁界に今、新しい流れが押し寄せてきていると感じた因徹は、楽山と知得と打ってみたいと思った。碁打ちの本当の力は碁譜だけではわからない。実際に盤の上で烏鷺を戦わせなくては、その真の力は見えぬ。しかし、その機会はなかなか訪れなかった。

碁打ちは修行中の若手や同門以外は気軽に打つことはない。主催する者が現れなくては基本的に対局することはない。当時の碁打ちは自分たちの技芸を決して安売りはしない。これは現代のプロの一流アスリート同士が趣味で対戦をしないのと同じである。その一方で、高手と対局したいという望みを持たない碁打ちはいない。打ち盛りに存分に打ちたいというのが碁打ちの逃れられぬ性である。

そして、その機会は寛政五年（一七九三年）にやってきた。五月、旗本の藤谷忠兵衛が主催する碁会に、因徹が招かれ、宮重楽山と打つことになった。

手合割は服部因徹に対して宮重楽山の先々先（一段差）だった。この日の対局は全部で七局あったが、見物客にとって一番の注目は因徹と楽山の碁だ。

前評判は楽山乗りが多かった。いかに服部因徹でも、昇り竜の楽山の先をさばききることはできないであろうというのが、大方の予想だった。ときに楽山、十九歳四段、因徹、三十三歳五段だった。

この碁、因徹はじっくりと構えた。楽山のヨミの深さは碁譜を見てわかっている。下手に急戦を仕掛けると、逆にやられるおそれがある。白が序盤で形勢を損ねると、立て直しが難しい。

楽山が厚みを背景にした攻めの碁であることは知っている。その攻めの強さは尋常ではないことも。だが、因徹は逆にそれを狙っていた。血気にはやる十九歳、隙（すき）を見せれば必ずやってくる。

ところが楽山はやってはこなかった。因徹は青年の落ち着きに内心感心した。厚みを重視するところは安井仙知に似ている気がした。ただ、仙知はときに軽業（かるわざ）のような変化を見せるが、楽山は違う。もっとどっしりと構えた厚みがある。

碁は大きな戦いのないまま中盤を迎えた。盤側にいる何人かの見物人たちは、意外そうな顔を浮かべていた。因徹は彼らの気持ちを察して、内心で苦笑した。たしかにこの碁は一見、波乱のない碁に見える。しかし盤上に現れないだけで、対局者の頭の中では、凄まじい戦いが繰り広げられているのだ。それは刀を抜いた剣豪同士が対峙しているようなものだ。睨み合っているだけにしか見えなくとも、互いに斬りこんだあとの剣の変化を読んでいるのだ。

夕暮れ近くなって、ヨセに入った。これも一見淡々と寄せているように見えながら、常に一触即発の危険を孕（はら）んだものだった。

作り終わって、楽山の先番二目勝ちが確認された。

楽山が、ふうと小さな息を吐いた。

「因徹殿も楽山に先を敷かれては厳しいものがござったか」

この日の主催者である藤谷忠兵衛が言った。

「楽山殿は非常に強い。まさに噂にたがわぬ打ちっぷりでござった」

因徹は慇懃（いんぎん）に答えた。

「いや、因徹殿こそ、楽山を相手に白で二目しか負けぬとは立派。まだ一日の長があるとお見受けした」

因徹は軽く一礼しただけだった。

たしかに楽山は強い。この対局でそれを知った。大才であることは間違いない。だが同時に彼の弱点も見た気がした。けれん味のない堂々とした打ちぶりだが、足が遅い。終盤、厚みにものを言わせる棋風ではあるが、ややもすると、攻めが空振りに終わる恐れもある。

宮重楽山が服部因徹を破った話は、江戸の碁好きたちにあっという間に広まった。楽山の株が一気に上がった。

その碁譜を見た安井仙知は、「楽山が因徹に勝つのは、まだしばらくかかるだろう」と言った。それを聞いた門人たちは首をかしげた。

仙知の予言は見事に的中する。

その年から翌寛政六年（一七九四年）にかけて、因徹は楽山と三局打つが、白番二局、先番一局のすべてに勝った。いずれも因徹が足早に地を稼ぎ、追いすがる楽山を突き放す形となった。

寛政六年の二月、因徹は知得とも初手合を持った。手合割は知得の定先（二段差）だった。この碁も因徹は知得に敗れるが、同年に打たれた二局目三局目を連勝した。

この頃、楽山と知得はともに昇り龍の勢いで同時代の打ち手を圧倒していた。そんな二人の先番を押さえ込んだ「鬼因徹」の強さに、世人は舌を巻いた。

この時、因徹は三十四歳だった。トップクラスの碁打ちというものは、ほとんどが二十歳前後に天下を狙うほどの強さを発揮するが、稀に晩成型の天才が現れる。因徹もまた晩成型の碁打ちだったのだろう。十代の頃から碁才を謳われていたが、彼が最も強かったのは三十代だったと言われる。もっとも三十代で晩成というのは、今日の感覚ではぴんとこないかもしれないが、当時の碁打ちの中では、やはり遅咲きの部類である。

この頃の因徹は楽山と知得に対しても一歩も引かなかった。彼が唯一、敵わなかったのは安井仙知だけであった。

十一月、因徹は仙石右近宅の碁会で知得と打った。知得と打つのは四局目だった。

巳の刻（午前十時頃）より始まった碁は、中盤から難解な戦いに突入した。

この日の碁会は全部で四局あったが、因徹と知得の碁以外は、夕刻までに決着がついていた。しかし両者の碁は、陽が落ちてもいまだ中盤に差し掛かったところだった。

行灯に火が入れられ、夜半の勝負になった。当時、蠟燭は非常に高価で、碁の勝負に使われることは滅多にない。行灯に用いる油は魚油か菜種油であるが、その光はほのかなもので、盤面がかろうじて見えるくらいの明るさだった。

夜戦になってからも、互いに長考が続いた。一歩間違えると、どちらかの大石が死ぬ。はたしてその結末がいかになるか――。盤側にいる者たちは、誰ひとり席を立たず、無言のまま暗い盤面を見つめていた。静まり返った部屋の中で、時折、両者が石を打つ音だけが聞こえた。

子(ね)の刻(こく)(午前〇時頃)を過ぎた頃、知得が黙って頭を下げた。盤側にいた観戦者の間に小さなどよめきが起こった。彼らには知得がなぜ投了したのかがわからなかったのだ。

最後まで打てば因徹の一手勝ちになる。囲碁の「一手勝ち」とは、生きていない石同士の攻め合いで一手の差で勝つことをいう。それをヨミ切った知得が投げたのだ。因徹が盤上に投了後の変化を二十数手並べると、観戦者たちは感嘆の声を上げた。

「お見事、因徹殿」

仙石右近の言葉に、因徹は素直に頷けなかった。

たしかに中押しで勝った。ただ、それは結果にすぎない。

この碁は最初から知得にうまく打たれた。序盤で起こったいくつかの戦いも、いずれも知得にうまくこなされ、中盤でははっきり非勢を意識した。因徹は局面打開を図り、黒の模様の中に打ち込んだ。このとき、知得が因徹の石を生かして打てば、碁はそれまでだった。地合いで白に勝ち目はなかっただろう。

知得は少考した後、白石を取りに来た。血気盛んな青年らしく、一気に潰してしまおうと思ったのだ。だが、それは危険な手だった。そこから碁は難解な攻め合いに突入した。

最後は因徹の一手勝ちとなったが、それは途中で知得が誤ったからだ。正しく打たれていれば、自分が潰されていた。発見するのは容易でない筋だが、知得ほどの者なら、時間をかければ見つけることができたはずだ。思考の狭間に落ち込んだとしか思えない。碁にはときどきそういうことが起こる。

因徹がその筋を指摘すると、知得は黙って頷いた。その表情を見て、知得自身がすでに対局中に誤りに気付いていたのがわかった。しかし知得は悔しがる素振りひとつ見せなかった。むしろその筋を見つけられなかった自分を恥じているように見えた。その様は立派だと因徹は見た。

「それにしても、さすがは鬼因徹。評判の知得もかなわぬと見える」

仙石右近が感心したように言った。

因徹はこの勝利で、知得には一敗のあと三連勝となっていたが、あくまで星の上でのことである。前局とこの局は薄氷の勝利だった。いや、むしろ内容は自分の負け碁であったかもしれない。

「知得だけではないぞ」誰かが言った。「坊門の麒麟児、楽山も鬼因徹にはまわしに手がかからないというではないか」

何人かが、その通りだ、と言った。

因徹は黙って頭を下げた。たしかに、宮重楽山にも現在は三連勝中だが、それもまた結果にすぎない。いずれの碁も勝負の行方は最後までわからなかった。勝てたのはただ経験の差と言えた。二人の力はすでに自分に並んでいるかもしれぬと思った。

その夜、因徹は仙石家に宿泊したが、寝間に入っても寝付けなかった。厳しい勝負を終えた後はいつもそうだが、気が高ぶって眠ることができない。目を閉じても、脳裏に盤面が浮かんでくるのだ。

白と黒の石が次々と碁盤の上に並べられていく。それらは実際の局面に現れることがなかった変化だ。碁の変化は無限だ。「この一手しかない」という局面はむしろ少ない。ほとんどの着手が迷いに迷った末での一手だ。あのとき、こう打てばどうだったか、その後の変化はどうなったか、碁はどのように展開したのか——それを思わぬ着手はない。しかしそれらは永遠にわからない。

因徹は布団の中で天井を仰いだまま小さく笑った。碁は人生に似ている。来し方を振り返り、あのとき、違う道を選んでいたらと思っても、その人生の変化がどうなったのかは永遠に謎だ。

中野知得の顔が浮かんできた。あの痩せた男はとてつもなく強くなるだろう。安井門の名にふさわしい碁打ちになるのは間違いない。いや、もしかしたら師の仙知をも上回る打ち手になるやもしれぬ。いずれは本因坊家の宮重楽山とともに、碁界を背負って立つ男になろう。

因徹は新しい波が押し寄せていることを感じずにはいられなかった。自分はすでに三十歳を過ぎた。そう遠くない日に、知得と楽山の軍門に降ることになるだろう。

それでもかまわぬと思った。若い獅子は老いた獅子を倒す。それは自然の理だ。ただ老いた獅子には若い獅子にはない経験としたたかさがある。そう易々とは負けるわけにはいかぬ。彼らが大成するためにも、自分が大きな壁になる――それが棋道のためになる。

因徹の思惑の半分は当たり、半分は外れた。当たった部分は、知得と楽山の才能が本物であったこと、外れた部分は、二人が自分に追いつくのに要すると思っていた時間だ。寛政七年（一七九五年）から八年にかけて、ついに因徹は楽山と知得に互先（同格）に打ち込まれた。初対局からわずか三年足らずである。

そして楽山に対して初めて白番黒番と連敗したとき、因徹は追い抜かれたと思った。不思議なことに悔しさはなかった。それは楽山の持つ爽やかさからも来ていた。この小太りの若者は勝っても驕ったところはまったく見せなかった。それを出すまいと心がけているというよりも、そういう気持ちがないようにも見えた。負けた時も、悔しさを顕にすることもなく、相手の強さを称えた。対局中も闘志を剝き出すことはなく、ただ常に最善の一手を求めている求道者のようでもあった。

知得もそうだった。対局中は一切の妥協を許さない厳しい手を放つが、終局した後は、勝敗には驚くほど恬淡(てんたん)だった。両者と対局した碁打ちは例外なく二人に好意を持った。碁打ち同士でも、「知得と楽山相手には、闘志が湧かん」という話を交わすほどだった。かつての本因坊察元名人などは対局後にもしばしば対局相手に遺恨を残した。因徹も楽山と知得に好感を抱いていた。人間的に親しみを覚えていたこともあったが、それよりも二人が碁に対して謙虚であったことが一番の理由だった。

碁は芸であるが、同時に勝負でもある。だから、時として芸よりも勝負を優先することもある。なぜなら最善手が勝利への最短距離であるとは必ずしも限らないからだ。むしろ最善手は危険を孕(はら)んだ場合が多い。それゆえ、ここ一番の対局では、多くの打ち手が「勝ちやすい手」を打つ。また「勝ち」が見えると、少しでも安全に勝とうとする。昔から「争碁に名局なし」と言われるのはそのためである。

ところが楽山と知得の碁にはそんな手はなかった。因徹の目には、二人は盤上に真理を求めていると見えた。勝敗はただ、その結果にすぎない、と——。これがともに二十歳を越したばかりの若者とはとても思えなかった。二人はどこまで強くなるのだろうか。はたして察元、仙知を超えることができるのか——それはもはや自分の力量では推(お)し量ることはできぬと思った。

寛政八年（一七九六年）四月、三十六歳になっていた服部因徹のもとに、突如、六段昇段という報せが届いた。

当時、外家で六段を認められるのは稀だった。六段以上は家元の跡目でなければなかなか許されなかった。自分は生涯六段にはなれぬと思っていた因徹は、井上家の当主因達因碩から免状を戴いたとき、感激で胸が震えた。

「すまぬ、因徹」

因達は言った。

「お前の六段昇段はあまりにも遅きに失した」

十四歳年長の因達はかつての兄弟子であるが、実質は師匠のような存在だった。

安永二年（一七七三年）、因達が二十七歳で跡目となったとき、虎之介と名乗っていた因徹はまだ十三歳だった。修行時代には兄弟子の因達に何局も打ってもらって鍛えられた。当時はもちろん因達の方がはるかに強かったが、数年後に因徹は兄弟子を超えた。しかしいったん寺社奉行に届け出た跡目を変更することはできない。因達がすまぬと言ったのはその含みもあった。だが因徹にはそのことに対するわだかまりは一切なかった。

「ありがたき幸せにござります」因徹は言った。「外家でありながら、六段の免状を頂戴つかまつり、恐悦至極にござります」

「実は、お前の六段昇段を機に、御城碁出仕の願いを出そうと思っている」

因達の言葉に因徹は我が耳を疑った。

「御城碁に出仕できるのは、四家の当主と跡目だけではござりませぬか」

「たしかに表向きはそうなっておる」因達は言った。「だが、必定(ひつじょう)ではない。安永年間に安井家の外家の坂口仙徳殿が特例として御城碁に出ている」

坂口仙徳は安井仙知の実父だが、外家の強豪として知られていた。大胆で豪快な碁で、その棋風は実子である安井仙知に受け継がれていた。

「仙徳殿も段位は六段であった。お前の碁は仙徳殿に劣るものではない」

それを言うときの因達は少し苦笑いのような表情を浮かべた。というのは、因達は御城碁で仙徳と二局打ち、白番も黒番も負かされていたからだ。仙徳は先々代井上家当主の春碩にも御城碁で先番を二局勝っている。

「お前の強さは他家も認めている。仙徳殿の前例もあることだし、おそらく御城碁に出仕が叶(かな)うことになろう」

因達が去った後、因徹は六段昇段の喜びを嚙み締めると同時に、御城碁出仕の話をあらためて反芻(はんすう)した。まさかこんな日が来ようとは思ってもいなかった。

御城碁こそは碁打ちの本懐であるが、井上家の跡目になれなかったときに、その望みは永久に捨てたはずだった。それが今再び舞い戻ってきたのだ。もし将軍の前で対局できるなら、それを生涯最後の一局にしてもよいとさえ思った。

しかし因徹の御城碁出仕は叶わなかった。

井上因達は書状を送った後に、何度も辞を低くして三家に伺ったものの、賛同が得られなかったのだ。安井家と林家は了承したが、本因坊家がよしとしなかったのだった。察元名人が亡くなってから八年が経っていたが、本因坊家の発言力は今も大きかった。

「すまぬ因徹、かえってぬか喜びをさせてしまった」

因達はわざわざ因徹宅までやってきて、ことの顚末を語って詫びた。

「わしの力不足じゃ。許せ」

因達は深く頭を下げた。

「師匠、頭をお上げくだされ」

「本来は、お前が井上家を継ぐにふさわしい男なのだが、不甲斐ない当主ですまぬ」

「なにをおっしゃいます。美濃から出てきた私を因達殿は一から鍛えてくれました。因達殿がいなければ、今の私はありませぬ」

実際、修行時代に最も多く打ってくれたのが兄弟子の因達だった。

因達は黙って頷いたあと、「春策を頼む」と言った。寺社奉行の肝煎で井上家に入った春策は因達の娘と縁組し、正式に跡目となっていた。

「承知つかまつりました。必ずや井上家を背負って立つ打ち手にいたします」

「因徹、礼を言うぞ」

因達が去った後、因徹は碁盤に石を並べた。それは若き日に取り組んだ『発陽論』の問題だった。心が乱れた時は、その図を並べることにしていた。それを眺めていると、様々な迷いが消え、心が澄んでくるのを感じた。

因徹は自らに言い聞かせた。己の役目は御城碁で打つことではない。それは家元の碁打ちに任せればいいことだ。それよりも己は、この碁という奇妙で夢幻的な芸をより多くの人に知らしめたい。そして究極の夢は――いつか素晴らしい才を持った子供を育てることだ。この江戸の町のどこかに、そういう子がいる。その子はどこかでわしを待っている。いつの日か、必ずやその子に巡りあうだろう。

因徹が吉之助――後の幻庵と出会うのは八年後のことである。

九

宮重楽山と中野知得が服部因徹に並んだ今、世人の関心は、はたしてこの二人が棋界の第一人者である安井仙知にどこまで打てるかというものだった。

安井家の当主である仙知は、その頃はもう御城碁以外はほとんど手合を持たず、対局数が激減していたが、碁の研究は怠らなかったし、名のある打ち手の碁譜には目を通していた。段位は七段だったが、力は八段半名人であるのは誰しも認めるところであった。もちろん楽山の碁譜はすべて見ていた。この三年で急速に力をつけているのが、碁譜からでも読み取れた。段位は五段だったが、服部因徹や愛弟子の知得との碁を見る限り、その力はすでに七段近いと見た。

楽山とは寛政九年（一七九七年）に一度対局していた。稲葉丹後守邸での碁興行の一局で、このとき仙知は中押しで敗れている。ただ、その碁は楽山の力を試す意味で打った含みもあった。負けはしたが、その碁で彼の長所と短所を見抜いたと思った――芸ではまだ自分に並んでいない。いずれ、しかるべき場所での対局で、それを明らかにすることになるであろう。

その機会は寛政十年（一七九八年）、楽山が跡目になり、御城碁に出仕したときに訪れた。

楽山は剃髪し、名を本因坊元丈とあらためていた。そして栄えある御城碁の第一局の相手に選ばれたのが安井仙知だった。

この碁は十一月十七日に江戸城で打たれたことになっているが、実際はその前に寺社奉行宅で打たれている。

一年に一度の御城碁は、歴代の将軍が開祖家康公にならって終日観戦することになっていたが、実際には碁を嗜まない将軍や知らない将軍も少なくなかった。そんな将軍にとっては、長考する碁打ちたちの対局を長時間にわたって観戦するのは一種の苦行ともなる。そのため、いつ頃からか、御城碁の前に「下打ち」が行われることになった。つまり前もって対局し、本番の御城碁においては、将軍の前でいかにも対局しているようにその碁譜を並べるのだ。

下打ちは寺社奉行を務める大名の藩邸で行なわれる。碁打ちは、勝負がつくまで何日かかろうが、藩邸から一歩も外へ出ることはできない。昔から「碁打ちは親の死に目に会えない」という言葉があるが、これは「囲碁に夢中になると、あまりの面白さに、親が危篤であってもやめられない」という意味と、「囲碁のような遊びに夢中になっているると、親の死に目にも会えないような人間になってしまう」という意味で使われている。しかし実は寺社奉行宅に缶詰めにされたが最後、たとえ親が危篤でも屋敷を出ることができないという、碁打ちの厳しさを表したのが元の意味だ。

このとき、楽山あらため元丈は二十四歳、仙知は三十五歳だった。手合割は元丈の先(二段差)である。

元丈相手に白を持って勝つのは容易でないことは、一年前の対局で仙知も知っている。しかし元丈がそこにとどまっているなら勝機はある。

仙知の目の前に座る元丈は、今や立派な青年になっていた。武家の出らしく、立ち居振る舞いが堂々としていた。大柄で恰幅(かっぷく)もよかったが、表情には柔和なものをたたえていた。

二人のいでたちはともに小袖の上に十徳(じっとく)を羽織ったものだった。御城碁では家元の正装である僧衣をまとうが、下打ちは小袖に十徳といういでたちが多かった。

元丈は一礼すると、黒石を右上隅の小目に打った。碁は四隅から打つことがほとんどだが、一手目は上手から見て左下隅に打つのが礼儀とされている。

碁打ちにとって、将軍の前で対局を披露する御城碁は最高の晴れ舞台であるし、碁興行などで打つのとは重みがまるで違う。この碁はお互いに序盤からじっくり時間をかけて打った。下打ちは何日でもかけられるので、とことん読みに読んで打つ。ただし、決着がつくまで、寺社奉行宅から一歩も外へ出ることは許されない。

仙知は二十四手目から技を仕掛ける。敢えて弱石を補強せず、元丈に取りにこさせるように打った。しかし仙知の力を知る本因坊家の若き跡目は、その誘いには乗らない。しびれを切らした仙知は強引に地を稼ぎ、黒石を切断した。そうなると元丈も白石を攻めなくてはならなくなった。

黒は白石を包囲したが、その瞬間、仙知のしのぎの手筋が一閃(いっせん)した。取りに来た黒石に対して、劫(こう)を挑んだのだ。こうなればもうただでは済まない。碁は大きな勝負所を迎えた。

元丈は腕組みして盤を睨んだ。次の一手は容易には打てぬ――。

さて、ここで劫について説明しよう。碁は無限とも言える変化を持つ難解なゲームであるが、劫が絡むことによって、その難解さは何倍にも膨れ上がる。劫こそが碁を複雑怪奇なものにしていると言っても過言ではない。

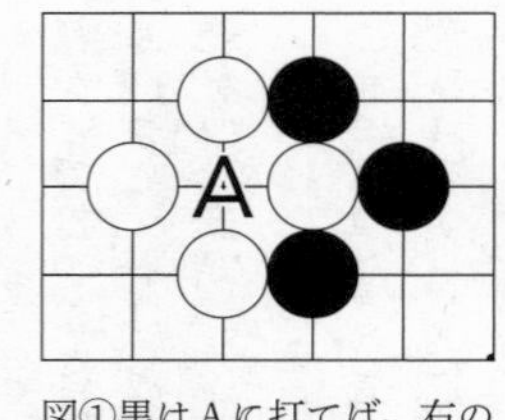

図①黒はAに打てば、右の白１子を取ることができる

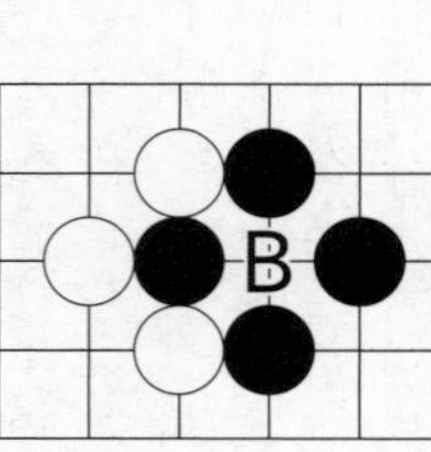

図②白はBに打てば、左の黒１子を取ることができる

碁のルールには、自らが死ぬ箇所に打つ、いわゆる「自殺手」は許されていないが、例外として、そこに打つことによって相手の石を取ることができる場合は、その着手が認められている。これを劫という。ところが、図①②のような形ができると、双方が無限に取り合う形になる。「劫」とはもともとサンスクリット語の時間の単位の一つであるカルパ（kalpa）を音訳したもので、一劫は約四十三億二千万年である。また永遠をも意味し、「未来永劫」という言葉にも使われる。大乗仏教の『大智度論』には、「一劫」とは「百年に一度、天女が舞い降り、その羽衣が二十キロメートルもの大岩に触れ

て、岩が完全にすり減ってなくなるまでの時間である」というたとえが載っている。

碁においては、盤面で劫が生じた場合、無限に取り返し合うことを禁じるルールができた。すなわち、劫を取られた側はすぐに取り返すことができないのだ。したがって一手は別のところに打たなくてはならない。なんだ、そんなことかと思われるかもしれないが、局面によっては、その劫に勝つか負けるかで勝負が左右される場合がある。「劫に勝つ（劫を解消するとも言う）」というのは、多くの場合、劫を取った後にその空いた箇所に着手して、相手に取られないようにしてしまうことだ。

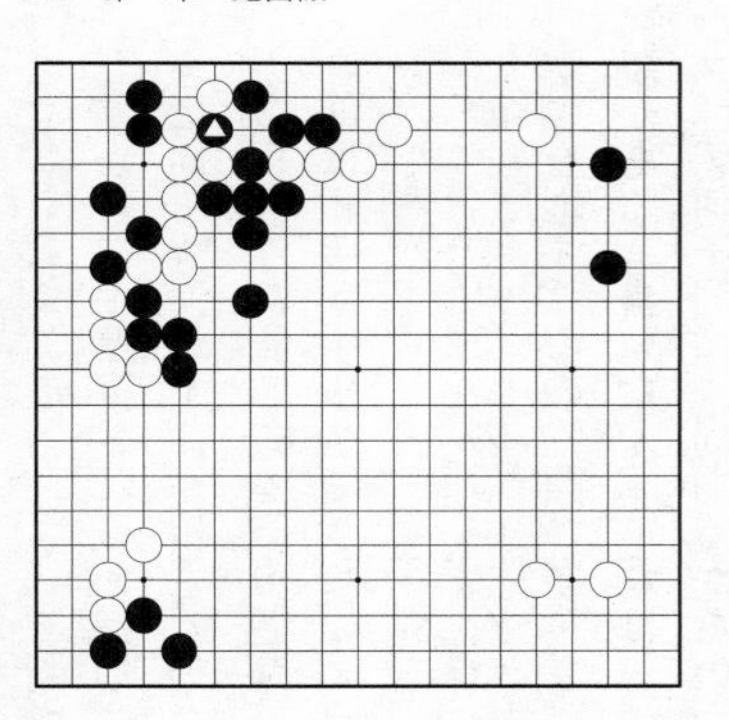

寛政10年（1798年）11月　御城碁
先　本因坊元丈
　　安井仙知
いま、黒が△と劫を取ったところ

ちなみにこのときの仙知と元丈の対局で生じた劫は上図である。今、黒が劫を取ったところであるが、黒が劫をツゲば、左上隅の白の八子が死ぬ。逆に白が劫を取り返した後にツゲば、上辺の黒の三子が死ぬ上に、中央の黒の一団が弱くなる。

大きな劫が生じた場合、劫を取られた側は、相手が手抜きできない箇所に打つ

（これを「劫だて」という）。打たれた側は劫を解消したいのはやまやまだが、相手に劫だてから二手連打されると、劫に勝つ以上に大きな損をしてしまう場合がある。そのときは劫を解消せずに、相手の劫だての手に対して何か受ける手を打たねばならない。すると、相手は再び劫を取り返す。取られた方は相手に劫を解消されては一大事だから、今度は相手が手抜きできないような劫だてを探すことになる。これが「劫争い」というものである。

時として劫争いの最中に新たな劫ができる場合もある。そうなると、盤面はさらに難解さを増す。この物語の序章で、本能寺の変が起こった日に「三劫」ができたという伝説があると書いたが、これは一つの盤面で、互いに譲れない劫が三つ同時に生じるケースで、何千局に一局あるかないかだと言われている。この場合、両者は三つの劫を順繰りに取り返していくことになるので、碁は永久に終わらない。したがって「無勝負」となる。

劫は劣勢に陥った側が起死回生の手として用いることが多い。なぜなら、劫だてが有利な場合、非常に有効な手段となるからだ。ちなみに初代名人の本因坊算砂は辞世に、「碁なりせば　劫など打ちて　生くべきに　死ぬるばかりは　手もなかりけり」と詠んだ。

実際の場面では、一方が劫に勝ち、一方が劫だてから二手連打する形で終わる。これを碁では「振りかわり」という。どちらが得をするかは局面と両者の技量による。

碁を知らない人にとっては無理やり作ったルールに見えるかもしれないが、そうではない。これは厳密に言えば「（局面の）同形反復の禁止」という大原則からできている。これにより、碁には初手から終局まで、同一の局面が現れない（厳密には確率は〇パーセントではないが）。

多くの読者にとっては、ほとんど理解できないような説明になってしまったが、劫というものは摩訶不思議な手段であるということだけを感覚として摑んでいただければ十分である。

余談だが、李世乭（イセドル）を破った人工知能の「アルファ碁」は、実は劫が苦手ではないかという説がある。これは今後の対戦で明らかになるかもしれない。


仙知が誘った劫を、元丈は堂々と受けて立った。この劫に勝つか負けるかで、出入り（両者の損得勘定）四十目以上という大きな劫争いだ。両者ともに負けられない劫になった。

序盤から大きな山場を迎え、両者ともに長考に入った。一手一手が勝負に直結する。不用意な一手は即負けを意味する。劫争いの途中で日が落ち、打ち掛けとなった。

翌日、巳（み）の刻（午前十時頃）から打ち継いだ。仙知は劫を争いながら戦線を拡大していった。雄大な構想力を持つ仙知ならではの打ち方だった。

二十数手後、元丈はツギを打って劫を解消し、仙知は左下隅を二手連打して、大きな振りかわりが起きた。

仙知はこの劫争いにより序盤で幾分かの得を図ろうという目論見だったが、振りかわりはほぼ互角の結果に終わった。仙知は元丈の技量の高さに内心大いに唸った。

再び日が落ち、二度目の打ち掛けとなった。

三日目も巳の刻から打ち継いだ。

碁は中盤戦へとなだれこんだ。中盤の攻めの力は仙知の真骨頂である。同時代の打ち手を粉砕してきた豪腕を繰り出した。しかし元丈は一歩も引かず、最強手で受けて立った。まるで両者の石がぎりぎりと音を立てているかのようだった。

百十一手目、元丈が右辺を守らずに、右下隅の白の構えに内側からノゾキを打った。いったん白にツガせてから、右辺を守ろうというのだ。将来、ノゾキの手は働きとなる。

仙知の手が止まった。そこを黒に突き破られると右下隅の白地はなくなる。しかし受ければ、黒の注文にはまる。そして長考した後、ノゾキに受けず、右辺のアテを打った。

まさしく裂帛（れっぱく）の気合を込めた勝負手だった。

その一手から、碁は思わぬ大変化となり、互いに地と思っているところが破れて相手の地に変わった。

凄まじい激戦が一段落した後、仙知があらためて形勢判断をすると、元丈の先番の利はまったく減っていなかった。すると——と仙知は思った。自分の気合の一手も元丈のヨミに入っていたのか。仙知はあらためて若者の懐の深さに感服した。

日はとっくに暮れていたが、仙知は「このまま打ち切ろう」と言った。勝負はすでに見えていたからだ。

部屋には行灯(あんどん)が灯された。

二人は夜を徹して打ち、終局したのは明け方近かった。終盤、仙知は懸命にヨセたが、差を縮めることはできなかった。

寺社奉行の役人が見守る中、盤面を整地して、元丈の先番五目勝ちが確認された。元丈は深々と一礼し、低い声で「ありがとうございました」と言った。その様は堂に入っていた。仙知もまた黙って一礼した。

両者による局後の感想は行なわれなかった。

ところで、現在の碁は黒が六目半のコミ（ハンデ）を出して打つので、江戸時代の黒の五目勝ちは、今なら白の一目半勝ちではないかと言う人がたまにいる。これは碁を知らない人の勘違いである。コミのない碁においては、黒は最初から盤面で勝つように手堅く打っている。白は差を縮めようと様々に工夫を凝らす。つまり黒白ともに現代のコミ碁とは打ち方が全然違っているわけで、「今のルールなら」という考え方はそもそも成り立たない。また江戸時代は先番のアドバンテージは、地に換算して五目ほどと考えられていたので、先番五目勝ちなら、黒はしっかり打ったとみなされた。逆に黒番二目ないし三目勝ちだと、勝敗とは別に白の芸が見事であると見られた。つまり、元丈先番五目勝ちという結果は、元丈の芸が仙知に劣るものではないということを知らしめた一局とも言える。

またこの時代の碁は、負けとわかっていても、最後まで最善を尽くすのが美学であった。現代のトーナメントプロ棋士は勝負がすべてであり、極端に言えば「一目負けも百目負けも同じ」という感覚があるが、江戸時代は必ずしもそうではない。勝負はたしかに大事だが、「芸」の部分を大切にしていたところもある。相手の見損じを期待しての勝負手などは、「碁譜を汚す」と考えられていた。たとえ負けでも最善手を打つのが当時の碁打ちの矜持（きょうじ）だった。

仙知は対局の部屋を出ると、用意された客間に戻った。部屋には行灯がつけられていたが、すでに外は明るくなり始めていた。仙知は行灯の火を消した。

障子を開けると、薄暗い庭が見えた。十月の涼しい風が仙知の体を包んだ。

そのとき、仙知はもう一人の自分の声を聞いた。

——お前は名人碁所にはなれぬ。

その声は悟りと諦観をともなって、心の中に静かにこだました。

実はこの御城碁で元丈の先番を破れば、名人碁所願いを出すことを心に秘めていた。もし碁所願いの願書を出せば、他家は必ず故障を訴えてくる。そして十中八九、争碁になる。そのとき、争碁の相手として出てくるのは、間違いなく本因坊元丈だ。だから今日の対局は、いずれ来るべき争碁の相手としての力量を見る碁でもあった。

元丈相手に二十番打って打ち分けることができれば、名人の力量ありとみなされるだろう。ただ元丈の段位は五段に抑えられていたので、仙知との手合は定先（二段差）である。元丈ほどの打ち手に先を敷かれて打ち分けに持っていくのは至難の業である。おそらく本因坊家は仙知が名人位を狙ったときのために、元丈の段位を低く抑えていたのだ。

時宜を得なかった——仙知は慨嘆した。

自分が碁界を制覇したのは二十代だった。だが、いかに強くとも、その若さで名人碁所にはなれぬ。十年待とう——そう決めた。その十年に、自分を脅かす者が現れなければ、名人碁所に就ける。

しかし今、その十年の終わりに、碁の神は本因坊元丈という碁打ちを寄こした。これがおのれの宿命であったのだろう。ならば、静かにそれを受け入れるしかない。もし三年前なら、と仙知は思った。楽山と名乗っていた時代の元丈なら、たとえ向こう先の手合であっても、打ち勝つことはできただろう。だが、それは言っても詮無いことだった。

仙知は自らの夢を愛弟子に託そうと決めた。元丈を打ち破ることができるのは知得をおいてほかにない。知得が元丈を先々先（一段差）に打ち込めば、安井家から名人碁所が誕生する――。

これより、碁界は「元丈・知得」の時代に入る。

知得は寛政十二年（一八〇〇年）、元丈に遅れること二年、二十五歳五段で安井家の跡目になり、中野知得から安井知得になる。

知得はその年の御城碁に初出仕したが、このときの相手が本因坊元丈だった。この碁は記録に残っている二人の六十六局目にあたる。ここまでの対戦成績は知得先番二十八勝八敗一芇一打ち掛け、白番六勝二十敗一芇である。天明八年に知得の定先（二段差）で始まった両者の手合は、二年後の寛政二年に知得の先々先（一段差）になり、さらに寛政四年に互先（同格）になった。その年に再び元丈が先々先に打ち込んだが、翌寛政五年、また互先になった。寛政九年には逆に知得が元丈を先々先に打ち込んだが、寛政十一年に再び互先になっている。

この年の御城碁は知得の先番（互先）で打たれた。

知得がいつものように地を稼ぎ、元丈は厚みを取る碁となった。元丈は中盤からの攻めにかけたが、知得は元丈に攻め入る隙を一切与えなかった。作って、黒番九目勝ち。元丈は一歳下の安井家の跡目にほぼ一方的に寄り切られた形で敗れた。知得は見事、師匠の敵を討った。

その一局に勝ったからと言って、知得の力が元丈を上回ったわけではない。実力が互角なら、先番は絶対有利なのは言うまでもないからだ。元丈と知得はその後も何度も対局を重ねるが、その成績はほとんど五分だった。互いに黒番にはほぼ勝利するが、白番は敗れるという、まさに龍虎の戦いであった。

世人は、いずれどちらかが名人碁所に就くであろうと噂した。

十

この物語の序章で、囲碁を大きく発展させたのは、江戸時代の碁打ちたちであったと書いたが、実はそれ以前に、囲碁は日本で画期的な変革を遂げていた。それは「事前置石」を廃止したことだ。

囲碁発祥の地と言われている中国では、二十世紀初めまで「事前置石制」で打たれていた。これは最初に四隅の対角線上の星に白と黒の石を二個ずつ置いたところから始めるというものだ（朝鮮ではさらに多く白黒八個ずつの石を事前に置いてから始めた）。この形でゲームをスタートさせると、布石を敷くことができないので、いきなり戦いになることが多い。中国と韓国の碁が戦闘的なのは、そういう歴史があるからとも言われている。

日本においても奈良時代や平安時代は「事前置石制」で打たれていた。ところが戦国時代あたりに廃止された。理由は不明だが、置石がない方が碁を楽しめると考えたのだろう。また日本人は昔から、他国から入った文化を自国風に改良してアレンジするのが得意であるというのも理由のひとつだったかもしれない。

事前置石制を廃止したことにより、碁というゲームの自由度は格段に高まった。と同時に作戦の幅と変化が恐ろしく広がり、深さも進化した。最も大きく変わったのは布石である。布石は戦いの前の布陣であり、同時に全局的な構想である。

新ルールで生まれ変わった囲碁を飛躍的に進化させた最大の功労者は、四世本因坊道策である。囲碁のゲームとしての発展史を大きく分けるとするならば、道策以前と以後に分かれるだろう。極論すれば、日本の囲碁が中国を抜き去ったのは道策の登場によってだと言える。

正保二年（一六四五年）に石見国馬路（現・島根県大田市）に生まれた道策は、まさに囲碁史上最高の天才と言って過言ではない。彼はそれまでの碁になかった新しい思想を吹き込んだ。

道策が登場する以前は、ヨミを頼りとした戦いの碁だったが、道策は部分的な戦いにこだわらず、常に盤面全体を見るという碁を打った。道策と対局した者は部分的には一手も悪手を打っていないにもかかわらず、中盤に差し掛かった頃にはすでに形勢が大差になっていることが多い。これは道策が全局的な判断で打っているからにほかならない。これにより道策は同時代の棋士たちをはるかに凌駕する棋士となった。同時に道策のヨミは恐ろしいほど深く、その力は無双と言えるほどだった。

道策について深い研究本を著わしている酒井猛九段は、「道策には盤上に起こるすべてが見えています。まるで超能力者のようです」と語る。道策の碁を並べていると、この手の意味はなんだろうという手がよく出てくるという。ところが何十手か進んで、全然別のところで戦いが生じ、その戦いが全局に及んだ時に、何十手も前に打たれた石が凄まじい威力を発揮することがあるという。つまり道策は、その手を打った時点で、未来に起きる戦いとその結末を予期していたことになる。

現代のトップ棋士が集まり、「史上最強棋士は誰か？」という話になると、必ず一位に選ばれるのが本因坊道策だ。もはや不動の一位と言っていい。

小林光一名誉三冠も道策に私淑する一人だが、世界最強と言われていた全盛期の一九八〇年代に、ある記者が質問した。

「もしもタイムマシンに乗って現代にやってきた本因坊道策と小林先生が戦えば、結果はどうなりますか？」

小林光一はこう答えた。

「道策先生はたしかに天才ですが、当時は布石が未発達な部分がありました。その後、多くの素晴らしい棋士が現れ、布石に新しい概念や思想を導入しました。私にはその三百年の蓄積があります。ですから、序盤から中盤までは、私が確実にリードします」

その後で彼は、こう付け加えた。

「しかし中盤から終盤にかけて、そのリードを保ちきる自信がありません」

小林光一以外にも、「道策先生にはまず勝てない」というタイトルホルダーの棋士は多い。全盛期に世界選手権を二連覇した武宮正樹元名人も「道策の碁は次元が違う。もし現代にやってくれば、すべてのタイトルを取るでしょう」と言う。道策に詳しい上村邦夫九段は「現代布石など一ヶ月ですべて把握する。その後は無敵だろう」と語っている。いや一週間もかからない、一局の中で理解してしまうだろうと言う棋士もいる。

酒井九段は、「碁の進化というのは、つまるところ序盤の布石ですが、布石で勝負は決まりません。勝負が決するのは中盤です。道策はその中盤の力、センスが圧倒的なのです。現代の棋士も勝てません」と断言する。

残された道策の碁譜百五十局あまりの中に、ヨセのミスが二つしかないという。時間制限のある現代の碁では、一局の中にも双方のヨセのミスはいくつもあるのが普通だが、百五十局あまりで二つしかないというのは、プロ棋士に言わせれば、もはや人間業ではないという。

後世の棋士たちからこれほど高い評価を受けている道策であるから、同時代には互先(同格)で打てる棋士はいなかった。

江戸幕府の初代天文方で天文暦学者として知られる渋川春海(しぶかわしゅんかい)は、もともとは道策と同時代に活躍した棋士で、元の名を安井算哲(さんてつ)という。安井家一世算哲の長子であり(父の名前を継いでいる)、棋力(きりょく)は道策に先という強豪で、御城碁を十七局勤めている。算哲は碁に天文の法則をあてはめ、初手は碁盤中央の天元でなければならないという結論を得た。そして多くの対局を経て、「初手天元は天下に敵なし」という絶大なる自信を持って、寛文十年(一六七〇年)の御城碁において、道策に先番で挑んだ。ところが、道策の自在な打ち回しの前に、九目負けを喫し、それ以後、生涯、初手天元は打たなかった。

算哲は十代の頃から数学や暦法などの研究に没頭しながら、道策に定先(二段差)の棋力であったというから、もし碁に専心していたなら、あるいは道策に並ぶ打ち手になった可能性もある。もっとも算哲が天文暦学の研究に没頭したのは、道策には勝てないと悟ったからとも言われている。

寛文八年（一六六八年）に、「負ければ遠島（島流し）」という条件で本因坊道悦が争碁をしたと書いたが、道策はその道悦の弟子だった。弟子とはいえ、当時その技量はすでに師匠を凌いでいた。道悦が争碁を戦い抜けたのも、弟子の道策から様々な手を学んだからだとも言われている。事実、争碁の十一局以降、道悦は道策流の布石を用いている。

これほどの強さを持った碁打ちであるから、道策が名人碁所願書を出したときは、他の三家からはまったく異議が出なかった。

道策の時代に本因坊家は大いに栄え、五虎と呼ばれる優秀な五人の弟子が生まれた。いずれも他家を圧倒する打ち手たちだった。最年長の桑原道節は道策の一つ年下だったので、道策は彼を井上家に養子に出し、井上家を継がせた。三世井上道節は後に名人となり、『発陽論』を著した。

ところが道節よりもずっと若い四人の弟子たちは、二十代の若さで相次いで亡くなった。死因は不明だが、流行性の結核に相次いで感染したのではないかと考えられている。晩年、道策は、十三歳の神谷道知に家督を譲ると定めた。そして臨終の席に井上家を継いだ元弟子の道節を呼び、「道知を育ててくれ」と言い残して亡くなった。一説には道知は道策の実子とも言われているが、根拠はない。

五世本因坊となった道知は三世井上道節の薫陶により立派な打ち手に成長したが、今日、彼の碁の評価は非常に難しいと言われている。というのは、あまりにも強いため、成人して以降に本気で打った碁がないからだ。他家との御城碁はすべて「申し合わせ」によってこしらえられた碁で、黒番なら五目勝ち、白番なら二目負けか三目負けで、真剣勝負の碁が一局もないのだ。家同士の申し合わせの悪弊はこの頃から始まったと言える。ちなみに、他の三家同士の碁では、道知に遠慮してか、黒番では一目減らして四目勝ちとしているのがおかしい。

しかし他家がいつまでも自分を名人碁所に推さないことに業を煮やした道知は、三家に対して、「今後は、御城碁において力の限り打つ」と宣言した。他家は大慌てで道知を名人に推し、「御城碁はこれまで通り緩めていただきたい」とお願いし、道知を名人碁所に推挙した。

名人碁所が決まった道知の最後の御城碁の相手は井上家当主の四世因碩（策雲(さくうん)因碩）だったが、その碁譜は奇妙なものになっている。元禄十年（一六九七年）に道策が弟子の熊谷本碩(くまがいほんせき)と打った碁譜を、道知が作り変えて白番芇(じご)にしているのだ。もしかしたら彼は後世の人に、「自分の碁は本気で打ったものはない」と伝えようとしたのかもしれない。

囲碁史上に残る天才であったかもしれない道知だが、二十歳を超えてからは真剣勝負の碁がほとんどないというのはつくづく惜しまれる。ちなみに道知は将棋も強く、将棋の四世名人大橋宗桂から「盤上の聖」と讃えられた。

道知は三十八歳で亡くなり、彼の跡を継いだ六世知伯、七世秀伯、八世伯元はいずれも二十代の若さで亡くなり、本因坊家は他家の後塵を拝するようになった。再び本因坊家を隆盛に導いたのは、九世察元であることは前に述べた。

明和四年（一七六七年）の察元名人の誕生以来、碁界はにわかに活気づいた。

わずか十数年の間に、「鬼因徹」こと服部因徹、安井仙知、宮重元丈、中野知得と、囲碁史に残る打ち手が一気に登場したが、その理由は明らかだ。長く続いた碁界の陋習を察元が打ち壊したことにより、各家元の碁打ちたちが真剣勝負をするようになったからだ。それ以前も各家元の門弟たちは同門で腕を競っていたはずだが、それらは命を懸けた戦いではない。勝負の世界は何よりも真剣勝負が大切だというのが、この一事をもってしてもわかる。ただ林家だけは、この時期、実子相続にこだわったせいか、他の三家に大きく遅れを取ることになった。

江戸の町で碁打ちたちが十九路の盤上で烏鷺を戦わせている頃、世界は大きく動いていた。

安永から寛政にかけて（一七〇〇年代後半頃）、太平洋の向こうでは、新興国アメリカがイギリスとの独立戦争に勝利し、またはるかヨーロッパではフランス革命が起こっていた。世界が近代へ向けて大きな転換点を迎えているとき、鎖国の日本はまだ太平の眠りについていた。寛政頃から外国船がたびたび日本近海に姿を現し、享和（一八〇〇年代初め）にはアメリカ船やロシア船が長崎にやってきて通商を求める事件も起きていたが、江戸の碁打ちたちにとっては遠い世界の出来事だった。

碁打ちたちにとっては盤上の世界こそがすべてであり、それは宇宙よりも広大な世界だった。そして彼らはそのゲームをはるかな高みへと導いていったのだ。寛政以降、文化文政から幕末にかけての碁界は、かつてなかったほどの豪華絢爛な花を咲かせ、元丈・知得をも上回る天才たちが次々と現れることになる。

十一

元丈と知得は寛政の終わりから享和にかけて打ち盛りを迎えていた。

文化元年（一八〇四年）に、二人はともに七段上手に進む。ときに元丈三十歳、知得二十九歳。世人は二人を「丈得（じょうとく）」と呼んだ。

この頃になると、二人に敵う者はいなかった。段位は七段だが、両者とも半名人の技ありと言われていた。

ここに面白いデータがある。寛政十一年（一七九九年）以降の二人の対局は二十局残されているが、二局の芇と一局の打ち掛け（中断）を除いては、すべて先番が勝っている（知得先番九勝一芇一打ち掛け、元丈先番八勝一芇）。つまりその力はある意味、行き着くところまで行っており、両人の先番の固さはお互いをもってしても動かせない盤石の強さを持っていたと言える。後世「元丈・知得」と並び称された二人は生涯にわたって戦い続け、ついに決着がつかないほど実力が伯仲していた。二〇一六年現在、「元丈・知得」の対局譜は八十四局見つかっている。後の大名人、本因坊丈和が、楽山と知得が大成してから対局した碁の中から三十局をつぶさに調べ、「両者ともに一手の失着もないという碁が十七局もあった」と述べたのは有名な話である。

盤を離れれば、「水魚の交わり」とも言えるほどの二人の仲の良さは変わらず、これが碁界に爽やかな風を吹かせていた。

もっとも、二人の上には八段半名人の安井仙知がいた。四十歳を迎え、かつての強さは若干失われていたとは言え、「丈得」でさえも互先で勝つのは容易ではないだろうと言われていた。ただ、仙知にはすでに名人碁所を望む気持ちはなかった。元丈相手に争碁を戦うのは、あまりにも危険と考えていたし、「名人たり得ぬ」のは自らの天命と悟っていたからだ。

しかし、仙知と元丈の手合を望む声は多く、碁興行や碁会においても何度も要請されたが、当主と跡目の対局となると負けた方には大きな傷がつくので、簡単に打つわけにはいかない。そして二人の対局は、享和三年（一八〇三年）の御城碁（元丈の先番一目勝ち）を最後に、ついに実現しなかった。

文化元年の三月のある日の朝、安井知得がふらりと本所の本因坊宅を訪れた。

用件はその年の御城碁の運営について話し合うためだったが、昼前には話も終わった。それでどちらともなく、一日打ち切りで一局打ってみようかということになった。

かつて十代の頃は頻繁に対局した二人も、跡目になると互いの家の名誉がかかっているだけに、気軽に打つわけにはいかなかった。この日は観戦者もなく、元丈と知得は少年に戻ったように、二人だけの対局を楽しんだ。

面白いことに、この碁で先番の知得は師匠の仙知ばりに厚みを張る布石を打った。気軽な対局ということで、ひとつ趣向してみようと思ったのかもしれない。

元丈は数手打っただけで以心伝心でその意図を摑み、逆に地に走った。十数手進んだところで、両者は顔を見合わせ、にやりと笑った。

その後は実利の元丈に厚みの知得と、いつもの碁とはまるで逆の展開で進んだ。白番の元丈が地で先行したが、知得が厚みを背景に、中盤からぐいぐい攻めて、元丈の石をカラミにかけた。「カラミ」とは弱い石を同時に二つ攻めることを言う。

知得の攻めは厳しかったが、元丈は巧みにそれをかわし、二つの石ともしのいでしまった。

一日打ち切りということで、二人とも長考はせずに打ち進めたので、夕刻には終局した。作って、先番知得の五目勝ちだった。

「知得は厚みの碁も打てるんだな」

元丈が感心したように言った。

「元丈こそ、シノギの技はたいしたものだ」

「いやいや、途中、潰れたかと思ったよ」

「見事にしのがれた。二つの石を生きられたところでは、負けを覚悟したよ」

二人は笑った。

「この碁はどうする？」

元丈が訊いた。対戦成績に含めるかどうかということと、碁譜に残すかどうかということを尋ねたのだ。

「残すことはないだろう」

「そうだな」

二人は碁石を碁笥（ごけ）にしまった。

「一杯飲んでいかないか」元丈がおちょこを口にあてる振りをしながら言った。「昨日、剣菱（けんびし）が届いたのだ」

　知得は笑った。元丈が酒をこよなく愛するのは有名だった。その彼がもっとも愛飲しているのが伊丹（いたみ）の剣菱だった。本因坊家の後援者の大名がわざわざ上方から届けてくれるという。

「少しだけ頂くことにするか」

　元丈は台所から剣菱を持ってきた。

　二人は縁側で酒を酌（く）み交（か）わしながら、しばらくは世間のよもやま話をしていたが、不意に知得が真面目な顔で、「元丈よ」と言った。

「お主、名人になれ」

　元丈は驚いた。しかし知得はふざけている顔ではなかった。そもそも冗談などは滅多に口にしない男だ。

「お主の碁は名人を名乗れるところまできていると思う。仙知老が退隠なされたら、名人碁所願いを出せ」

「いや、仙知殿こそ、名人になるべきだと思うが」

「師匠は欲がない。もし若い頃に名人碁所の願書を出していれば、寺社奉行も認めたかもしれぬが、遅きに失した」

元丈は黙っていた。もし仙知が碁所願いを出していれば、自分が争碁の相手に立っていたことはわかっていた。それが坊門の跡目の務めだった。そのために長らく六段にとどまっていたのだ。

その事情は知得も承知していた。だからこそ遅きに失したと言ったのだ。師匠の強さはよく知っているが、それでも元丈の先番をこなすのは至難の業だというのもわかっていた。

だが、そのことは二人とも口にはしなかった。

「碁界には名人が必要だ。名人不在のままでは棋道の発展が望めない」

「それはその通りだ」

名人不在は碁界のためにもよくないのは各家元も認めていた。同じ棋道の将棋方にはほぼ常に名人がいた。そのため、かつて名人不在の四十年の間に、碁将棋名順訴訟事件が起きている。

もともと碁と将棋の家元ができて以来ずっと碁方の序列が上だった。それを将棋方が不満として、元文二年（一七三七年）に時の将棋名人伊藤宗看（いとうそうかん）が将棋所を本因坊の上にすべしという訴えを寺社奉行に起こしたのだ。新任の寺社奉行、大岡越前守忠相（おおおかえちぜんのかみただすけ）が「神君（家康公）の定めた前例を守るべし」として将棋方の訴えを却下したことにより、囲碁方の名誉は守られたが、碁打ちにとって忌わしい記憶だった。

「察元名人が亡くなられて、十六年になる。またぞろ将棋方が序列を言い出すかもしれぬ。その憂いを断つためにも碁界には名人が必要だ」

知得の言葉に、元丈は腕を組んで大きく頷いた。

「もし俺が名人碁所願いを出せば――」元丈が知得の顔を睨みながら言った。「争碁の相手はお前になるのだろうな」

知得もにこりともせずに答えた。

「俺は争碁には立たん。お主の願書を認める。なぜなら本因坊元丈は名人になるだけの器を持っているからだ」

「それを言うなら――知得、お前の方が名人にふさわしい」

元丈は憤然として言った。

「いや、年齢からいっても、元丈が先になるのが理だ」

「お前の方が一つ若いではないか。それで俺と互先ということは、お前の方が強いということではないか」

「そんな理屈はない。長幼の序という言葉を知らんのか」

「漁師の倅のくせに難しい言葉を使うではないか」

「今は安井家の跡目だ」

二人は笑った。

「名人の話はひとまず措こうではないか」

元丈の言葉に知得も頷いた。

「ところで、智策はかなり打てるな」

知得に言われて、元丈は嬉しそうな顔をした。智策とは本因坊家の若き門弟、奥貫智策である。

「智策の碁を見たのか」

「うちの知清と何番か打っている」

「そうであったな」

「鈴木知清は門下の中では最も強いが、智策には定先で打たれている」

「お前は智策をどう見る」

元丈に訊かれて、知得は少し考えてから言った。

「素晴らしい才だと思う。七段上手になるのは間違いない。おそらくは半名人を狙える器かと思う」

元丈は我が意を得たりと大きく頷いた。

第二章

仙人の碁

一

ここで物語を服部因徹に戻す。

かつて「鬼因徹」と呼ばれた彼は、この頃、名を因淑とあらためていた。

文化元年（一八〇四年）、四十四歳になっていた因淑は井上家の後見人として、また碁界の重鎮として、各家元の当主たちからも一目置かれる存在となっていた。

また素人碁打ちにも人気は高く、浜町の道場は大変な賑わいを見せていた。家元も素人衆に碁を教える道場は開いていたが、因淑ほどの教え上手はいなかった。因淑の教え方は習う人の棋力に合わせての懇切丁寧なもので、初心者にも評判がよかった。彼は碁の芸を高めるには裾野を広げなくてはならないと考えていた。そのために四十一歳の時に、素人棋客向けに『温故知新碁録』という碁の指南書を刊行し、大好評を博していた。

江戸時代に本を出版するのは簡単なことではない。活字がないので、文字はすべて彫師が版木に彫っていく。つまり百ページの本なら、百枚の版木を使用することになる。また碁の本の場合は図も必要である。縦横十九本の細い線を彫り出すのも大変だが、黒白双方の石の中には数字まで彫らなくてはならない。時間もコストもおそろしくかかるが、それだけの労力をかけても、因淑の本は出す価値があると版元が判断したわけだ。

彼は後に『繹貴奕範』『置碁自在』という本も刊行しているが、これも当時のベストセラーになっている。

九月朔日、因淑は、尼崎藩松平家から、童子の碁を見て欲しいと請われた。聞けば、江戸詰めの藩士の子に非常に碁が強いのが二人いるというのだ。

因淑は過度の期待はせずに深川の中屋敷に出向いた。大変な碁才を持っているという子の話はよく聞くが、実際に評判通りの天才児にはお目にかかったことがない。

松平家に赴くと、童子は三人いた。約束していた二人の子より幼く棋力も落ちるが、できたらこの子とも打ってもらえないかと言われた。玄人碁打ちが素人や童子と打つときは多面打ちが普通である。二人も三人も同じなので、因淑は快く了承した。

ところが打ち始めて驚いた。急遽加わった童子は定石どころか碁の形をまったく知らないのだ。これでは碁にもならんなと思いながら打ち進めていくと、これが不思議な力強さを持っている。玄人からすれば見たことのない形から、予想もしないような手を繰り出してくるのだ。因淑は打っていて楽しくなってきた。

その子よりも他の二人の童子はずっと強い。しかし打っていて心が躍るようなものはない。置碁のお手本通りに打っているだけだ。生きた碁ではない。

一方、一番幼い童子はすべてを自らの感覚とヨミを頼りに打ってきている。何よりも面白いのは、徹底して白の眼を奪うことを考えていることだ。石は最終的に「眼」を二つ持たないと死ぬ。童子の石は白石の眼を奪う急所にくる。

因淑は心が震えてくる感覚を味わった。それは、長い間、探し求めていた童子についに巡りあえたかもしれないという喜びだった。

後日、因淑は再び松平家を訪ね、その童子、橋本吉之助（きちのすけ）を正式に内弟子として貰い受けた。

父の橋本佐三郎は禄高十石の足軽だった。足軽は士分としては最低の身分である。彼は家族と共に尼崎藩の中屋敷で暮らしていたが、それは藩邸の外壁に沿って建てられた長屋であった。

佐三郎は言った。

「吉之助は三男であるゆえ、足軽の家さえ継ぐことはかないませぬ。婿入りができなければ、どこかの中間（ちゅうげん）になるか、下男になるかしか道はありませぬ。もし、碁の才あれば、その道を歩ませるのもよいかと存じまする」

因淑は佐三郎のまとっている濃紺の着物を見た。色は幾分薄れ、方々に継ぎがあたっている。江戸勤めとはいえ、所帯は楽ではないのだろう。

「ただ、我が家はご覧の通りの貧乏暮らし。服部殿に差し上げる束脩（そくしゅう）（謝礼）が――」

「吉之助を内弟子に頂きたいと申し上げたのはそれがしでござる。束脩の心配などは無用に願いたい」

佐三郎は恐縮して頭を下げた。

「ご子息にはおそらく天稟（てんぴん）があります。しかし、この道はそれだけで七段上手（じょうず）になれるほどの甘い世界ではござりませぬ。道を切り拓くのも、半ばにして倒れるのも、その子次第」

「吉之助に才なくば、速やかに破門してくだされ」

佐三郎の言葉に因淑は笑った。

「その斟酌（しんしゃく）も無用かと存じます」

こうして因淑は吉之助を内弟子にした。

この橋本吉之助こそ、後に文化文政から幕末にかけて当時の碁打ちを恐れさせた一代の風雲児「幻庵因碩（げんなんいんせき）」である。

吉之助は因淑が四十四歳にして初めて取った内弟子だった。

幼児の頃に疱瘡（ほうそう）をわずらったのか、顔一面にあばたがあった。疱瘡の痕（あと）を持った者は珍しくなかったが、吉之助のそれはかなりひどかった。しかし笑うと実に人懐っこい笑顔を浮かべた。

因淑は自分の道場に来ている素人たちと吉之助を打たせた。そして、局後にその碁を並べさせ、どう打てばよかったのかを指導した。ただし指摘は極力少なくした。すべての手に「こう打つべし」と教えれば、自分と同じ碁打ちを作ることになる。それでは第二の「鬼因徹」を作ることはできても、碁界の頂点に立つ打ち手を生むことはできない。碁の手には絶対的な正解はない。それがわかるのは碁の神だけだ。それゆえ明らかな悪手を指摘するだけにとどめた。

因淑が吉之助に与えたもうひとつの修行は碁譜並べだった。毎日、一局並べさせ、初手から終局まで、すべて覚え込ませた。棋力も覚束無い七歳の童子が名人上手の碁を最後まで記憶するのは恐ろしく困難なことなのはわかっていた。手の意味などはわからなくともよい。ただひたすら並べて体で覚えることが大事なのだ。

因淑は、碁は「言葉」に似ていると考えていた。様々な国の侍たちと懇意になって気付いたことだが、ある年齢まで生国で育った者は江戸に出て何年経っても、国言葉や国訛りが抜けない。しかし幼少の頃に江戸の藩邸で育った者は、国言葉も江戸言葉も流暢に話す。おそらく言葉はある年までに覚えるのとそうでないのとでは大きな違いがある。碁もそれに近いものがある。

というのは、七段上手になる者は、ほとんどが九歳までに碁を覚えているからだ。九歳を超えて碁を覚えた者で、上手に到達した者はいない。おそらく九歳までに碁の何かを体で覚えなければならぬのであろう。そしてそれは早ければ早いほうがよい——。
この因淑の考えは実は正しい。現代でも、三大タイトル（棋聖、名人、本因坊）の歴代獲得者たちは皆七歳（満年齢）以下で碁を覚えている。それ以降に碁を覚えた者は、その後どれほどの修行をしてもビッグタイトルを獲れない。これは非情なデータである。唯一の例外は九歳で碁を覚えた加藤正夫名誉王座だけである。加藤は名人も本因坊も獲った強豪だが、全盛期は非常に不思議な棋風を持った棋士だった。プロ同士の対局で大石が死ぬことは滅多にないが、加藤は一直線に殺しに行き、実際に取ってしまうのだ。そのため「殺し屋」という異名をとり、同時代のプロ棋士たちに恐れられた。もしかしたら碁を覚えるのが遅かったことが、普通の棋士にはない特異な棋風を作ったのかもしれない。

　英才教育については様々な意見がある。本当に効果があるのか、また長期的に見てどうなのか、いずれも答は出ていないし、弊害も指摘されている。しかし碁においては、英才教育が絶対に正しいというのは過去の事例からはっきりと証明されている。ちなみにこれはクラシック音楽の世界も同様だ。古今の偉大な作曲家たちは例外なく幼少期に音楽教育を叩き込まれている。絶対音感も幼児期でないと身につかないと言われているし、ピアノは六歳までにレッスンを始めないと、その後は死ぬほどの努力をしても一流ピアニストにはなれないとされている。これはヴァイオリンも同じである。他の学問や芸術分野ではこんなことはない。小説家は英才教育などまったく必要ない。

話を因淑に戻そう。

因淑の目から見れば、吉之助の碁は恐ろしく均衡を欠くものだった。布石はなってないし、定石もほとんど知らない。玄人では絶対に打たない俗手も平気で打つ。しかし、いざ石が競り合うと、因淑が唸るほどのヨミを見せた。

碁打ちは何よりもヨミを重んじる。碁打ちにとってのヨミとは、スポーツ競技に喩えればパワー（力）と言える。スポーツに重要なもうひとつはテクニック（技）だが、碁においてテクニックに相当するものは、様々な手筋であり、形勢判断力であり、布石の知識であり、ヨセの計算力などである。これらは敢えて言えば、勉強と経験で身につけることができるものだ。しかしパワーは生まれついてのフィジカル（身体的）な部分によるものが大きい。

スポーツも複雑になればなるほど、テクニックの比重が大きくなる。碁も当然テクニックの有無がものを言う。ただ、スポーツの世界では、しばしば「力が技を粉砕する」ことがある。圧倒的なパワーの前には、小手先のテクニックなど通用しないというケースだ。とくに格闘技では珍しいことではない。もちろんその反対もある。パワーしか持たない選手が、最高級のテクニックを備えた選手になすすべもなく敗れる光景はよく見られる。凄まじいパワーを持った者が高度なテクニックを身に付ければ、天下無双のアスリートになるのは言うまでもない。同様に、碁においてもヨミの力を持った者は大きなアドバンテージを持っていると言える。

因淑は吉之助のヨミの力は本物だと確信した。自分の子供の時よりもはっきりと上だ。この力を伸ばしてやるのが自分の使命だ。余計な技や知識を教え込み、ヨミの力を削いではならない。

二

吉之助が内弟子に入った翌年の文化二年（一八〇五年）、井上家当主の七世因達因碩が五十九歳で亡くなった。跡目の春策が八世井上家の当主となった。三十二歳五段だった。

民治と呼ばれていた少年時代は将来を大きく嘱望されていた春策ではあったが、生来の病弱のため、十代に存分に修行することができず、一歳下の元丈、二歳下の知得には今や大きく水をあけられていた。

そのため、因淑は服部家を切り盛りしながら、井上家の門下生も鍛える役目を仰せつかった。井上家を出たとは言え、恩ある宗家にはお返ししたいという気持ちからだった。

だが、因淑が最も力を入れていたのは、吉之助の薫陶であるのは言うまでもない。

吉之助が入門して一年ほど経ったころ、因淑は初めて愛弟子と対局した。松平家で打って以来、初の師弟対局だった。

手合割は一年前と同じ七子だったが、結果は同じではなかった。吉之助は因淑に付け入る隙を与えず、堂々と寄り切った。因淑はその一局を見て、次からは手合割を五子に変えると言った。

「吉之助よ、これから数日ごとに一局打つ。そして四番勝ち越しで手合割を変えていく。お前がわしを三子まで打ち込めば、井上家から初段の免状をもらってやろう」

初段と聞いて八歳の吉之助の目が光った。初段は碁打ちの最初の大目標だ。子供ながらにも、その重みはわかるのだろう。

吉之助にとって、いきなりの五子は荷が重すぎたのか、二ヶ月後に六子に打ち込まれた。さらに二ヶ月後には七子に打ち込まれた。しかしそこから吉之助は踏ん張り、一ヶ月で六子局にすると、三ヶ月後には五子局に戻した。その半年後、吉之助はついに師匠を四子局に打ち込んだ。

因淑は予想よりも早く四子に打ち込まれたことに驚くと同時に、内心、大いに喜んだ。七段格の因淑に対して九歳にして四子になるとは、大変なことである。因淑も素人相手の稽古なら、まやかしの手や鬼手を打つことはしない。だが愛弟子にはあらゆる手を試みた。吉之助はそれらの手をすべて受けきって五子局の壁を打ち破ったのだ。

ここからが難行の始まりである。五子と四子の違いは天元（碁盤の中央のところ）に置石があるかないかだが、これが大きいのだ。というのは、天元の石は碁盤全体を睥睨する力がある。どこかの隅で戦いが起ころうとも、必ず天元の石が働く。置碁ではこの威力は絶大だ。つまり五子局と四子局は石一つ以上の壁がある。

それだけに四子から置石を一つ減らすのは断崖をよじ登るほどの困難が待っている。それまでは修行すればしただけ、その上達ぶりが自分にも見える。ところが、ここから先は修行の成果が見えなくなるのだ。

因淑は、それはひたすら山に隧道を掘り抜いていく作業に似ていると思っていた。掘れども掘れども隧道は山の向こう側に到達しない。もしかしたらこの山は果てしなく大きいのではないか、あるいは掘る方向を間違えたのではないかと不安にかられるのがこのときだ。この辛さに耐えかねて修行を疎かにした者はそこで終わる。必ず穴が開くと愚直に信じて掘り進む者だけが、山の向こう側に到達することができる。

吉之助は耐え抜いた。一年後、ついに四子局の壁を越えたのだ。吉之助よりも因淑が狂喜した。初段まではあと一歩だ。

ここからは三四子の手合にした。三子局と四子局を交互に打つ手合だ。この壁は四子の壁以上に高い。因淑自身、さすがの吉之助でも三四子から三子になるまではまだ少し時間がかかるだろうと思っていた。

その思惑通り、最初の三ヶ月は四子局では勝てても、三子局はまったく歯が立たなかった。

二ヶ月後、吉之助は通算二つの負け越しから、一気に五連勝した。あと一つ勝てば、四番勝ち越しで三子の手合割になる。

因淑のカド番で迎えた三子局、気合いが入った吉之助は序盤から因淑の石を攻めた。守れば固いが、それでは大勢に遅れると見た因淑は手を抜いて、別の大場(おおば)に打った。吉之助は手を抜いた因淑の石を殺しに来た。因淑も秘術を尽くし、ついに戦いは全局に及んだ。しかし吉之助は見事な手順で、因淑の石をほぼ仕留めた。

因淑は吉之助のヨミに感心し、あと数手打って投了しようとした。

ところが、吉之助はどう打っても黒の勝ちと油断したのか、失着(しっちゃく)を打った。逆の方からアテを打ってしまったのだ。その瞬間に、黒の一手負けが決まった。

九分通り勝利を手中に収めていた碁を敗れた吉之助は大きな声で泣いた。かつて松平家での対局でも声を上げて泣いたが、内弟子に入ってからは、負けて泣くことは絶えてなかった。

因淑が局後の検討に入ろうとすると、吉之助が泣きながら「お師匠様」と言った。

「お願いします。もう一番お願いいたします」

これまで一日に二局打つことはなかったし、吉之助が負けても、もう一局とせがむこともなかった。よほど今の敗局が悔しかったのであろう。因淑は黙って頷くと、二局目を打った。

三四子局の手合割のため、次は四子局だった。この頃は四子では因淑も苦しかった。ところが、その碁はいつもの吉之助の碁ではなかった。いきなり白石に襲いかかったが、明らかに無理な攻めだった。

因淑はじっくりとそれを受け止めると、すぐさま逆襲に転じた。方々に薄いところを残していた吉之助の石はたちまちばらばらになり、百手もいかないうちに投了となった。

吉之助は涙をこぼしながら、「もう一番」と言った。

因淑は黙って三局目を打った。今度は再び三子局だったが、この碁はもう最初から碁にならなかった。わずか五十手で黒が潰れた。

吉之助は泣きじゃくりながら「もう一番」と言った。

結局、この日、吉之助はひたすら負け続けた。その間、ずっと泣きながら打っていた。悔しさと悲しさで、もはや完全に冷静さを失っていた。因淑は少しも緩まず、吉之助の無理手をことごとく咎(とが)めた。吉之助は七連敗し、手合は三四子から逆に四子に打ち込まれた。手合が変わった瞬間、吉之助は畳の上に突っ伏した。

そして涙でぐしゃぐしゃになった顔を上げると、「もう一番お願いします」と言った。

「吉之助」因淑は静かに言った。「当分の間は、お前とは打たぬ」

吉之助は驚いたような顔をした。

「お前はいずれ七段上手を目指すのではないのか。それが、町の素人のような打ち方をして何とする」

吉之助は泣くのを忘れて、呆然と因淑の顔を見つめていた。

「我ら碁打ちにとって、対局は神聖なものである。素人衆の賽を振るような碁を打ってはならぬ。今日の七局、すべて並べ直し、深く考えよ」

因淑はそう言い渡すと、部屋を出た。

自室に戻ると、因淑は吉之助の将来に一抹の不安を覚えた。

吉之助の才はたしかに天稟と言えるものがある。特にヨミに関しては己以上かと思える時もある。ただ、見損じが多い。難解複雑な局面では深く読むのに、素人でも簡単に読めるところで失着を打つことがある。今日の碁もそうだ。その直前の難解な攻め合いを読み、見事な手筋を放ちながら、最後の何でもないところで誤った。碁においては、「勝った」と思ったときが一番危ない。勝負は下駄を履くまでわからない。九分九厘勝ちの碁であっても、相手が投了するまでは何が起こるかわからない。石を置く指がずれて、一路横に打ってしまうことも絶対にないとは言えない。勝ちと見た碁には、そういうことまで恐れるほどの臆病さが必要なのだ。

因淑は『徒然草』の木登り上手の話を思い出した。弟子が高いところに上っているときには黙って見ていた師匠が、もうすぐ地上に降りるというところで、「気をつけよ」と声をかける話だ。そばで見ていた人が、なぜ高いところで注意しなかったのかと尋ねたところ、「上手は高いところにいるときは、言われなくとも本人が注意している。むしろあと少しで地上だと思ったときこそが危ない」と言った。

因淑は、吉之助にこの故事を教えようかと思った。しかし十一歳の童子にそんな話をしても通じるかどうか。それよりは痛い負けを味わって、覚えていくべきだろう。

もうひとつ因淑が気になったのは、吉之助のかっとなる性格だった。普段は決して短気な子ではないが、対局中はしばしば熱くなる。それまでもそういうところを何度も見てきたが、今日ははっきりと出た。おそらく、吉之助の持って生まれた気性であろう。はたしてその気性はいずれ治るものなのだろうか――。

因淑は腕を組んで、黙考した。

翌年の文化六年（一八〇九年）二月、十二歳の吉之助は、ついに因淑に三子になった。それまで五度のカド番をしのいでいた因淑ではあったが、最後の三子局で綺麗に負かされた。

「見事だ、吉之助」

因淑が声をかけると、吉之助はあばた面に満面の笑みを浮かべた。

「師匠のおかげです。ありがとうございました」

吉之助は畳の上に両手をついて礼を述べた。

七連敗した直後から、吉之助の碁は変わった。一局一局、真剣に打つようになった。また明らかに棋力も向上した。そうなればもはや三子になるのは時間の問題だったが、因淑は最後の試練と思い、必死で打った。

吉之助は井上家当主の春策から晴れて初段の免状を戴いた。当時、家元が允許した初段の免状は全国どこにでも通用する立派なものだった。またそれさえあれば、諸国を行脚して、地方の碁打ち相手に指南対局で飯が食えるほどだった。実際、多くの打ち手が若い時に武者修行と囲碁指南を兼ねて地方を回っている。

因淑は吉之助の入段を機に「因徹」の名を与えた。「因徹」は自らの若いときの名前であり、かつては「鬼因徹」と多くの碁打ちたちを恐れさせた名前である。

因淑は、初段になった因徹の最初の対局相手に奥貫智策を選んだ。

智策は本因坊元丈の秘蔵っ子であり、安井家の中野知得が「半名人を狙える器」と言った若武者である。

因淑は因徹の十年後を見据えていた。その頃には元丈か知得のどちらかが名人になっているだろう。両者ともそれくらいの力はある。我が弟子はその次の名人位を狙える器である。その前に立ちはだかる者があるとすれば、坊門の麒麟児、奥貫智策に違いない。だからこそ、智策との距離を見たかったのだ。

文化六年三月、服部因淑の家で、奥貫智策と橋本因徹が対局した。智策二十四歳、因徹十二歳。手合割は五段の智策に対して初段の因徹が二子だった。

七段の力量ありと言われていた智策に二子では苦しいだろうと因淑は思っていたが、因徹は臆することなく堂々と立ち向かい、序盤から大きく構えた。智策は下辺に打ち込んだ。盤側にいた因淑ははたしてどう攻めるかと見ていたが、なんと因徹はその石を取りにいった。気合いはいいが、血気にはやる危険な手だと思った。

智策もまさか殺しに来るとは思わなかったようだ。いったん下辺を放置して右辺で戦いを起こした。戦線を拡大して局面を複雑にしようというものだった。しかし因徹はその策動には乗らず、逆に白を右辺に閉じ込めてしまった。そして再び下辺の白に襲いかかり、ついにこれを殺してしまった。

智策が投了の意思表示にアゲハマ（相手から取って碁笥の蓋に入れた石）をひとつ盤に置いた瞬間、少年はあばた面に満面の笑みを浮かべて因淑を見た。因淑は小さく頷いた。

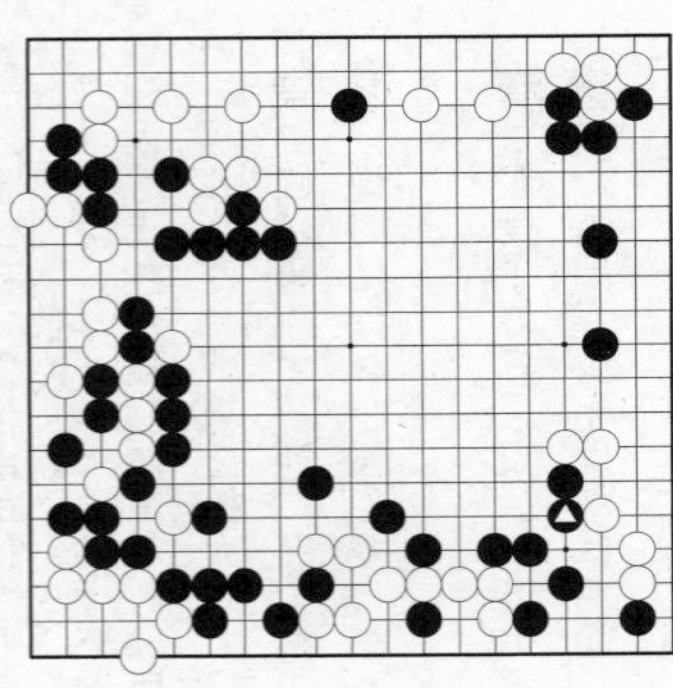

文化6年（1809年）3月4日
奥貫智策
二子　橋本因徹
92手△で下辺の白が死んだ。記録に残る因徹の最初の碁

上出来すぎるほどの碁だったが、これは智策が十二歳下の少年の碁を多分に甘く見ていたきらいがある。智策の力はこんなものではないと因淑は思っていた。

四日後、今度は本因坊道場で、因徹と智策の二局目が打たれた。因淑も同行した。

前局で自信を持ったのか、因徹は序盤から強引に白を攻めた。それはやや無理気味な手だった。智策は鋭い返し技を放った。

序盤の三十手ほどで、黒の石の形が崩れた。因徹が頭に血を上らせているのが傍から見ていてもわかった。何とか必死で食らいついて白の石を攻めようと頑張っていた。その気持ちが焦りを生んだか、大事なところで見損じが出た。急所にキラレた瞬間、因徹は「あっ」と叫んだ。碁はそこで終了だった。わずか七十七手だった。

因徹は着物の膝の部分を両手で握りしめて悔しさをこらえていた。

三日後、再び場所を因淑の家に移し、三度目の対局が行われた。

因淑は、因徹が前局の敗戦により精神的に萎縮していないかと心配していたが、少年の手はそんなものは微塵も感じさせなかった。

それどころか中盤で素晴らしい構想力を見せた。左辺に大きな白地を与える間に、厚みを築くと、一気に下辺の白に攻めかかったのだ。白にはシノギがあったが、二子局でもあり、逃げるだけでは足りないと見て、智策はいっぱいに頑張った。

難解な戦いになったが、因徹はヨミに自信があるのか、不敵な笑みさえ浮かべていた。その着手も驚くほど早く、盤側にいる因淑がひやひやするほどだった。間髪入れずに打つ気合いはいいが、見損じが出る恐れがある。しかし因徹は一手も間違えず、最後は白の大石を綺麗に仕留めた。

因淑は心の中で思わず、見事なり、と言った。

智策と二子で三局打って二勝一敗という結果は因淑を大いに満足させた。ただ、気になるのは勝負の早さである。三局いずれも九十二手、七十七手、八十六手という短手数だった。ヨセまでいくどころか、中盤に差し掛かる前に終わっている。碁が激しすぎるのだ。相手の懐に飛び込み、一気に決着をつける――それが因徹の碁かもしれぬと思った。

噂に聞く智策の碁を初めて三局続けて間近に見たが、やはり強いと思った。彼の碁には才気迸るものがある。その技の切れ味には、「小太刀の冴え」と称すべき鋭さがある。しかし因淑の目には、鋭くはあっても、剛剣で骨を砕く元丈のような力強さは感じなかった。

いずれ我が弟子因徹は智策を破ると確信した。智策は因徹よりも十二歳年上だが、追いつけない強さではない。因徹の碁才は元丈・知得に優るとも劣らぬ。いずれは名人碁所さえ狙える大器である。

三

因淑が奥貫智策を愛弟子の目標に据えていたとき、もう一人の男がやはり打倒智策を胸に秘めていた。

その男とは智策の一歳下の弟弟子、葛野丈和である。

丈和の少年時代のことはほとんどわかっていない。後に本因坊の当主となる丈和だが、『坐隠談叢』でも生まれた身分や生国さえも不明となっている。家元筆頭の本因坊家の当主であるにもかかわらず、これは明らかにおかしい。

丈和の出自は死後百四十年近くも謎に包まれていたが、囲碁史研究家の大沢永弘氏の調査により、伊豆国木負村（現・静岡県沼津市）の魚の行商人、葛野七右衛門の次男として生まれたらしいことが明らかになった（『本因坊丈和出自考』一九八四年刊）。

幼名を一作、後に松之助と名乗った丈和は幼いころに武蔵国本庄（現・埼玉県本庄市）の「中屋」に奉公に出された。当時、中屋は太物、小間物、荒物などを商いしつつ、諸大名に多くの貸付金を持つ関東有数の豪商で、主の戸谷平蔵は苗字帯刀を許されるほどだった（『関八州田舎分限角力番附』には西方筆頭の大関となっている）。戸谷家に残る日記には松之助の名前はないが、寛政時代に奉公の記録がある丁稚の巳之助という子が松之助であったと考えられている。

松之助の父はおそらく貧しさゆえに口減らしで子を手放したのだろうが、当時としては珍しい話ではない。しかし名門である本因坊家においては、この経歴は恥ずべきこととされたのかもしれない。江戸時代の身分制度「士農工商」の中で商人の身分は一番低く、その中でも店も構えられぬ行商人となれば、記録にとどめなかったのもゆえなきとはいえない。

松之助が中屋に丁稚として入ったのは寛政十年（一七九八年）、十二歳になる年だった。この年、宮重楽山が本因坊家の跡目となり本因坊元丈と名を変えている。また橋本吉之助（因徹、後の幻庵）が深川の尼崎藩邸で生まれている。後年、松之助と吉之助は名人の座をめぐって激しい戦いを繰り広げることになるが、もちろん、当時の松之助には知る由もない。

松之助は背丈は小さいががっしりした体をしていて、店でもよく働いた。体を動かすことを厭わず、他の丁稚がやりたがらないような仕事も嫌な顔ひとつせずやった。ただ要領はよくなかった。

松之助が碁を覚えたのはこの店でだった。主人・戸谷平蔵の義父である隠居の横山三右衛門が大の碁好きだったこともあり、丁稚や手代の多くが碁を打っていた。月に一度は三右衛門主催で、奉公人同士の碁会が催されていたほどだった。

ある日、松之助は三歳上の岩吉に、石の取り方と眼を二つ持てば生きるということだけを教えられ、いきなり九子置かされて打たされた。中屋で奉公人同士が打つときは、常にいくばくかの金が賭けられていた。岩吉は丁稚の中で一番弱い男だった。それで松之助に碁を教えて、カモろうとしたのだ。案の定、松之助は何番も負け、こつこつ貯めていたわずかの小遣いのかなりを巻き上げられてしまった。その夜、松之助は布団の中で泣いた。

その日以来、松之助は先輩たちが碁を打っているのを横でじっと見た。最初は何が何だかわからなかったが、そのうちに碁というものが朧げに見えてきた。ひと月後、松之助は岩吉に挑んだ。そして続けざまに六番勝って、取られた金を取り返した。

それから松之助は先輩たちとよく打つようになった。もちろん必ず金を賭けた。賭け金といってもわずかなものだが、丁稚の身分では大金である。それだけに松之助はいつも必死だった。その執念に加えて才能があったのか、打つたびに強くなった。

　碁を打つのは一日の仕事が終わってからだったが、松之助は仕事中も碁のことばかり考えていた。やがて半年もしないうちに、奉公人の中では一番強くなった。

　隠居の三右衛門が松之助の評判を聞いて、一局打つことになった。三右衛門は「初段格」を自称していたが、実力はとてもそこまでない。松之助は隠居をあっさり負かしてしまった。

　三右衛門は松之助をいっぺんに気に入り、それ以来、しょっちゅう碁仇のところに連れて行き、彼らと打たせた。日頃、自分を痛い目に遭わせている碁仇が、自分の店の丁稚にやられるのを見て楽しんだのだ。もちろん、その対局にも金は賭けられていた。負ければ三右衛門の払いになる。

　松之助は三右衛門に損はさせられないと懸命に打った。だから、形勢がどれほど悪くなっても絶対に投了しなかった。相手が松之助の悪粘りに「早く投げろ」と悪態をついても投げなかった。徹底的に粘り、あまりのしつこさに相手が根負けして失着を打ち、それで勝ちを拾ったことが何度もあった。このとき松之助は、人というものは油断すると間違うことを知った。油断は、もう勝ったと思ったときに出る。

　それで松之助は自分の方が形勢がよくなると、より慎重に打った。一度勝ちが見えた碁は、絶対に落とすまいという執念だった。相手の立場から逆転を狙う手をすべて読み、その狙いをひとつずつ消していった。だから、いったん形勢がよくなってから松之助がじっくりと長考しだすと、相手は勝ち目がないと諦めて投げるようになった。

また松之助はハメ手と呼ばれる手をよく打った。ハメ手とは一種の引っかけ手で、わざと隙に見える手を打ち、相手が得を図ろうと踏みこんできた時に、痛い目に遭わせるという手である。相手に正しく打たれるとハメ手を打った方が潰れるが、高度なハメ手ともなると並の打ち手では正着を打ち続けることは難しい。松之助はそれらを自ら研究し、実戦で使った。

三右衛門は松之助が勝つと、小遣いをくれた。松之助はそれ欲しさに一層頑張った。

いつしか本庄界隈の碁好きの間で、中屋の松之助の名前が知られるようになった。三右衛門は「松之助は天才じゃ」とあたりで吹聴し、「江戸の本因坊家でも、これほどの子はいない」と豪語した。

松之助のことを父の三右衛門から聞いた中屋の主の半兵衛は、そこまでの碁才があるなら江戸で修行させてはどうかと言った。三右衛門が喜んだのは言うまでもない。三右衛門は松之助と共に江戸に出て、中屋の江戸支店のひとつである日本橋室町の島屋の丁稚にした。

寛政十二年（一八〇〇年）五月、三右衛門は松之助を連れて、本所の本因坊道場を訪ねた。松之助は十四歳になっていた。ちなみに同じ年、元丈が六段に上がり、知得が安井家の跡目となっている。

三右衛門は、一局ご指南いただきたく、という慇懃（いんぎん）な口上で対局を申し込んだが、実質は道場破りのようなものである。

本因坊家としてもいつもなら体（てい）よくお引き取り願うところだったが、塾頭格（じゅくとうかく）の水谷琢順（みずたにたくじゅん）は三右衛門が連れてきた少年を見て、悪戯心（いたずらごころ）が芽生えたらしく、門下の少年を連れてきて打たせた。

その少年こそ、松之助の一歳上、十五歳の奥貫智策だった。

琢順は松之助に「三子置くように」と言った。

これには三右衛門も松之助もむっとした。松之助は本庄では初段格で打っている。いかに本因坊家の門下生とはいえ、三子も置けとはあまりにも無礼だと思えたのだ。しかしお願いしている身としては不平は言えない。黙って打って勝つまでだ。

松之助はいきなり得意のハメ手に誘った。これは松之助自身が考案した手で、一見、こちらの失着のように見せ、相手がそれにつけこんだ瞬間に、返し技で痛い目に遭わせるというものだ。十手後に相手は嵌（は）められたことに気付くが、そのときはもう遅い。もちろん同じ相手には一度しか通用しない技だが、坊門の内弟子の目を白黒させるなら使っても惜しくはない。

坊門の少年ははたして誘いに乗ってきた。松之助はしめしめと思いながら打った。ところが四手目で少年は思いもかけないところに石を置いた。その手を見た松之助は心の中で、あっと叫んだ。そこに石が来れば、ハメ手は成功しないばかりか、黒が潰れ形になってしまう。まったくの盲点だった。これまで誰もそこに打った者はいない。

松之助はいきなり序盤で大損をした。中盤、松之助はもう一度、相手を罠に嵌める手を打った。しかし坊門の少年はここでもハメ手破りとも言える手を打ち、逆に松之助の石を潰してしまった。碁はそれまでだった。投げっぷりの悪い松之助もさすがに投了せざるをえなかった。

この結果に三右衛門も驚いたようだが、それ以上に衝撃を受けたのは松之助だった。本庄の碁自慢の親父たちを打ち負かしてきた自分が、ほとんど歳も変わらない少年に、三子も置かされて負かされたのだ。しかも最後は大石を取られての完敗だ。

三右衛門は続けての対局を希望した。

塾頭格の水谷琢順は「それでは、次は四子置くように」と言った。

松之助は不服だったが、三子で負けたとあれば仕方がない。

今度はいきなり力任せに攻め立てた。四子も置いて本気を出せば、五十手以内に潰してみせる。さきほどはハメ手にこだわったのが敗因だ。

松之助の激しい攻めを受けて、白は攻められた石をあっさりと捨てた。松之助はいくぶん拍子抜けしたが、儲けた、と思った。しばらくして別の場所で戦いが起こったが、これも白はまともに戦おうとせず、しっぽの白石を捨てた。松之助は、なんだこれは――と呆れた。まるで戦いにならないではないか。こやつは戦いに自信がなかったのだな。こんなことなら、さきほどの碁も、ハメ手など使わなければよかった。

ところが中盤に差し掛かると、白に大きな模様ができていた。碁の模様というのは、厚みがふくらんで地のような勢力となっている図を言う。手を付けないと、そのまま大きな地になる可能性もある。

松之助は白模様の中に黒石を打ち込んだ。この模様の中で黒が生きれば、碁は終わる。白にはもうどこにも地ができない。

途端に白が猛然と攻めてきた。ある程度は覚悟していたが、その鋭さは予想を超えたものだった。すべての石が黒石の急所に来るではないか。最初は楽にしのげるだろうと思っていたのに、打ち進めるうちにそれは容易でないことがわかった。相当にいじめられるのを覚悟した。少々の損はしても生きればいい。

ところが十数手後、白模様の中の黒石はすべて死んでしまった。松之助は呆然として盤面を見つめていた。

自慢の丁稚を連れて意気揚々と本因坊家に乗り込んできた三右衛門も、三子四子と松之助が連敗して、すっかりしょげかえっていた。

松之助も三右衛門に対する申し訳なさでいっぱいだったが、それよりも目の前の少年が得体の知れない不気味なものに思えて怖かった。いや、恐ろしいのは少年ではない。本当に恐ろしいのは碁そのものだ。これが碁というものか。今まで自分が打ってきたのは何だったのか――。

声も出ない松之助に、さきほどから盤側に立って碁を見ていた剃髪の青年が声をかけた。

「どこで碁を習った？」

松之助は知らなかったが、その青年は二年前に本因坊の跡目になったばかりの二十六歳の元丈だった。元丈は四子局の途中から、碁を見ていた。

「お店で覚えました」

松之助は答えた。

「これほどの俗手ばかりの碁を見るのは久しぶりだ」

元丈はおかしそうに笑った。松之助は自分の顔が真っ赤になるのがわかった。

元丈は松之助と打っていた少年に「智策」と声をかけた。「打っていてどうだった」

少年は背筋を伸ばして答えた。

「おそらくこの者は、長らく賭け碁を打ってきたかと存じます」

「理由や如何に？」

「碁が汚く思いました」

「さすがは智策。よくぞ見抜いた」

　元丈は満足そうに言った。

　隣にいた塾頭格の水谷琢順が「智策には四子どころか五子でも打てぬでしょう」と言った。松之助は屈辱で全身がぶるぶると震えた。

「はたしてそうかな」元丈は言った。「わしにはもう少し近いように見えるがな」

「元丈殿、それはいくらなんでも」と琢順が言った。

「たしかに五子敷かれても智策ならこなすだろう。あるいは六子でも。だが――この子の碁は面白い。阿波(あわ)の米蔵(よねぞう)になれるやもしれん」

　米蔵の名前を聞いた琢順は苦い顔をした。「阿波の米蔵」は「尾張(おわり)の徳助(とくすけ)」と並ぶ悪名高き賭け碁打ちだ。無学の寺男でまったくの我流ながら、家元の碁打ちをもねじ伏せる力があるとも言われていた。

「松之助とやら。お前は賭け碁で生業(なりわい)が立つほどに強くなるかもしれぬ。しかし賭け碁で財をなした者はおらぬと心得よ」

「本因坊殿――」三石衛門が声をかけた。「松之助を本因坊の道場で鍛えていただけませぬか。謝礼はお支払いいたします」

　元丈は松之助の顔をじっと見て言った。

「いささか遅い」

「遅いとは？」

　三右衛門が訊いた。

「碁には正邪の二つの道がござる。正しい道を歩めば、たとえ歩みが遅くとも必ず真理に到達するが、邪道を歩めば必ず道に迷う」

「松之助の碁は邪道であると」

「左様」

「賭け碁は金輪際やめさせます」

「賭け碁が邪道というのではない。碁の筋についての話でござる。この子の碁には悪い筋が身についている。これはもはや——直らぬ」

　松之助は二人の会話を耳にして、がっくりとうなだれた。正しい碁の筋とは何なのだ。自分はもうそれを身につけることはできないのか。

「本因坊殿、何卒、松之助を門下の一人に加えてやってくだされ。この三右衛門、伏してお願い申す」

　三右衛門は畳の上に手をついて平伏した。大店の隠居にそこまでされては元丈も無下にはできなかった。

「そこまで申されるなら、道場で世話をいたしましょう。しかしながら、碁の筋を正しくするのは、大抵のことではござらぬのを覚悟していただきたい。それと——いやしくも本因坊門下となれば、賭け碁は今後一切禁ずる。もし禁を破れば、ただちに破門いたす」

「承知いたしました。これからは松之助には一切、賭け碁は打たせませぬ」

元丈はその言質(げんち)を取った上で入門を許した。

本所の本因坊道場から島屋への帰り道、三右衛門は松之助に言った。

「お前の筋を悪くしたのはわしだったようだ。許せ」

「ご隠居様、とんでもないことです。筋が悪いのは私のせいです」

「いや、お前に賭け碁ばかり打たせたせいだ」

三右衛門は心底すまなさそうに言った。

「それより、本当に私が本因坊の道場に通ってもよろしいのでしょうか」

「かまわぬ。毎日でも行かせたいところだが、それは無理だ。一の付く日に通え。その日は店を休んでもよい」

四

松之助は十日に一度、一の付く日に本因坊道場に通った。

道場では門下の兄弟子たちに打ってもらい、局後に指南を受けるのだ。弟子たちは松之助のように通いもいれば、内弟子もいた。

兄弟子たちの碁は町の腕自慢の打ち手とはまるで違っていた。賭け碁ではいっぱいに石を張り詰めて打っていた松之助にとっては、ぬるそうに思える手がいくつもあった。ただ守っているだけで、相手に響かないと思えたのだ。ところが、それらの手が中盤以降に力を発揮するのだ。これが元丈殿のおっしゃっていた正しい道なのかと松之助は思った。

松之助にはそういう手がなかなか打てなかった。常に相手の石に圧力をかけていないと碁を打っている感じがしないのだ。だから局後に兄弟子たちに何度も叱られた。

松之助の望みは自分を打ち負かした少年——奥貫智策に勝つことだった。しかし対局の機会はまったくなかった。というのも、智策は坊門の期待を一身に背負った少年で、下っ端の門下生と打つことはなかったからだ。

智策は武蔵国幸手（現・埼玉県幸手市）の庄屋の次男坊で、幼名を瀬六という。幼い頃から碁才を謳われ、九歳のときに本因坊家に入門した。十一歳上の兄弟子の元丈に目をかけられ、寛政十年（一七九八年）、十三歳のときに初段を許された。松之助が中屋に丁稚として入った年だ。

「智策」の名は、本因坊家が生んだ二人の大名人、四世道策と五世道知（智）から一文字ずつ与えられている。その名を見るだけで彼がいかに将来を嘱望されていたかがわかる。十六歳で二段を許された頃から、「坊門に智策あり」と噂されるようになっていた。入門後にそれを知った松之助は、四子で歯が立たなかったのも当然だと思った。いつかは智策に追いつくことを励みにして頑張った。

道場にある詰碁の図を覚えては、店の仕事中に頭の中で解いた。十日に一度の道場で碁譜を写し、店の仕事が終わったあとで並べた。三右衛門が松之助のために空き部屋を貸してくれ、行灯の使用も許してくれた。

本格的な修行が遅かったにもかかわらず、上達は早かった。最初は敵わなかった兄弟子たちにも次第に勝つようになってきた。ただ、松之助の碁は異筋の碁であるとも言われた。先輩たちに何度、こんな手は打ってはならないと言われても、言うことを聞かなかった。

ある日、兄弟子の一人と言い争いになった。きっかけは、局後の感想で兄弟子から星に打った手を怒られたことだった。

本因坊家では昔から、陰陽道（おんみょうどう）にもとづき、丑寅（うしとら）の方向は「鬼門打ち」と言われ、いきなり打ってはならない禁手とされていた。これは下手から見て右上隅の三々、星、五の五である。また布石において星や天元（碁盤の中央）も禁手に近いものがあった。後の話であるが、昭和三年（一九二八年）、中国から来た天才少年の呉清源（ごせいげん）が、本因坊家最後の家元名人の秀哉（しゅうさい）と対局したとき、一手目に右上隅の三々、三手目に対角線上の星、五手目に天元と打ち、坊門の一同を激怒させたことがあった。

しかし松之助には禁手の根拠がよくわからなかった。それで一手目に右上隅の星に打ち、三手目もまた空き隅の星に打ったのだ。

実戦では兄弟子はその手を咎（とが）められず、逆に松之助にやられてしまった。兄弟子はそれで余計に怒ったのかもしれない。

二人が言い争っているとき、塾頭格の水谷琢順がやってきた。兄弟子の言い分を聞いた琢順は、松之助に言った。

「坊門の禁手を打つとなれば、ここで学ぶことはない」

まさに問答無用だった。

そこへ跡目の元丈があらわれた。

「何事だ」

事情を聞いた元丈は碁を並べさせた。

「たしかに我が門風では、この鬼門の星打ちは禁じ手とされている。しかし――」元丈は言った。「碁には打ってはならない手というものはない」

琢順は不服そうな顔をした。元丈は盤面を見ながら少し笑みを浮かべて言った。

「二つの星打ちか。実は、わしも修行中に打ったことがある」

周囲にいた者たちは驚いた。

「わしだけではない。道策師も稽古碁で打ったことがあると聞いている」

「そうなのですか？」

元丈は頷いた後で、盤面に目を落とし、呟くように言った。

「もう一度打ってみたいと思いながら、今日まで打てなかった手だ」

現在残されている元丈の碁譜には星を二つ打った碁は一局もない。また、それ以前の歴代本因坊の碁譜にもない。

元丈は松之助を見ると、「お前はたしか島屋の丁稚だったな」と言った。松之助が「はい」と答えると、元丈はにやりと笑った。

「一局見てやろう。今の碁、並べ直してみよ」

松之助と兄弟子は元丈の前で、打ったばかりの碁を並べ直した。

元丈の講評が聞けるとあって、たちまち盤の周囲に門下生たちが集まった。

現代のように棋書があふれている時代ではない。高手の講評を聞く機会は何ものにも代え難い。元丈の段位は六段であったが、その力は七段上手は優にあると言われていた。

元丈は序盤から中盤にかけて、いくつかの手に疑問を挟み、ここに打つべきだと盤上に示した。それらは松之助にとっても、目を開かされる思いがする指摘ばかりであった。

「相変わらず愚形を平気で打つ癖は直ってないな」

講評を終えて、元丈が松之助に言った。

「申し訳ございません」

「本来、愚形は働きに乏しいと言われる。しかし、愚形には時として本手にはない力強さがあるのもたしか。ヨミもなく本手を打つよりも、ヨミが入った愚形がまさることもある」

元丈は最後に言った。

「わしの目には、お前は敢えて獣道を歩もうとしているように見える。それがお前の碁かもしれん」

五

享和二年（一八〇二年）、松之助は十六歳になっていた。

本因坊道場にはずっと十日に一度通っていた。実際に対局できるのはその日しかなかった。毎日通える門弟や内弟子たちが羨ましくもあったが、それは考えまいと思った。こうして道場へ通わせてもらうだけでも幸せなのだ。

店で働いている間は碁石に触れることはできないので、頭の中の碁盤で対局した碁を並べて、その変化を調べた。初めの頃は想像上の碁盤はおぼろげで、並べているうちに前に並べた石が消えていくこともよくあったが、何度も繰り返すうちに次第に碁盤も碁石もはっきりと見えてきた。やがて、まるで目の前に本物の碁盤があるかのように鮮明な姿をあらわすようになった。

道場では兄弟子たちの碁もよく見た。とくに智策が打つときは、対局をやめてまで観戦した。店に戻ってから、それを頭の中の碁盤に並べるたびに、何度も唸らされた。うまくたとえることはできないが、とにかく颯爽（さっそう）としている感じがした。軽快で、それでいて鋭い。芋臭い自分の碁とはまるで違う。元丈師が手塩にかけて育てたと言われるだけのことはある。

その年の七月、松之助は元丈に呼ばれた。

「道場に来て、何年になる？」

元丈は訊ねた。

「二年になりました」

「そうか。もう二年になるか」

この頃、元丈は二十八歳で、まだ跡目だったが、病気がちだった当主の烈元に代わって、本因坊家を切り盛りしていた。

「一番打ってやろう」

元丈はそう言って、盤を持ってこいと命じた。

予期せぬ一言だった。松之助にとって元丈は雲の上の人である。講評が聞けるだけで大変な有り難さだというのに、一局指南していただくというのは至上の喜びである。坊門に学ぶほとんどの門下がその光栄に浴することはない。

碁盤の前に座った松之助は震える手で盤上に四つの黒石を置いた。すると元丈はにこやかな笑みを浮かべて言った。

「四つは無理だ。三つにせよ」

松之助は驚いた。六段の元丈に三子というのは初段格である。しかも元丈の力は七段以上と言われている。松之助は左上隅の石をはずした。

「では」

元丈は一礼した。松之助も深く頭を下げた。

元丈は空いている隅の小目に静かに石を置いた。松之助は心を鎮めてから、その石にかかった。元丈はそれをはさんだ。

松之助は打ちながら夢でも見ているのではなかろうかと思った。元丈はまもなく本因坊家を継ぐ男だ。御城碁では先ながら二度にわたって仙知を破り、安井門の中野知得と並んで、碁界の竜虎と呼ばれている。それほどの打ち手が自分と打ってくれている——これほどの喜びがあろうか。

序盤に大きな岐路が訪れた。戦うか、持久戦でいくか――。元丈の戦いの力は凄まじいと聞いている。まともに戦えば潰されるかもしれない。まだ序盤だ。三子の効力は十分にある。危険を冒す必要はない。

しかし松之助の選んだのは、戦いの手だった。白の石を割いていく手を打ったとき、元丈が小さく頷いたように見えた。

そこから激しい戦いとなった。生きていない複数の石同士が互いに絡み合い、やがて戦いは全局に及んだ。打ちながら松之助は元丈の威圧感の凄さに圧倒されていた。日頃は柔和な元丈だが、盤に向かっているときの姿はまさしく阿修羅のようだった。ちらりとその目を見たとき、眼光の鋭さに射すくめられた。

駄目だ、師の目を見ては駄目だ、と松之助は自分に言い聞かせた。盤上の石だけに心を向けるのだ。

松之助は碁盤の上に描かれた世界だけに意識を集中させた――次の瞬間、盤上の石を除いてすべてのものが視界から消えた。同時に一切の物音が聞こえなくなった。さきほどまで喧しいほどだった蟬の声もやんだ。

今、松之助の目の前にあるのは、盤上の石だけだった。もはや石を持つ自分の指の感覚さえなかった。暗闇の中で、縦横十九の線上に、白石と黒石が並んでいる図しか見えなかった。そして、その図は次々に変化し、姿を変えていく。石を打ち終えた途端、また新しい変化が生まれる。こんな感覚は初めてだった。自分は今、碁の幽玄の世界にさまよいつつあるのかと松之助は思った。時間も止まったように思えた。

不意に、世界が明るくなった。同時に蟬の声が耳に入ってきた。

「見事だ」

という声に頭を上げると、元丈が柔和な顔で自分を見つめていた。

「いい碁だった」

盤面に目を落とすと、白の大石が死んでいた。自分が師匠の石を取ったのか——。

松之助は黙って、深々と頭を下げた。

「松之助よ」と元丈は言った。「本日から、初段を名乗ってよし」

松之助は我が耳を疑った。まさか自分が初段になれるとは思ってもいなかった。

ありがたき幸せにござります、と言おうとしたが、途中から声が詰まって言葉にならなかった。

「今日までよくぞ精進した。十日に一度の通いにもかかわらず、そこまで強くなったのは、盤に向かわずとも常に碁のことを考えていたからであろう」

松之助は何も言えなかった。

元丈は最後に一言付け加えた。

「前にも言ったが、お前の碁は険しい道を行く碁だ。そういう碁は強くなるのに時がかかる。気をしっかり持つことだ」

元丈の言葉は正しかった。松之助は初段を許された頃から、棋力の伸びが止んだ。門下生同士の対局でも、ほとんど勝てなくなった。昇段の目安となるのは、兄弟子との手合である。兄弟子を打ち込めば段位は上がるが、松之助は一年以上も誰ひとりとして打ち込むことができなかった。それどころか、逆に打ち込まれることさえあった。本来なら伸び盛りの年齢で、年配の兄弟子に打ち込まれるということは、伸びが止まったことを意味する。年少の弟弟子にも打ち込まれた。

自分の力はここまでかと松之助は思った。もうこれ以上は強くはなれない。いつかは再度対局したいと思っていた智策はすでに四段となり、手の届かないところにいた。

鬱屈（うっくつ）した思いを抱えていた松之助は、文化元年（一八〇四年）九月、事件を起こす。

その日、松之助は兄弟子相手に先番で打ち、苦しい碁を粘った末に、終盤ついに逆転勝ちした。兄弟子は投了すると同時に、腹立ちまぎれに言い放った。

「俺が勝っていたのに、投げない奴にはかなわん」

松之助は言い返した。

「白が勝っていたということはないと思います」

「右下の石が死んだところで碁は終わっている。まともな碁打ちなら、そこで投げている。それをいつまでも悪粘りしやがって――。恥ずかしくないのか」

「たしかに右下は黒が損をしました。ですが、まだ頑張れると思ったから、打ったのです。そして、実際に勝ちました」

「やかましい！」兄弟子は怒鳴った。「お前が投げないから、癪にさわって間違ったんじゃないか」

口論を聞きつけて何人かの兄弟子がやってきた。

「また松之助が汚い手で碁を拾ったな」

一人が馬鹿にしたように言った。

「こいつと打つと、投げないんで、嫌になるぜ」

松之助は兄弟子たちに罵られ、悔し涙を流した。松之助と対局していた兄弟子が、元丈師匠もなんでこんなヘボに初段を与えたんだ、師匠の目も節穴か、と言った。この一言が松之助の怒りに火をつけた。自分が馬鹿にされるぶんには耐えることができても、師匠を揶揄する言葉は許せない。

松之助は碁笥を摑むと、兄弟子に投げつけた。碁笥は兄弟子の額に当たって割れ、碁石が部屋中に飛び散った。兄弟子は怒って松之助に飛びかかったが、他の門弟たちが二人を引き離した。

この騒動で松之助は破門となった。兄弟子に対する狼藉もさることながら、神聖な碁石を投げつけたことが元丈の逆鱗に触れたのだ。

歴代の本因坊で、入段後に、碁から離れた者は他にいない。その意味でも、松之助の経歴は異色である。『坐隠談叢』には、「十六歳初段となり、漸く鋒鋩を顕すに及び、事情止み難きことありて中止し……」とあるが、その事情とは何かは書かれていない。同書には「年齢、斯道において亦すでに晩学」とある。後世に名を成す碁打ちは例外なくその神童ぶりを示す逸話に事欠かないが、松之助に関してはそうした類の伝承が一切残されていない。なお十代の頃の棋譜もほとんどない。

ちなみに天才児の誉高い奥貫智策の十代の棋譜は数多く残っている。

松之助が出奔している間、智策の進境は著しいものがあった。安井家では知得に次ぐと言われる鈴木知清を先々先から定先に打ち込み、また他家の門下との対局でも好成績を残していた。知得をして「半名人を狙える器」と言わしめたのもこの頃だ。

同じ頃、服部因淑が尼崎藩中屋敷において七歳の吉之助と打っている。世は「元丈・知得」時代だったが、こうして新しい才能が生まれつつあった。

道場を破門された松之助は三右衛門への申し訳なさから島屋も辞めた。

人足をしたり、行商人の手伝いをしたり、いろいろな職を転々としたが、やがて博徒の一家の下っ端になった。そこで、鉄火場の見張りをしたり、遊郭の用心棒をしたり、ときには客の付け馬などもした。付け馬とは博打や遊興の金を払えなくなった客の家まで行って金を取り立てる仕事だ。松之助はそこで女と博打を覚えた。

博打は松之助を夢中にさせた。世の中にこれほど面白いものがあったのかと思った。サイコロの目を当てるその単純さがたまらなかった。これに比べれば、碁などという遊びは実に辛気臭いものに思えた。白と黒の石をただ黙々と並べるだけ、それも二百手も三百手も。しかもその一手一手にどれほどの考えを巡らせないといけないのか。そうして一日がかりで打った末に負けたときの、絶望感は限りなく深い。疲労困憊して、立ち上がる気力も湧かないこともある。碁の敗北はすべてが自らの不甲斐なさ以外の何物でもない。

それに比べれば、博打の負けは単に金だけだ。失った金は痛いが、おのれの才覚が負う責はない。すべては運否天賦。神様の気まぐれに身を任せるだけだ。

こうして自堕落な暮らしを一年近く続けたが、ある日、松之助の兄貴分が、以前から縄張りで揉めていた博徒の者に闇討ちされて殺される事件が起きた。数日後、その復讐としてこちら側が相手の一人を殺した。

松之助は震え上がった。こんなところに長居すれば、いつかは殺されるか、逆に人を殺めて獄門にかけられるのがおちだ。それで、ある夜、付け馬に出て、そのまま一家を抜けた。

しばらくはあてもなく江戸の町をうろついていたが、やがて無宿人として捕えられ、江戸のはずれにある石川島（現・東京都中央区佃）の人足寄場に送られた。当時、無宿人は江戸の治安を乱す者とみなされていたため、奉行所は彼らを捕えて、人足寄場に送りこんで強制労働に従事させていた。前科のある者は佐渡の金山に送られる場合もあった。余談だが、この人足寄場を作ったのは「鬼平」こと長谷川平蔵である。

松之助はここで船松町の運河を作る仕事に就かされた。長い間ろくに体を動かしていなかったから、人足仕事はきつかった。しかし力仕事をこなすうちに次第に体力がついてきた。後年、丈和（松之助）は短軀ながら強靭な体力を誇り、どんな長丁場の対局も乗り切ったが、それはこのときの人足仕事で鍛えられたおかげだった。

松之助は木起こし（鶴嘴）で土を掘りながら、またもっこで土砂を運びながら、いつしか頭の中で碁を並べ始めていた。

一年にわたる放埒な生活をしていても、頭の中の碁盤は消えてはいなかった。松之助はその碁盤に何局も碁を並べた。とくに何度も並べたのが師である元丈との一局だった。その碁は松之助が勝ったとはいえ、あらためて並べてみると、師の強さが見えてきた。

三子敷かせながら、白の構想力はまことに雄大だった。その石運びには感服させられるものが多かった。道場にいた頃には見えなかった師の偉大さが漸くにしてわかった。と同時に、碁という芸の奥深さを初めて知らされた気がした。

もう一度碁に触れたい、と思った。しかしそれはもはや叶わぬ夢だった。

そうしてまた一年近い歳月が流れた。松之助が本因坊道場を辞めてから二年が過ぎていた。

文化三年（一八〇六年）の暮、松之助は人足寄場から無罪放免になった。前科のある身ではなく、仕事態度が真面目だったゆえの温情措置だった。

石川島から一年ぶりに江戸市中に戻った松之助は本因坊道場を訪ねた。

玄関に見知らぬ年若い門弟が現れた。松之助が「葛野松之助と申します。元丈殿に取り次いでいただきたい」と言うと、門弟はすぐに奥へ消えた。

まもなく元丈が現れた。二年ぶりに見る師匠はすっかり貫禄がついていた。

「松之助か」元丈は言った。「何用か」

「お師匠様」

松之助はそう言うなり、三和土（たたき）に土下座した。

「お願いがございます。今一度、碁の修行をしたく存じます」

松之助は額を土にこすりつけて、叫ぶように言った。

「立て、松之助」

顔を上げた松之助の目に元丈の柔和な目が見えた。

「わしの部屋に来い」

元丈の居室に入った松之助はあらためて二年前の非を詫び、碁の修行を許してほしいと、平伏して頼んだ。元丈はしばらく黙っていたが、静かに言った。

「破門を解くかどうかは、お前の碁を見て決めよう」

思いもかけぬ言葉だった。まさか師と打つことになるとは思ってもいなかった。

こうして四年ぶりの対局が始まった。手合は四年前と同じ三子だった。

黒石三つを碁盤に置くとき、指が震えた。碁石を持つのは二年ぶりだったからだ。

松之助は懸命に打った。巳（み）の刻（午前十時頃）に始まった碁は夜になっても終わらず、行灯に火を入れての勝負となった。そして翌日の明け方、ついに決着した。白番元丈の五目勝ちだった。

松之助は肩を落とした。破門が解かれないということより、道場を離れていた二年間、まったく強くなっていなかったことを師に見抜かれたことが、何よりも辛かった。と同時に、師に対して申し訳ない思いでいっぱいだった。

碁石を片付けたあと、松之助は深く頭を下げて、「ありがとうございました」と言った。

元丈は「うむ」と小さく頷くと、言った。

「今日から、ここで内弟子として修行に励め」

松之助は驚いて元丈を見た。元丈はにやりと笑った。

「負けたのになぜ、という顔をしているな」

松之助は頷いた。

「碁の強さは勝ち負けだけでわかるものではない。強くとも負けることもあれば、弱くとも勝つこともある。お前はこの二年間で強くなっている。強さには、表に顕(あらわ)れる強さと、表には顕れない強さがある」

元丈はそこで言葉を切った。

「お前の碁は、表に顕れにくい強さである。だが、それが顕れたときは、恐ろしい碁打ちになっているやもしれぬ」

六

こうして松之助は晴れて坊門の内弟子となったが、これは異例中の異例といってよい。

本来、本因坊家が内弟子に取るのは、よほどの才ありと見られた少年か、あるいは多額の謝礼（束脩）を積めるだけの後援者がいる場合のみだ。二十歳で初段、しかも満足に謝礼も払えぬ男を元丈が内弟子に取ったことは、門下生の間でも不思議がられた。貧しい行商人の出で、かつて兄弟子に狼藉を働いて破門された不始末さえある。しかし元丈の裁断に不服を唱える者は一人もいなかった。それほど元丈の人望は篤く、その見識は門下生の間でも絶大な信頼があった。

とまれ、松之助は再び碁の修行に励むこととなった。もっとも年齢的には、もはや高段に上るのは無理なのは誰の目にも明らかであった。だが松之助にとってはそんなことは些細なことだった。彼は二年ぶりに碁石と碁盤に触れられることで満足だった。また対局できることに至上の喜びを味わっていた。

ただ元丈が言外に匂わせていたように、門下生との対局ではなかなか勝てなかった。仲間内からは、松之助の碁は「足が遅い」と言われていた。これは石運びに軽快さがないという意味だ。負けが続いた時、松之助は元丈の言葉を思い返した。そして自分の碁を信じて突き進もうと思った。

やがて松之助の勝率は少しずつ上がってきた。もっとも、伸び盛りの年齢を考えれば、その上達速度はむしろ遅いと言えた。しかし元丈は松之助には何も言わなかった。

松之助が道場の内弟子に入って一年後の文化四年（一八〇七年）の六月、元丈が松之助を呼び出した。

「今から庄内へ行け」

元丈は言った。

「鶴岡に長坂猪之助という方がおられる。かつて安井仙知殿のもとで修行された方で、免状は二段だが、力は五段以上である。先日、お前を鍛えてもらおうと文を送った。本日、長坂殿より、いつでも参られよという快諾の御返書をいただいた」

突然のことに驚いた松之助だが、師の言葉とあれば、否応もない。

長坂猪之助は出羽国庄内（現・山形県庄内市）酒井藩士で、明和元年（一七六四年）生まれというから、元丈より十一歳上になる。寛政五年（一七九三年）、三十歳の時、参勤交代で江戸に上り、安井家に入門した。この翌年、十九歳四段の中野知得に対して定先（二段差）で十五番打ち、四勝十一敗という記録がある。記録の上では大きく負け越してはいるが、当時の知得はすでに六段以上の実力があると言われていた。そこで当主の安井仙知は猪之助に二段の免状を与えた。猪之助はその後上達し、六段格と認められるほどの打ち手となった。享和三年（一八〇三年）には、鶴岡に立ち寄った怪力で鳴る小松快禅に向こう先で三連勝している。

猪之助の祖先は、戦国時代、三河の徳川家に仕えた槍の達人で、血槍九郎の異名を持つ長坂信政である。猪之助自身もまた槍の達人で、酒井家の槍術指南を務める六百石の大身であった。

翌日、松之助は元丈の紹介状を携えて江戸を発った。

長旅は生まれて初めてだったが、道中を楽しむ余裕はなかった。元丈からは、長坂猪之助に定先（二段差）から打ち始めて先々先（一段差）に迫れば三段を許すと言われていたが、逆に言えば、なんとしても先々先になって帰ってこいということだった。つまり猪之助との碁は松之助にとっては生まれて初めての勝負碁だった。

庄内には六十里越街道を通った。この街道は山々を越える急峻な道で、庄内藩も参勤交代路としては使わなかったほどだ（記録では一度だけ通っている）。現在はその多くが廃道となっている。

鶴岡に着いたのは、江戸を発って十日後の六月十七日だった。

長坂家は五百坪以上もある大きな屋敷だった。邸の入口には立派な冠木門があり、門番までいた。松之助は門番に、江戸から来たことを告げ、元丈からもらった紹介状を渡した。

まもなく立派な身なりをした猪之助本人がやってきた。年は四十四歳だったが、精悍な体つきだった。

「長坂猪之助と申す」

猪之助は丁寧にお辞儀をした。

「葛野松之助と申します」

「遠路はるばる鶴岡までようこそお越しくださった。部屋はご用意してあるゆえ、まずは風呂にでも入り、旅の疲れを落としてくだされ」

その夜、松之助は猪之助の歓待を受けた。猪之助は江戸の碁界のことをいろいろと訊ねた。知得が七段上手に上がったことを伝えると、大層喜んだ。

「仙知殿も強かったが、知得殿もそれに劣るものではなかった。知得殿と打ったのは、もう十三年も前のことになるが、いや、強かったのなんの。先では碁にしてもらえなかった」

猪之助は豪快に笑った。

松之助はそれを聞きながら、あらためて知得の強さを知った。今の自分はその時の知得よりも年上ながら、猪之助には逆に先で打たねばならぬ。ということは、当時の知得には二子は打たれることになる。元丈師はその知得とほぼ互角の力という。いったい二人はどれほど強いのだろうと思った。

その夜、松之助は離れの客間で休んだ。用意された部屋は十六畳はたっぷりある広い部屋で、これまでこんな広い部屋で寝たことがない松之助はなかなか寝付けなかった。

翌十八日、松之助と猪之助は第一局を打った。手合割は松之助の定先である。

猪之助の碁は力強かった。序盤から手筋を繰り出し、中盤で形勢不明にされた。そして終盤、狙いすました手筋で、黒の大石を劫にされた。辰の刻（午前八時頃）に始まった碁が終局したのは戌の刻（午後八時頃）である。結果は白番猪之助の九目勝ちだった。

二局目は翌日に打たれた。この碁は猪之助が豪快に厚みを張った。白がうまく打ちまわしたが、黒も必死で追い込み、この日も夜戦になった。両者とことん考え抜き、終局したのは翌朝の卯の刻（午前六時頃）だった。この碁は松之助が二目勝ちし、一勝一敗にした。

こんな調子で打っていては体が持たないということで、三局目は翌七月の四日に打たれた。その間、松之助も長坂邸でゆっくりと休息を取った。

第三局は松之助が厚みから大模様で打った。終盤細かい碁になったが、かろうじて松之助が一目差で逃げ切った。

六日後に打たれた四局目は逆に猪之助の技が決まり、白の四目勝ちとなった。

四局終わって二勝二敗の打ち分けは、松之助にとっては大いに不本意なものだった。しかもどちらかと言えば内容は押され気味である。これでは先々先（一段差）に打ち込むどころではない。万が一にでも先二（三段差）に打ち込まれるようなことになれば、もう江戸には戻れない。

松之助は気持ちを引き締めて五局目以降に臨んだ。そして七月十九日から三日連続で打たれた五局、六局、七局に三連勝した。あとひとつ勝てば、四番勝ち越しで手合割は先々先に変わる。

七月二十四日、松之助は必勝の信念で八局目に臨んだ。しかし、勝ちたい気持ちが強すぎて、攻めが強引になった。そこを猪之助に衝かれた。結果は白番猪之助の五目勝ちだった。

先々先に打ち込めなかったのは悔しかったが、気を取り直して六日後に打たれた九局目に勝利し、再び三つの勝ち越しで、猪之助を二度目のカド番に追い込んだ。

ところが八月十日に打たれた十局目、松之助は固く打ちすぎた。慎重に打たなければという思いが、逆に石の伸びを失わせたのだ。猪之助に自在に打ち回され、中押しで敗れた。これで十局打って松之助の六勝四敗となった。

十番で先々先に打ち込むつもりだっただけに、かなり落胆したが、こうなれば次の十番で決めるだけだと思った。松之助はあらためて続きの対局を申し込んだ。

「葛野殿」

と猪之助は言った。

「貴殿はそれがしを打ち込む機会を二度得た。しかし二度とも敗れた。なぜかおわかりか」

「私が――弱いからです」

「違う」猪之助は強い口調で言った。「葛野殿は途中三番続けて勝ったではないか。たしかに勝負は時の運。勝つ時もあれば負ける時もある。ただ、勝負には、この一番というものがござる。この一番に勝つか、それとも負けるか――それが真剣勝負の一番であると思う」

「はい」

「剣術の戦いで敗れると、命はそれまででござる。されど、碁には負けても次がある。その気持ちがどこかにある限り、それは真剣勝負の碁ではない。松之助殿はおそらく心のどこかで、ここで決められなくとも、また次で決めればいいと思っていたのではないか」

松之助はその言葉に衝撃を受けた。その通りだったからだ。

「その気持ちは打っていて伝わるもの。八局目と十局目の碁がまさにそうであった。そのような甘い心構えでいる限り、たとえいつかそれがしを先々先に打ち込もうが、それは真の勝負に勝ったものではない」

そして猪之助は最後に静かにこう言った。

「負けても次に勝てば良いと思っているなら、これ以上は打ち続ける理由はない」

松之助はただ、自らの不甲斐なさに頭(こうべ)を垂れるだけだった。

翌八月十一日、松之助は猪之助に丁重に礼を述べて、長坂邸を後にした。

二ヶ月の滞在で十局打ち、六勝四敗。ついに定先の壁を破ることはできなかった。かつて知得は今の自分より若い年に、猪之助相手に向こう先で大きく勝ち越している。知得とのあまりの差に今さらながら愕然とする思いだった。

江戸への帰路の足取りは重かった。もう本因坊家には戻れないと思った。元丈師に合わせる顔がない。

旧暦八月の中旬は現代なら九月の半ばにあたる。出羽国にはすでに秋が訪れていた。先日まであれほど喧しく鳴いていた蟬の声も今はない。松之助は涼しくなりつつある風を背中に受けながら、街道をとぼとぼと歩いた。

鶴岡を出て三日目、山の中を歩いているうちに、日が暮れた。周囲には人影も民家もない。

野宿をするしかないなと思っていると、森の中に一軒の粗末な家が見えた。一夜の宿を借りようと、戸を叩いた。その家には白髪の老人が一人で住んでいたが、快く松之助を泊めてくれた。

家の中に入ると、壁際に碁盤が置いてあった。何気なく碁盤を見つめている松之助に、老人が「碁を打てるのか」と訊いた。松之助が苦笑いしながら「多少は」と答えると、老人は「では、一局打とう」と言った。

ところが、老人が取り出した二つの碁笥(ごけ)には、どちらも白石しか入っていなかった。戸惑う松之助に、老人は「白石だけでは打てぬか」と訊いた。

「いえ、打てぬことはないと思います」

老人はにやりと笑うと、「二段くらいは打てそうじゃな」と言った。「なら、四子置きなさい」

人を勝手に二段くらいと決めつけておいて、四子置けという言葉には呆(あき)れるしかない。二段が四子置くなら名人格ではないか。

松之助は馬鹿馬鹿しいと思いながらも、一宿一飯の恩義の手前、黙って四つの白石を置いた。四十手くらいで終わらせて、さっさと寝ることにしよう。

こうして奇妙な対局が始まった。盤上に置かれた石はすべて白であるが、対局者は頭の中で黒石と白石に変換して打つことになる。松之助にとっては初めての経験だったが、何とか打つことができた。

それよりも驚くのは老人が意外にしっかり打てることだった。最初は碁にもならないですぐに潰れるだろうと思っていたが、老人の石は死にそうで死なない。それどころか、どんどん局面が複雑になってくるではないか。

七十手ほど進んだ時に、老人が突如「勝負あった」と言った。

「何をおっしゃる。碁はこれからでござる」

松之助がそう言うと、老人は「まだわからぬのか！」と怒鳴り、碁笥を投げつけた。松之助の目の前で白石がぱーっと飛び散った。

その時、目が覚めた。気が付けば、満開に咲き誇る桜の木の下で眠り込んでいた。すべては夢だったのだ。しかし老人と打った碁はあまりにも鮮明な記憶として残っていた。松之助はすぐさま落ちていた桜の花びらを碁石の代わりにして地面に並べてみた。すると驚いたことに自分の石はすべて死んでいた――。このとき、松之助は碁の玄妙さを知った。そして立ち上がると、ただちに鶴岡へ引き返した。

この話は各地に残る丈和（松之助の後の名前）伝説の一つだが、おそらく後世の作り話である。松之助が長坂邸を辞したのは秋である。桜が咲く季節ではない。松之助の急速な成長がこのような伝説を生み出させたのであろう。

鶴岡に戻った松之助は、再び猪之助に対局を請うた。

猪之助は松之助の顔を見て、悲壮な覚悟を見てとったのであろう。対局の再開を許した。

十一局目は前の対局から約一ヶ月空けた九月十一日に打たれた。

その碁は松之助が堂々と寄り切り、九目勝ちをおさめ、猪之助を三度目のカド番に追い込んだ。

そして三日後に打たれた十二局目、松之助は中盤に大胆な捨石作戦を敢行した。白に大きな地を与える代わりに、壮大な厚みを築いたのだ。

これは危険な打ち方でもあった。もし厚みが地にならなければ、相手に与えた巨大な地の損を取り戻すことができない。ここ一番の大事な碁で打てる手ではない。

猪之助は厚みを消そうと、中央に手を付けてきた。すると松之助は中央を手抜きして下辺にツケて変化した。その変幻自在な打ち方に、白は翻弄された。碁は難解な戦いに入ったが、松之助はひとつもゆるむことなくすべて最強手で応じた。

黒百五十九手目を見て猪之助は投了した。松之助が中押しで勝ったのは、十二局目にして初めてのことだった。

「いい気合いでござった」

猪之助は松之助を褒めた。

「今の碁、まさしく真剣勝負の凄みがあった」

松之助は「ありがとうございました」と言った。

「貴殿はいずれ、ここ一番、命を賭けた大勝負をするであろう。その時はこの碁を思い出すがよい」

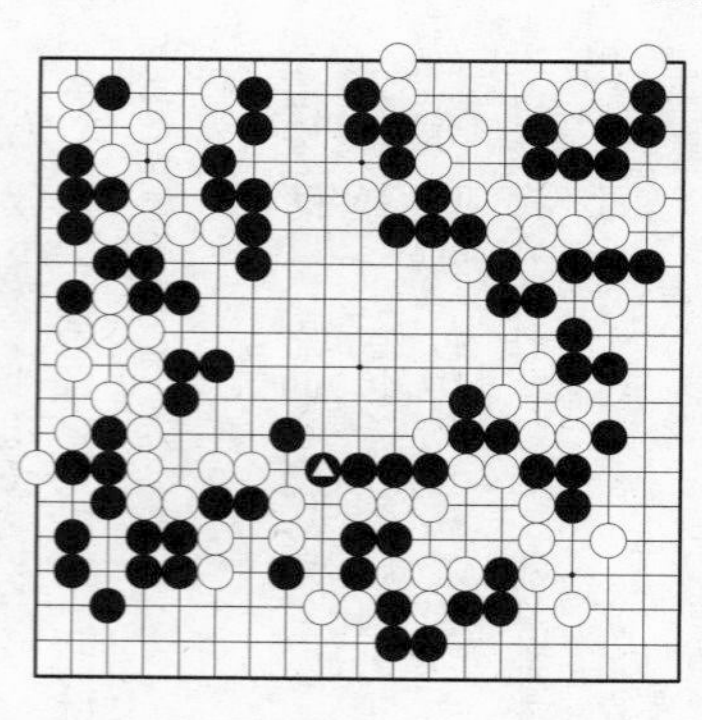

文化4年（1807年）9月14日
長坂猪之助
先　葛野松之助
159手△完。松之助は右上隅の7子を捨てるという大胆な打ち方で、中央を大きな地にした

ついに猪之助との手合割を先々先にした松之助だったが、その後、翌年の六月まで鶴岡に滞在し、猪之助と九局打った。成績は松之助の六勝三敗だった。あと一つ勝てば先々先から互先に打ち込めるところだったが、松之助はそこで対局を終えた。一年近く屋敷で衣食住の世話をしてもらった猪之助に対する気遣いだったのかもしれない。

その後、長坂猪之助と松之助の対局は一度もない。猪之助は弘化二年（一八四五年）に亡くなるが、当時としては極めて珍しく八十二歳の長寿を全うした。

七

文化五年（一八〇八年）六月、松之助はほぼ一年ぶりに江戸に戻った。

本因坊家跡目の元丈は長坂猪之助とのすべての碁譜を吟味した上で、松之助に四段を与えた。

猪之助と松之助の二十一番碁の碁譜は本因坊家には残されていない。丈和の名誉になるものではないと破棄されたのかもしれない。碁譜はかつて坊門で学んだこともある浜松の碁打ち、山本源吉(やまもとげんきち)の子孫の家から、昭和になって発見された。どういう経緯をたどって山本家に所蔵されたのかは明らかでないが、猪之助から写譜を源吉がもらったと見るのが自然である。また長坂家にも写本が残されていて、戦前、山形新聞に紹介されたことがあったらしいが、昭和九年(一九三四年)に行方不明となった。

なお、山本家に残されていた碁譜は古碁譜の研究家であり蒐集家(しゅうしゅうか)であった荒木直躬(あらきなおみ)氏が写譜した後、大東亜戦争の空襲で焼失した。荒木氏は医学博士でもあり千葉大学の学長まで務めた人物だが、私財を投じて全国をまわり、江戸時代の碁譜を蒐集した。荒木氏が発見した碁譜は膨大なもので、彼がいなければ、その多くは失われていただろうと言われている。

平成になってからも時折、地方の旧家から貴重な碁譜が発見される。また古書店などに置かれている江戸時代の写本から発見されることもたまにある。

ただ、碁譜の発見が厄介なのは、素人にはそれが新発見かどうかはまずわからないことだ。プロ棋士でも、福井正明九段や高木祥一(たかぎしょういち)九段など、古碁に詳しい人物でないと判断できない。しかも写譜には間違いがあるケースが非常に多い。書き写すときにずれたり、順番を間違えたりするのだ。古碁の研究はそれを正しい手順に直すことも重要な仕事であるが、それには相当な棋力を必要とする。アマチュアではまず無理な仕事である。

戦後に発見された碁譜の中には、名人や有名棋士のそれまで知られていなかった碁譜も多い。たとえば「元丈・知得」は長らく五十局しか知られていなかったが、岩本薫元本因坊が昭和の初めに二十局近くの新譜を発見し、世に知らしめた。さらに近年、新たに七局が発見され、現在は八十四局が知られている。しかし両者がそれ以上に対局したことは間違いない。私たちがまだ見ぬ名局の碁譜が、どこかの蔵にひっそりと眠っている可能性もある。

今後も新たな碁譜の発掘があるかもしれないが、火事や戦災などで永久に失われたものも多くあるだろう。またせっかく先祖が保存していたにもかかわらず、碁を知らない子孫が役に立たない反故だと思い、捨てられてしまったものも少なくないと思われる。

この物語を読まれている読者の皆さんの中に、蔵に眠っている古い写本に碁譜を見つけた方がおられれば、是非日本棋院に一報していただきたい。もしかしたら、それは名人の幻の名譜であるかもしれない。

この年の八月、病気がちだった本因坊家の当主の烈元が病に伏した。

病は重く、秋になっても恢復しなかった。本因坊家では万が一を考えて、寺社奉行に烈元の隠居願いを提出した。しかしそれが認められないうちに、十二月に烈元は亡くなった。五十九歳だった。

当時の家督相続のしきたりは非常に厳しく、段取りを誤れば大名でも取り潰しの処置にあう。そこで跡目の元丈は他の三家と図り、烈元の死を公儀に秘した。

翌文化六年（一八〇九年）三月、ようやく烈元の隠居願いが許され、元丈は家督を継いで十一世本因坊となる。そして、その後に烈元の死を公表した。

元丈は本因坊の家督を継ぐ少し前に、奥貫智策に、「浜松に赴き、山本源吉と対局して、互先で打ち分けてこい」と命じた。前に松之助に猪之助と打てと命じたのと同じである。

当主となった元丈は、次の跡目として二十四歳の智策を考えていた。

山本源吉は「浜の源吉」と恐れられた強豪で、前述の長坂猪之助と松之助の碁譜を所有していた人物である。免状は四段だったが、実力は七段と言われていた。六年前の享和三年（一八〇三年）、当時二十九歳で打ち盛りの元丈相手に定先（二段差）で五勝三敗と勝ち越している。その二年前には、浜松にやってきた「鬼因徹」こと服部因徹に先々先（一段差）で十一勝十敗の成績を収めている。智策も六年前、十八歳のときに四十一歳の山本源吉に先々先で挑み、一勝七敗で定先に打ち込まれていた。

智策は三月から五月にかけて浜松で源吉と互先（同格）で十一局打ち、五勝五敗一帯と打ち分け、見事、師の期待に応えた。元丈は江戸に戻った智策に五段を許した。

同じ頃、元丈は、松之助に自らの一文字を入れた「丈和」という名前を与えている。坊門では代々、弟子たちは当主の一文字をいただくのが慣わしとなっていた。元丈も師の烈元から一文字をいただいているし、烈元もまた師である察元から一文字をいただいている。

元丈は家督を継いだ後、六月から八月にかけて、松之助と四局打っている。手合割は二子（四段差）だった。元丈がこれほど連続して弟子と打ったのは他には智策しかいない。

その四局の碁すべてで丈和は師匠を圧倒した。元丈をカド番に追い込んでの四局目も、丈和は厚く打ち進め、師匠に付け入る隙を与えなかった。百手を少し過ぎたところで、元丈は静かにアゲハマ（相手から取った石）を盤に置いた。これは投了の意思表示のひとつである。

「まさか――」元丈は大きく嘆息して言った。「二子局が一つも入らないとは」

しかしその顔は笑っていた。

「いったい、お前に何があったのだ。鶴岡での一年で碁が見違えるようになっている」

丈和は黙って頭を下げるだけだった。自分でもまさか師匠に二子で四番も続けて勝つとは思ってもいなかった。

「碁の仙人にでも教わったか」

元丈はそう言って高らかに笑った。

丈和は元丈に二子で四連勝したことにより、四段差にもかかわらず、手合割は先二(せんに)に改められた。先二は三段差である。

「丈和よ。お前の碁には不思議な力が宿っている」

「それはいかなるものでしょうか」

「わしにもうまく言うことができぬ」

元丈は腕を組んだ。

「これまで多くの碁打ちと対局してきたが、お前のような碁打ちは見たことがない。一見、素人くさい打ち方に見えて、さにあらず。すべての石にヨミが入っておる」

丈和は師匠の言葉をどう受け取ればよいのかわからなかった。褒めているようでもあり、貶(けな)しているようにも聞こえた。

八

翌九月、元丈は丈和と智策の対局を命じた。

丈和にとっては九年ぶりの智策との対局である。かつて三子と四子で潰された屈辱は忘れていない。

五段と四段の手合割は先々先だが、元丈の命令で丈和の定先（二段差）と決められた。

「先の手合ではまだ智策には敵わぬだろうが、胸を借りるつもりで打ってみよ」

元丈は丈和にそう言った後で、智策に対しては、「丈和を先二に打ち込んでみよ」と命じた。

九月朔日、丈和と智策が道場内にある離れの対局部屋に入った。

稽古碁とはいえ智策の碁が見られるということで、対局前から年若い門下生の何人かが盤の周囲に正座していた。高手の碁を間近に見るのは、碁の修行をする少年たちにとっては、この上ない勉強だった。

丈和が下座に座り、布で榧の盤を拭き清めた。智策が上座に着いた。

「智策殿、昔、私と打ったことを覚えておられますか」

丈和が訊ねた。

「覚えておるよ」

一歳上の兄弟子はそう言って笑った。

「見たこともないようなひどい碁だったなあ」

智策の言葉はきつかったが、馬鹿にしたような言い方ではなかった。むしろどこか愛情がこもったような響きがあった。

智策は快活な青年で、思いやりもあり、下手に対しても優しく教えるので有名だった。他の門下にも智策を慕う者が少なくなかった。無口で人付き合いが下手な丈和とは対照的だった。また短軀で太っている丈和に対して、智策は背も高く、痩せていた。しかし二十四歳にしてすでに本因坊家の跡目と目されるだけの貫禄は十分に備わっていた。

「四子の手合がまさか九年で先になるとは思わなかった」

智策は愉快そうに言った後、静かに付け加えた。

「おそらく並大抵でない修行を積んだのであろう」

その時、元丈が入室した。

当主の姿が見えた途端、部屋の中の空気が一変した。盤側にいた門下の者たちも背筋を伸ばした。

元丈は盤の真横に座ると、「では、始めよ」と言った。

智策と丈和は一礼すると、盤の上に置いてある碁笥を取って、自分の膝下に置いた。

「お願いいたします」

丈和はそう言うと、第一着を右上の小目に打った。黒石がぴしりと音を立てた。智策はしばらく腕を組んでいたが、やがて静かに碁笥の白石を取り出すと、そっと左上の小目に打った。先程までの笑顔はどこにもなかった。

丈和は序盤から激しい戦いを挑んだ。ヨミでは負けない自信がある。

智策の碁は軽やかだった。丈和の大段平を振り回すような攻撃をひらりひらりとかわした。あたかも弁慶と牛若丸の戦いのようだったと後に門弟の一人が語っている。

ただ、智策は丈和の刀から逃げているばかりではなかった。一瞬の隙を見て、素早い太刀を何度も振るった。丈和はそのたびに傷を負った。

すでに日は落ち、行灯に灯が点けられていたが、元丈も門下の者たちも身じろぎもせずに盤面を見つめていた。

丈和は全身を斬られながらも智策に迫った。それはまさに肉を斬らせて骨を断つ、という気迫に満ちていた。そして渾身の一撃を与えようと大きく踏み込んだ瞬間、智策の鋭い太刀が一閃した。

それはあまりにも見事な切れ味だった。大石が死んだ瞬間、丈和は自分の首が本当に飛んだかのような錯覚を覚えた。丈和は投了した。

あらためて兄弟子の強さを見た。九年前に敗れた時も、世の中にはなんと強い少年がいるのかと舌を巻いたが、それなりに修行を積んだ今、その強さが一層の凄みを持って伝わった。

局後の検討は元丈が行なったが、手どころのみを示し、細かい指摘はしなかった。智策もまた一言も喋らなかった。

翌日、再び離れで二人は対局した。

この日も何人かの門下生が盤側に座っていた。

丈和は序盤から戦いを挑んだが、智策の軽やかな打ち回しの前に翻弄され、中押しで敗れた。

二日後、同じ部屋で三局目が打たれたが、これも前二局同様、丈和の完敗だった。

智策はこの半年前に橋本因徹と二子で三局打っている。この時は少年相手の置碁ということもあり、本気で負かしにはいかなかった（結果は智策の一勝二敗）。あるいは油断もあったかもしれない。しかし一歳下の弟弟子が相手で、向こう先の碁となれば、おろそかには打てない。まして師匠が見ている碁である。

『坐隠談叢』には、智策のことは「すこぶる敏捷の少年なり」と書かれている。これは身のこなしのことではない。軽快で足早な碁を打つ少年という意味である。現代でも碁がスピードに喩えられることはよくある。素早く地を取り、先行逃げ切りのタイプの棋士は「足が速い」と言われる。ただ、智策は足が速いだけでなく、力も強かった。師・元丈との碁が何局も残っているが、いずれも真っ向から戦っている。

先で三連敗した丈和はカド番に追い込まれた。次に負けると先二に打ち込まれる。兄弟子に追いつかねばならないのに、逆に突き放されては元丈にあわせる顔がない。なんとしてもカド番はしのがねばならない。

ここまで三局打ってわかったことは、智策の碁の鋭さだった。こちらがいかに力を込めて刀を振るおうが、智策には届かない。素早く身をかわして、逆に鋭い一太刀を浴びせられる。間合いの見切りが抜群なのだ。負けた三局はいずれも自分から仕掛けて、逆に返し技にあっている。

そこで丈和は腹をくくった。カド番の一局は自分からは仕掛けないと決めた。天才智策といえど人間である。一局の中には必ず隙がある。先番の効は大きい。白はどこかで必ず仕掛けてくる。その時が勝負だ。もし最後まで智策が隙を見せなければ——その時は、敗れるまでのこと。

四局目、丈和は序盤からじっくりと打った。

智策はいつものように足早に地を稼いだが、丈和はぐっと辛抱した。焦るな、はやるな、と自分に言い聞かせた。

しばらくして元丈が対局部屋に姿を見せた。部屋の空気がぴんと張り詰めた。元丈は黙って盤側に座った。

丈和は一手一手慎重に打った。じっくり腰を据えて打つ弟弟子の気合いが乗り移ったのか、智策もまたいつもより時間をかけた。

中盤に差し掛かったところで日が落ち、元丈の提案で打ち掛けとなった。

翌朝、昨日の続きから再開となった。丈和は時間をかけて形勢判断をした。白にかなり稼がれたが、まだ黒がわずかにいいと思えた。もっともその差はすでに一目か二目。いや、もしかしたらもっと細かいかもしれぬ。

白にはいくつか弱点があるように見えた。そこを衝きたい気持ちにかられたが、丈和はこらえた。おそらく智策はそれを待っている。過去の三局はいずれも黒から仕掛けて逆に鋭い返し技にあっている。

先に動いたのは智策だった。一気に追いつこうとしたのか、上辺の黒石にツケた後、キリを打った――それは智策が見せた一瞬の油断だった。

丈和は上辺の石をすべて捨てるという大胆な打ち方をした。智策の手が止まった。まさか捨ててくるとは思わなかったようだ。結果、智策は上辺で大きな地を獲得したが、中央が薄くなった。

丈和は中央を厚くしておいて、下辺にオキを打った。

その瞬間、智策は、うっ、という小さな声を上げた。常に冷静沈着な智策が対局中に声を出すことは滅多にない。そのオキは白の眼を取りにいった手だった。白は眼を確保することはできるが、それでは地を損する。

智策はオキの黒石を遮(さえぎ)った。眼を取りに来いという気合いの一手だった。

そこから丈和の猛烈な攻めが始まった。白は逃げるにしても、中央には黒の厚みが待っている。丈和は下辺の白を睨みつつ、次に左下の白を攻め、二つの石をカラミにかけることに成功した。そしてその一つを劫(こう)にした。

しかし智策も坊門の跡目である。鮮やかな手筋を駆使して、二つの石とも生きてしまった。盤側にいた元丈が感心したように小さく頷いた。丈和もまたあらためて兄弟子の尋常ならざる力を見た。

ところがその一連の戦いで均衡が崩れ、形勢は黒に傾いた。不利と見た智策が上辺の石を動き出したが、それは若干無理気味の手だった。丈和は最強の手で応じ、中央の白石をもぎ取った。実質、碁はそこで終わった。最後まで打って、先番丈和の九目勝ちだった。

整地を終えた後、智策が感心したように言った。

「見事だ、丈和」

元丈が丈和に言った。

「お前の碁はここ一番になると、金剛力(こんごうりき)を出す。今の碁がまさにそうだ。上辺の石を捨てて打つというのは、相当な度胸がなければできぬ」

丈和は黙ったまま頷いた。

「それを捨てて利があると見たか」

「六分四分でやれるのではないかと判断いたしました」

「なるほど、六分ならやってみる価値があるとみたか」

元丈はそう言って笑ったが、すぐに真面目な顔に戻った。

「我らは碁を芸と見ている。したがって素人衆がやる賽(さい)を振るような碁は打たぬ。すなわち、読み切れない手は打たぬとしたもの」

丈和は叱責されたような気がして身を竦(すく)ませた。

「しかし、碁にはどれほど読んでも読み切れぬ闇がある。勝ちを得るには、敢(あ)えて闇の中に入らねばならぬときもある。二目の負けを一目の負けにするのが芸であり、大敗を覚悟しての勝負手は芸ではないと言われているが、果たしてそうか」

元丈の言葉は自らに問うているようにも聞こえた。

少し間を置いて、元丈は丈和に向かって言った。

「お前の碁は勝負師の碁だ。だが——本来、碁というものはそういうものかもしれぬ」

その秋、丈和は再び師の元丈と続けて三局打った。

本来の手合割は丈和の先二だったが、元丈は「二子は打つまでもない」ということで、すべて丈和の先で打っている。

ところが残っている碁譜はいずれも打ち掛けのままで終わっている。すなわち中断局ということである。江戸時代には打ち掛けのままになった碁が意外に多い。その理由も様々だが、この三局に関しては、元丈は勝負を争うというより、丈和が先でどれだけ打てるか見てみようと思ったのかもしれない。残された碁譜はいずれも黒の形勢がいいところで終わっている。丈和は智策との碁で何かを摑んだのかもしれない。

丈和にとって智策はやはり大きな壁だった。カド番をしのいだ後、その年に二局打っているが、一局は勝ったものの、もう一局は芇にされた。

わずか一歳しか違わない兄弟子との隔たりを見て、丈和は呆然とするばかりだった。「先の差があれば主従の差」と言われるほどである。いずれ元丈と知得に並ぶ打ち手になるだろうと言われている智策に追いつくことができるのだろうかと丈和は思った。

碁打ちは「二十歳までが勝負」と言われている。少なくとも家元の当主の座を窺うほどの打ち手を目指すなら、二十歳までに七段上手に近い力を身に付けないと将来は見込めないとされていた。前の名人・本因坊察元も、天才と謳われた安井仙知も、また元丈と知得も、そして智策もまた二十歳にはそれくらいの力はあった。神童と呼ばれた小川道的は十六歳にして七段上手を超える力があったと言われる。それに引き換え、自分は十代後半の貴重な時間を碁に触れずに過ごした。すでに二十歳をいくつか越えた我が身に、どれほどの成長があるだろうか――。

もしも丈和が聡明な男なら、自分の限界を悟り、死に物狂いの修行はしなかっただろう。それならば、彼は文化・文政に活躍した強豪の一人に挙げられる碁打ちで終わっていたに違いない。しかし、彼は暗く鈍い男だった。いつかは兄弟子を超えると心に定め、愚直に、そして一心不乱に精進した。

九

二十三歳の丈和が一歳年上の智策を目標にしている頃、十二歳の橋本因徹（吉之助）もまた懸命に修行に励んでいた。

因徹は入段以後ひたすら碁譜を並べていた。本因坊道策、井上道節、本因坊察元などの古名人たちの碁譜は少年を魅了していた。それらの碁を並べていると、時に不思議な気持ちにさせられた。まるで彼らが時空を超えて、今、自分の目の前で対局しているような錯覚を覚えたからだ。

碁譜からは対局者の思考まで盤上に再現できる。いや、思考だけではない。心のうちまでもそこに現れる。一局のうちに駆け巡る様々な感情までも、一枚の紙から浮かび上がるのだ。足りぬと見て勝負手を放つ気合いや、もうこの碁は落とせないと固くなっている様子までも、碁譜に書かれた手から伝わってくる。碁譜は時の流れさえも超越するということを因徹は知った。

因徹は一日中、碁盤の前に座り、何度も何度も並べた。古今の名局は何百局もすべて頭の中に叩き込んだ。

囲碁を知らない読者の方には、こんなことが可能なのかと思われるかもしれないが、プロ棋士にとってみれば決して不可能なことではない。文人棋士としても名高い中山典之六段（故人、死後七段追贈）が書き残した有名なエピソードがある。

中山六段が入段して間もなくの昭和三十七年（一九六二年）のある日、仲の良かった福井正明初段（段位はすべて当時）、高木祥一初段、安倍吉輝三段と一緒に、当時港区高輪にあった日本棋院で記録係をしていて、終電時間が過ぎて帰れなくなったことがあった。四人は仕方なく棋院の宿泊所に雑魚寝した。

布団に入って部屋の明かりを消しても、ずっと真剣な対局を間近に見ていたせいで頭が冴え、なかなか眠りにつけない四人は、「碁のクイズ」をやりだした。暗闇の中で碁を並べて、それが誰と誰の対局かを言い当てるというものだ。

誰かが「黒右上小目、白左上小目、黒右上一間にシマリ――」という風に口だけで並べていく。すると十数手ほどで誰かが「わかった」と声を上げる。

「それは文化六年の元丈と知得の御城碁だ」

出題者が「結果は？」と訊くと、「元丈の黒番三目勝ち」と正確に答える。

そしてまた誰かが別の碁を並べる。並べられる碁は、江戸時代のものもあれば、現代のタイトル戦やリーグ戦のものもある。三百年にわたる名局から任意に選んで並べるのだが、どの碁も十数手以内で誰かが正解を出したという。

にわかには信じられない話だが、この本を書くにあたり、福井正明九段と高木祥一九段にこのことを伺うと、「本当です」と証言してくれた。

この暗譜能力は、一流の指揮者やピアニストの頭の中に何百という曲の音符が正確に入っているのに似ているのかもしれない。もっともプロ棋士や音楽家に訊くと、個人差があるという。

話が少し脇道に逸れたが、因徹もまた古今の名局をすべて頭に叩き込んだ。そしてただ覚えるだけでなく、自分ならどう打つかということまで考えた。難しい局面を前にして、最善手を求めて、三日三晩、一睡もせずに盤と向かい合ったときもあった。

古い碁譜を丹念に並べていくと、稀に失着あるいは見損じと見える手を発見することもあった。また両対局者が見落としていたと思われる手を見出すこともあった。正しく打てば、勝敗が異なっていたはずの碁もあった。

こうした研究により、因徹は名人や上手の手が絶対正しいわけではないと知った。妙手と言われている手も、実は相手が間違えたことにより、結果的に妙手となっている場合もある。また名局と言われている碁も、必ずしもそうではないこともある。逆転の手があったのを相手が見つけることができなかったのだ。

因徹は「恐ろしいことだ」と思った。碁譜は百年経ってもなお、こうして厳しい目に晒される。どれほど丹精込めて打とうと、後世の碁打ちに見咎められる。いずれ自分の碁も百年後の人に見られるのだろうと考えると、身が引き締まる思いがした。

碁は勝てばいいというものではない。たとえその一局に勝とうとも、無様な手や見苦しい手を碁譜に残しては、後世の人に嗤われる。その不名誉は永遠のものとなる。橋本因徹は立派な碁譜を残した碁打ちだった、と思われる打ち手にならねばならぬ。

古い碁譜の中には、文句のつけどころがない名局もあった。それはまさに一幅の絵のようであり、古来の名品のようでもあった。因徹は後年、碁を芸とみなし、自らの碁譜を作品ととらえていたが、これはこのときの碁譜並べから身につけた哲学だった。

因徹はまもなく師匠の因淑に二子で打てるまでになった。

秋、服部因淑は因徹をともなって、深川にある尼崎藩邸に住む橋本佐三郎を訪ねた。

「本日は、橋本殿にお願いがあって参りました」

「なんでござろうか」

「吉之助を服部家にくださりませぬか」

因淑は敢えて吉之助という幼名を用いた。佐三郎は別段驚いた顔は見せなかった。内弟子に出して五年、おそらくこの日が来るのを覚悟していたのであろう。

養子縁組のことは因徹には前もって話していた。因徹もまたそれを了承していた。

「お答えする前に、ひとつお伺いしたいのだが、因淑殿にはご子息がおられぬのか」

佐三郎が訊ねた。

「五つになる男の子がおります」

「ならば、吉之助は服部家を継ぐことは叶わぬのではありませぬか」

「我が服部家は井上家の外家とはいえ、碁の宗家の末席にあたります。家を継ぐのは最も碁才ある者となります。それは吉之助の他にはござらぬ」

「ご子息がいずれ吉之助を上回ってもか」

「それはありえませぬ」因淑は断言した。「それがし、この道に身を投じて四十年。我が子が吉之助に及ぶか否かが読めないで、いやしくも六段は名乗れませぬ」

因淑の言葉に、佐三郎は一瞬絶句した。

しばしの沈黙の後、彼は訊いた。

「しからば、ご子息は如何なさる」

「いずれ、自らの生き方を選ぶことになります」

佐三郎は再び押し黙った。

「いかがでござろうか、佐三郎殿」

「因淑殿、吉之助をよろしくお頼み申す」

佐三郎は深く頭を下げて言った。

「ご妻女に申し上げなくてよろしいのか」

「妻は吉之助を内弟子に出したときから、覚悟はしております」

「かたじけない」

この会話の間、因徹は一言も口を挟まなかった。因淑は、この子は十二歳にして自らの運命を切り拓く覚悟ができていると見た。

「因淑殿、我が橋本家は足軽とはいえ武士でござる。しかしながら吉之助に形見として与える刀もない」

因淑は頷いた。たしか前に禄高は十石と聞いている。それでは余分な刀など購えるはずもない。今着ているものにも何箇所もツギがあたっている。

「そこで、これを吉之助に送りたい」

佐三郎が出してきたのは、一冊の写本だった。

「孫子でござる。拙者が若いときに、書き写したものでござる。吉之助には、碁打ちになっても、武士の矜持を忘れないでもらいたい」

「碁もまた戦いでござる。孫子の兵法から学ぶべきものもあるやと存じまする」

因淑は深く一礼して、その写本を受け取った。

こうして橋本吉之助は服部因淑の養子になった。

服部因淑は因徹を正式に養子にすると、名を因徹から立徹に改めさせた。「立」の文字には、「まっすぐに立つ」「地位に就く」という意味がある。因淑は自分を乗り越えてほしいという思いを込めて、その名を付けた。

服部立徹は修行に一層身を入れた。起きている間は常に盤の前に座る日々だった。

彼はまた父から譲られた兵法書の『孫子』を読んだ。その書は立徹に多くのことを教えた。『孫子』は碁にも通ずると思った。いや、碁が兵法に通じているのかもしれぬ。

若き日の立徹の修行は凄まじいものだった。晩年、「幻庵」と名乗った立徹は囲碁史に残る名著『囲碁妙伝』を著すが、そこにはこう書いている。

「小童ながら飲食を忘れ精出しつかまつり（中略）枕を付け候夜もこれ無くなおまた二十七歳の春まで二日二夜三日三夜席を去らざるの修業数十番つかまつり既に二十一歳

にて奥歯四枚抜け申し候」

夜も寝ないで勉強し、また三日連続徹夜で打ったことも数十局にのぼり、二十一歳で奥歯が四本抜けたというから、いかに過酷な修行をしたかが想像できる。

もっとも立徹はやや大言壮語する癖（くせ）があり、額面通りに受け取ることはできないが、十代の頃の立徹の上達ぶりを見る限り、必ずしも嘘ではないと思われる。ちなみに『囲碁妙伝』には『孫子』からの引用が何箇所もある。いずれも漢文での引用であり、幻庵がそうした教養を身に付けていたことが窺える。

とまれ立徹は因淑の子となり、齢（よわい）十二にして自らの道はこれしかないと覚悟した。そしてこの道を行く限り、目指すはただ一つ——名人碁所（めいじんごどころ）である。

十

その年（文化六年）の十一月、丈和は大名小路（現・東京都千代田区丸の内）の稲垣太郎左衛門家の碁会に招かれた。稲垣太郎左衛門家は長岡藩の家老職を務める名家で碁界の大きな後援者の一人だった。

丈和はそこで安井門下の桜井知達（さくらいちたつ）という少年と対局した。聞けば、まだ十三歳で二段という。手合は四段の丈和に対して定先と決められた。

丈和はそんな小童に先で打たれる屈辱を覚えたが、家元間の段位にもとづいた手合割に不平は言えない。

丈和は中押しで潰してやるという気概で対局に臨んだ。だが少年は思っていた以上に強い。もっと驚かされたのは、異常に早打ちであったことだ。丈和が打つと、すかさず打つ。まるで勘で打っているように見える。

碁を覚えたての童子や素人にはこういう早打ちも珍しくはない。しかし安井門で二段を許されるほどの打ち手としてはいささか早すぎる。ところが、ほとんど考えないで打っているように見えて、そうではなかった。少年の打った手にはすべてヨミが入っていた。つまり恐ろしく早見えなのだ。

兄弟子の智策に似ていると丈和は思った。智策もまた早見え早打ちだった。これが才能というものか――。

碁は黒がいいままに中盤に差し掛かった。

この日は全部で三つの対局があり、碁好きの武士が十数人集まっていたが、その多くが丈和と知達の碁を眺めていた。観戦者が対局中に感想を口にすることは絶対にない。素人碁はともかくとして、玄人の碁に口を出すのは御法度だった。観戦者が対局中の碁の感想を語るときには、別室に行くことになる。

碁盤と将棋盤の裏にはへこみが彫ってあるが、これは梔の花をかたどったもので、また四つの脚は実を模したものだと言われる。梔の果実は熟しても割れないために「口無し」という名になったという説があるが、碁盤の裏に梔の花と実が意匠されたのは、「無用な口を出すな」という意味が込められているという。

このへこみは別名「血溜り」とも呼ばれる。助言をした者の首を斬り、碁盤の裏に晒したときに流れた血が溜まる部分であるからだというが、さすがにそれはないだろう。ただそうした話が残るくらい、江戸時代の碁や将棋の玄人の対局に傍から口を出すというのは、絶対的な禁忌であった。

この碁も観戦者たちはじっと黙ったまま、盤上の変化に目を凝らしていた。

中盤、少年は上辺の白の構えの中に打ち込んできた。それは丈和が誘った隙だった。そこから戦いが起こった。戦いになれば、こちらのものだ。目にもの見せてくれる。

丈和は熟考して中央のオシを打った。少年が反射的にノビたのを見た丈和は、しめたと思った。気合いを入れてハネると、黒は遮ってきた。丈和はすかさず切った。これで黒は参るはずだ。

ところが少年は丈和がキリを打った瞬間に上辺のスベリを打った。その手は丈和のヨミになかった。

丈和は上辺を受ける前に、中央の石にツケた。すると、少年も手を抜いて、さらに右辺を打った。しまったと丈和は思った。少年は中央の戦いを回避して、右上の白を狙っていたのだ。ここまで少年はほとんど考える時間を使わずに打っている。つまり戦いが起こったときから、これらの手段を見ていたことになる。少年はどこからその手を見ていたのか――。

丈和は懸命にシノギに回らなければならなかった。手筋を駆使して中央と右上の白をしのいだが、厚みを得た黒は、左上の白に襲いかかった。もはやその白にシノギはなかった。何とか劫（こう）にはしたが、少年は白の劫ダテにはかまわず、劫を抜いてしまった。

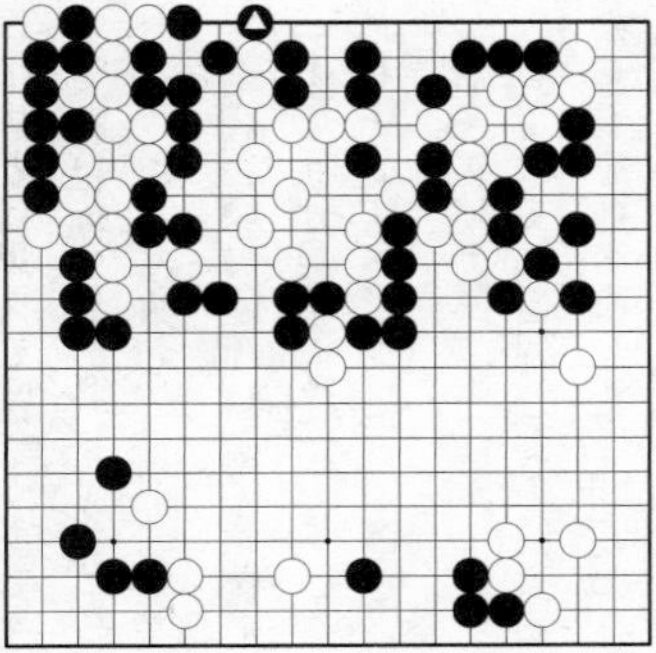

文化6年（1809年）11月22日
　葛野丈和
先　桜井知達
121手△完。△の手で左上隅の白石はすべて死んだ

丈和は投了した。

少年はぺこりと頭を下げると、さっさと石を片付けた。その様はまるで遊びを終えたという風だった。

稲垣家の当主、是貞（これさだ）がやってきて、少年に声をかけた。

「どうだった」

「勝ったよ」

少年は屈託（くったく）もなく答えた。是貞は小さく頷くと、丈和に向かって言った。

「葛野殿、知達はいかがでしたか」

「子供とは思えぬ強さがありました」

丈和は悔しさをこらえながらそう言った。そして、「当方の見損じもありましたが――」と付け加えた。

その言葉に少年は鋭く反応した。

「どの手が見損じ？」

「キリが軽率だった。ノビていれば、黒は困っていた」

「困らない」

少年は丈和を睨むように言った。こうなれば丈和も後には引けなかった。二人は最初から石を並べ直した。問題のところに差し掛かった。

「ここで、キリを入れずにノビを打つ」

丈和はそう言って石を置いた。すかさず少年はカケツギを打った。丈和が上辺にコスミの手を打つと少年はツケた。その後、二人はしばらく黙って打ち続けたが、白にいい図はできなかった。

「ほら、ノビても白はよくならない」

少年はおかしそうに言った。

「白はその前から悪かったんだよ」

横で当主の是貞が笑みを浮かべている。丈和は屈辱を押し殺しながら、「どの手が悪かったか？」と訊いた。

　少年は盤上の白石の一つを指差した。

「ここでハネておけば、白がよかった」

「黒がオサエを打つと？」

　少年は自分で白黒の両方の石をすらすらと並べた。それは丈和のヨミにはない変化だった。しかしよく見ると、すべてが必然手順だった。

　丈和は言葉を失った。なんという恐ろしい少年であろうか。自分よりも十歳も下でありながら、ヨミの早さは完全に自分を上回っているではないか――。


　稲垣家から道場に戻る道すがら、丈和は絶望的な気持ちに陥っていた。

　日はもうすっかり暮れて、大名小路の屋敷街も真っ暗だった。通りを歩く人もいない。

　小雪がちらついていた。

　やがて堀沿いの道に出た。丈和は道端の大きな石に腰を下ろした。

　大きなため息が出た。その息が暗がりの中でも白く曇るのが見えるほど冷えこんでいたが、丈和は寒さを微塵（みじん）も感じなかった。頭の中にはさきほどの碁が鮮明に蘇ってきた。

　それとまだあどけなさが残る少年――桜井知達の顔が浮かんだ。

　智策を追いかけるどころか、はるか年下の小僧にさえ追い上げられているではないか。

あの少年はこれから伸び盛りの年を迎える。今は二段とはいえ、自分を追い抜くのも遠いことではないだろう。いずれ智策と知達は坊門と安井門の家名を懸けて好勝負を演じる日が来るかもしれない。

自分が二人の間に割って入るには、今後どれほどの修行を積めばいいのだろうか。丈和は胸をかきむしりたいほどの慙愧(ざんき)の念にかられた。自分は十代後半の最も修行するべき時にそれを怠った。鉄は熱いうちに打てというが、その「時」を捨てたのは自分だ。もはやいかに精進しても無理だ——。

深い絶望感にとらわれて立ち上がる力も出てこなかった。

丈和はやがて、「よし」と声を出すと、立ち上がった。こんなところでぐずぐずしている時間はない。早く道場に戻り、今日の碁を並べて研究するのだ。

翌朝、丈和は道場の廊下で兄弟子の智策に会った。

「昨夜は遅くまで碁を並べていたな。夜中に手水(ちょうず)に立った時に、部屋から行灯の光が見えたぞ」

智策は言った。

「昨日、稲垣様の碁会で桜井知達という者と打ちました」

「知達の名は聞いたことがある。なんでも安井門の天才少年らしいな」

「向こう先で負かされました」

　智策は笑った。

「お前を先で破るとはたいした小僧だ。並べてみろ」

　丈和は道場で知達との碁を並べて見せた。

　最初は無表情に見ていた智策だったが、途中から真剣な表情に変わった。最後まで並べ終わると、智策は静かに言った。

「こいつはとんでもない奴だ」

　丈和は頷いた。

「いつかは安井仙知殿や知得殿に勝とうと修行してきたが、知らぬ間に恐ろしい打ち手が生まれていたのだな」

　智策はそう言った後で、「この小僧とは近いうちに打つことになるだろう」と呟いた。

　丈和は智策がはたして知達相手にどう打ち回すのか見てみたいと思った。

十一

　年が明けて、文化七年（一八一〇年）の一月、丈和は稲垣太郎左衛門家で再び桜井知達と対局した。この日の碁会に招かれた碁打ちは何人かいたが、観戦者たちのお目当ては、安井家の天才少年だった。

丈和は自分が引き立て役にされていることに不快さを抑えきれなかったが、この悔しさは盤上で晴らすしかない。それに、こんな小僧に二度も苦杯を喫するわけにはいかない、今度こそ目にもの見せてくれよう。

「お願いいたします」

丈和は一礼した。知達もぺこりと頭を下げると、すぐに左下隅の小目に打った。

序盤の数手はおとなしく進んだが、十手目、左下で丈和がハサミ返したところから、いきなり乱戦となった。

左下隅の戦いは下辺に飛び火し、やがて全局に広がった。両者とも一歩も引かない戦いとなり、盤側にいた観戦者たちも喜んだ。碁好きが喜ぶのは、地味なヨセ勝負の碁よりも、石が切り結ぶ乱戦の碁である。

知達は前局同様、呆れるほどの早打ちだった。かなり難しい局面でも、さほど考えずに打つ知達を見て、観戦者たちも感嘆の声を上げた。丈和は知達の早打ちに惑わされるなと自らに言い聞かせながら、一手一手慎重に打ち進めた。

知達は相変わらず軽やかな碁だった。戦いながらも足早に地を稼ぎ、気がつけば四隅を取った。その分、丈和は厚みを築いた。

戦いが一段落したかに見えた中盤、丈和は狙いすました手で、知達の石をもぎとった。

知達はその石を助けることもできたが、そうすると大石全体が攻められると見て、あっさりと捨てた。

これで地合いは追いついた——丈和がそう思った次の瞬間、知達が左辺に深々と打ち込んできた。まさかそんな手があるとは思ってもいなかった。そこを荒らされては白地は足りない。勝つためにはその黒石を取らねばならない。

ヨセにはいりかけたように見えた碁だったが、知達の打ち込みから再び激しい戦いとなった。今度は黒が生きるか死ぬかの戦いである。黒は白の包囲網を突破しようともがいたが、丈和は黒の連絡を絶った。取ったか——丈和がそう思った時、黒が鋭いハネダシを打った。その一手で黒を包囲している白が孤立し、黒石と白石の攻め合いとなった。

右上隅からの黒のスベリに白は内側から押さえたが、黒は構わず踏み込んだ。白は黒石を大きく飲み込んだが、それは黒のヨミに入っていたようだった。黒はキリを入れアテを打たせてからノビを打った。その手を見て、丈和の手が止まった。

白はどう受けても劫になる。黒は大石を生きるための劫材が山のようにあるので、白は劫に勝つことはできても黒の大石を取ることはできない。それでは地合いは足りない。

丈和は投了した。

しばし呆然となり、何も考えられなかった。こんな年端もいかない少年に二度も負けた。しかも二局とも完敗だ。

「死ぬかと思ったよ」知達は笑いながら言った。「でも打ち込まないと負けるからね」

丈和は黙っていた。

「おじさんは少しヨミが足りないかな」

満座の前で子供に馬鹿にされ、丈和は自分の顔が真っ赤になるのがわかった。両拳（りょうこぶし）で着物の裾を握り締め、全身をわなわなと震わせた。その異様な様子を見て、知達も黙った。少し調子に乗りすぎたと思ったのであろう。

「でも、おじさんの攻めは強いよ。おいら、負けたかなと思ったよ」

お世辞にもならない言葉に丈和は一層の屈辱を覚えた。

桜井知達は安井仙知門下であるが、生まれた場所も幼名などもわかっていない。江戸時代の多くの碁打ちについて書かれている『坐隠談叢（ざいんだんそう）』にも記述がない。しかし丈和を初め当時の強豪たちとの碁譜が何局も残っていて、それを見る限り、大変な早熟の才である。

文化六年（一八〇九年）から七年の丈和は四段ながら六段の力はあると見られていた。その彼に対し、先で連勝した知達は四段の力があったということになる。十三、四歳でその実力は驚くべきものである。おそらく安井一門の期待を一身に背負っている少年だったことは間違いない。兄弟子であり跡目の知得との二子局が三局残っている（一勝一敗一不明）。

丈和はその月にもう一度桜井知達と対局する機会を得た。場所は前二局と同じ稲垣太郎左衛門宅だった。

　丈和は必死だった。もしこの碁を落とせばカド番に追い詰められる。坊門では跡目の奥貫智策、それに塾頭格の水谷琢順に次ぐと見られる自分が安井門の少年に先々先に迫られるとなれば、一門の名を汚すことにもなりかねない。なんとしても少年を叩き潰さなくてはならぬ。

　三度目の対局になるこの碁も、最初から激しい戦いになった。丈和は読みに読んだ。難しいところでは時間をたっぷりと使った。二度と小僧に「ヨミが足りない」とは言わせない。

　あまりにも丈和が考えるので、知達は時々あくびをしたり部屋を眺めたりした。

　黒は戦いながらも弱い石に手を抜いたまま、足早に地を稼いだ。丈和が攻めると、鮮やかなシノギを見せた。丈和は打っていて小憎らしさを感じたが、打ち進めるうちに、その気持ちは消えた。むしろ知達のヨミと自信に感服し始めていた。

　この少年は本当に強い。先の手合ではないのかもしれぬ。少年を舐めてかかっていた自分を恥じる気持ちにさえなっていた。

　丈和は気持ちを鎮(しず)めた。そして自分に言い聞かせた。相手を少年と思うな。自分が向かっているのは「碁」である。打たねばならぬのは最善の手である。たとえ相手が素人碁打ちであろうと名人であろうと、最善手は変わらない。

丈和は黒から劫の手があるところに手を入れて守った。中盤、大きなところが山のようにある状況で、一目にもならない手を打ったのだ。ここに一着ないと後を打ちきれないと見た辛抱の一手だった。

知達は少し首をかしげて丈和を見た。そして中央にケイマした。丈和はすかさずノゾキのオキを打った。その途端、知達の顔色が変わった。盤側にいた観戦者たちも身を乗り出した。

そこから碁は難解な戦いに突入した。

一歩間違えるとどちらかが潰れる。丈和はひたすら読んだ。一方、知達は相変わらず早打ちだった。丈和はこれほど難しい局面で早打ちできることが信じられなかった。もしかしたら、相手はすべて読んでいて、自分はツブレに向かって進んでいるのかという疑心暗鬼に陥りかけた。

丈和はその不安を懸命に振り払った。自分を信じろ、自らのヨミを信じろ、頼れるのは、ただヨミだけだ。

そして——丈和のヨミが勝った。攻め合いは一手勝ちで、黒の大石が死んだ。

だが知達は簡単に土俵を割らなかった。攻め合いは負けと見て、大石を捨石にして、右下に大きな模様を築いた。碁はまだ終わらない。

先手を取った知達は左下隅に飛び込んだ。とてつもなく大きなところだが、その手に受ければ、次に右下を守られて、おそらく地合いは足りない。

丈和は左下隅に手を抜き、右下に打ち込んだ。ここを荒らせば勝てる。

知達は白を一部でも生かせば負けと見て、全部の白石を取りに来た。しかし黒にはいくつか傷があった。丈和は隅と辺を睨みながら、最後は辺を劫にした。ただ劫の振り替わりを考えると、勝負はまだ先が長いと見た。

ところが知達はあっさりと投了した。

「負けたよ」

そう言ってアゲハマを一つ盤上に置いた。

「隅で生かして打てば、まだこれからの碁ではなかったか」

丈和が言うと、知達は「そうかもしれないけど、全部取ってしまえば、楽に勝てるから」と笑いながら言った。盤側にいた何人かの観戦者もつられて笑った。

丈和はそれを聞いて、知達はまだ碁の深さを知らないのだと思った。まるで勝ち負けを楽しむ遊びのように打っている。要するに子供なのだ。しかし碁の才能はある。悔しいが溢(あふ)れんばかりにある。この碁も知達に真剣に勝ちに来られていたら、どうなったかわからない。三連敗を喫してカド番に追い込まれていたかもしれないのだ。そう思うと背筋に冷たいものが走った。

感想は短いもので終わった。知達は負けたことで、その碁にはすでに興味を失っているようだった。

翌日、丈和は道場で知達との碁を並べ直した。

あらためて知達の才能の素晴らしさを見た。勝てたのは僥倖とも思えた。

そこに元丈が現れた。

「その碁は？」

と元丈が訊ねた。

「昨日、稲垣家で打った桜井知達との碁です」

「初めから並べてみよ」

丈和はいったん石を片付け、初手から並べた。

元丈は黙って見ていたが、丈和が最後まで並べると、「この子は才だけで打っているな」と言った。丈和は頷いた。

「いずれ碁の怖さを知るようになれば、とてつもない打ち手になるかもしれぬ。しかし――」

元丈はそこで言葉を切った。

「そうでなければ、単なる才人で終わる」

それだけ言うと、道場を後にした。

十二

翌二月、奥貫智策と桜井知達が初めて対局した。

元丈が知得に二人の手合を申し入れたのだ。安井家で打たれることになった。

智策は丈和に、「お前を苦しめた少年の碁を見てくるよ」と快活に笑って出掛けた。

その日の夜、道場に戻った智策は元丈に結果を訊かれ、「打ち掛けにしました」と言った。

「二子で打ちましたが、評判通りのなかなかの打ち手でござりました。足早に地を稼がれ、形勢はまだこれからというところでしたが、幾分黒が打ちやすい局面であったのかもしれません」

そういう智策の顔には深刻さはまるでなかった。

「何か癖でも見抜いたか」

智策は黙って笑顔を浮かべた。元丈はそれを見て満足そうに頷いた。

丈和はその顔を見て、はたして兄弟子は本当に知達の癖を見抜いたのだろうかと思った。

翌三月、今度は本因坊家で智策と知達が対局した。前の対局はそのまま打ち掛けにして、新たに打つことになった。

元丈や門下生が見守る中、対局が始まった。もちろん丈和も盤側に正座していた。この碁は二子置かせた智策が知達のお株を奪うように足早に地を稼いだ。右辺を打ったかと思うと左辺に打ち、上辺に手をつけたかと思うと下辺で地を稼ぐという具合に、知達を翻弄した。そして中盤、黒の模様の中に打ち込み、そこで楽々と生きてしまった。

その時点で二子の効力は消え、むしろ地合いで白がよくなった。しかし白には中央と左辺に生きていない石が二つあった。

知達は左辺の白石に襲いかかってきたが、本当の狙いは中央の白である。智策もそれは心得ている。

知達は左辺の白を封鎖にかかった。これを封鎖すると、中央の白は黙っていても死ぬ。ところがその瞬間、智策の刀が一閃(いっせん)した。智策得意の返し技である。知達は最強手で応じた。だが、それは智策が待っていた手だった。

白は黒石を割いていった。弱かった白石がにわかに力を持った。互いに石が切り結び、もうどちらが攻めているのかわからない状態になった。盤側にいた元丈も思わず身を乗り出したほどだ。

そして十数手後、信じられないことが起きた。なんと攻めていたはずの黒の大石が死んでしまったのだ。

知達はしばらく呆気にとられた表情で、投了の意思表示も忘れて盤面を見つめていたが、やがて気を取り直して、アゲハマを一つ盤上に置いた。

丈和は感動して盤を見つめていた。これが碁か。碁とはこれほどまでに深いものなのか――。

同時に兄弟子智策の本当の凄さを見た。

「さすがは坊門の跡目。強いや」知達は頭を下げながら言った。「でも、おいらが智策さんの年になれば、もっと強くなっているよ」

その一言は盤側にいた本因坊家の門下生たちを怒らせた。門下生たちは「非礼を詫びよ」と口々に怒鳴った。

元丈は彼らを制してから、言った。

「知達よ。お前はたしかに若くて強い。しかし碁はそこからが本当の修行であると心得よ。十年で智策に追いつけるかもしれぬ。ただし、そのためには死ぬほどの精進が必要となることだけは言っておく」

本因坊家の当主の言葉に、知達も黙って頭を下げた。

丈和は元丈の言葉を重く受け止めた。自分もまた智策に追いつくためには死ぬほどの修行をしなければならぬ。それでも追いつけぬかもしれぬが、それが碁打ちの定めである。

これ以降、丈和はひたすら碁に打ち込んだ。朝は誰よりも早くに起床し、日が落ちても行灯の下で碁盤に向かった。行灯の油は決して安くはなかったが、元丈は黙って許した。

研究に集中した時は朝まで寝ないことも珍しくなかった。それでも翌日は同じように勉強した。

あまりの没頭ぶりに、智策が「無理をするな」と注意したほどだった。

「体を壊しては元も子もないぞ」

人足仕事で鍛えられた丈和の頑健な体は三日くらいの徹夜ではびくともするものではなかった。

「私の取り柄はこの体だけです。だから、これを使って修行に励みます」

丈和がそう言うと、智策は笑いながら、「お前が羨ましいぞ」と言った。智策はどちらかといえば、体があまり強くはなかった。だから長い勝負を苦手としていた。

当時、御城碁の下打ちや大きな勝負となると、日が暮れるとそこで打ち掛け、何日もかけて打ち継いだが、事前に「打ち切り」と決めれば、夜更けになろうが徹夜になろうが、決着がつくまで打った。智策はそれを嫌ってあまり長考しなかったが、相手が長考すれば付き合わざるを得ない。

江戸時代には持ち時間制度などはなく、どれだけ考えても許されたので、体力も勝負をわける大きな要素の一つだった。元丈も知得も強靱（きょうじん）な体力の持ち主だった。

十三

同じ頃、井上家では大変なことが起こっていた。

文化七年（一八一〇年）四月、以前から病弱だった井上家の当主、春策因碩が病床に伏したのだ。井上家の後見人のような立場でもあった服部因淑は、病重しと見て、万が一のために、急遽、跡目を立てる必要があると考えた。当時、井上家には有望な門下生がいなかったため、未だ跡目を決めていなかったのだ。

門下の中で最も碁才ありとみなされていたのは五段の山崎因砂（やまざきいんさ）だった。因砂は四世本因坊道策を生んだ石見国（いわみのくに）（現・島根県）の山崎家の生まれである。当時は肥前国唐津藩（ひぜんのくにからつはん）（現・佐賀県唐津市）の水野和泉守忠光（みずのいずみのかみただみつ）の家臣であり、唐津に住んでいた。

因淑はただちに因砂を呼び寄せるために唐津へ手紙を出した。因砂は宗家の求めに応じる旨の返事をし、藩主の許可を得て、四月の終わりに唐津を発った。だが因砂が江戸に到着する直前、五月初めに春策は亡くなった。三十七歳の若さだった。素晴らしい才を持ちながら、病弱のために大成できなかった碁打ちであった。

しかし今は春策の死を悼んでいる場合ではない。下手をすると井上家が取りつぶしとなるおそれもある。そこで因淑は、前々年、本因坊家が烈元の死を秘した場合と同じく、他の三家と諮って春策の死を公儀に伏せ、因砂を春策の娘と縁組させて井上家の養子とした。その後で春策の死亡を寺社奉行に届け出、因淑が後見となって、因砂に家督を継がせた。こうして何とか井上家を存続させることに成功した。因砂は当主となって井上家代々の因碩（九世）を名乗るが、この物語では煩雑さを避けるため、以降も「因砂」と書く。

ちなみに因砂はその年の御城碁に初出仕し、安井仙知に対して二子番で打ち、五目勝ちした。その後まもなく六段を認められるが、実力的には元丈や知得には及ばなかった。

この頃は林家も振るわず、四家の中では本因坊と安井の両家が傑出していた。もっとも林家の凋落は、前にも述べたように、一門の中の最強者が家を継ぐという原則を忘れて実子相続にこだわったせいでもある。

因淑は大恩ある井上家を何とか本因坊家と安井家に対抗できるほどの家にしたいとの思いを持っていた。それには才能に恵まれた俊秀を一人でも多く見出すしかない。因淑はそれが外家の当主である自分の役目だと思った。そのために、碁が強い子がいると聞けば、江戸市中であれば必ず出向いて打った。

服部因淑は我が息子とした立徹の薫陶（くんとう）も怠（おこた）らなかった。月に一度は立徹との稽古碁を打った。本来の手合割は二子だが、因淑は敢えて先で打たせた。厳しい手合で打つほうが力を鍛えることになるからだ。

稽古碁とはいえ決しておろそかには打たなかった。因淑も立徹も目一杯に読み、終局は翌朝になることも珍しくなかった。時には打ち掛けをはさんで三日かけることもあった。局後の検討と研究にもたっぷりと時間をかけた。

因淑は立徹が煌（きらめ）くばかりの才を持っていることをあらためて確信した。小童の頃からヨミの力は並々ならぬものがあったが、初段になってさらに磨きがかかっていた。

もう一つ感心したのは、妥協の手を一切打たないことだ。普通、形勢がいいと誰でも固く打つ。玄人碁打ちは常に最強手を打つことを心がけてはいるが、碁打ちといえど人の子、優勢と見れば、攻めよりも守りを重視する。反対に形勢が悪いと見れば、局面打開を狙ってあらゆる手を読む。そして逆転を狙って踏み込んだ手を打つ。古来、妙手とか鬼手と呼ばれるものは、苦しい局面に立たされた方が打つ場合が圧倒的に多い。あるいは一目を争うぎりぎりの勝負で石が張っている状況で飛び出す。形勢がはっきりした局面で妙手が出ることはあまりない。

ところが立徹は形勢の如何にかかわらず、常に最強手を打ってくるのだ。だが最強手が最も勝ちに近い手であるとは限らない。いや、むしろ危険な手であることが少なくない。そのために立徹はあたら好局をふいにすることもあった。

この子は、碁の真理のようなものを求めて打っている――。

そのことに気づいたとき、因淑は内心で唸った。わずかに十三歳の子が勝負の先にあるものを見ているのだ。だからこそ、たとえそれで負けてもその手を否定しなかった。勝てば良いという手、あるいは勝ち易い手を選ぶような打ち手にはしたくなかったからだ。

この子はとてつもない大名人になるやもしれぬ、と思った。一方で不安もよぎった。勝負を離れて真理を追求する打ち方は、勝負師の在り方とは違う。碁は芸であり、学問でもあるが、最終的には勝負を争うものである。ゆえに時と場合によっては、卑屈なまでに勝ちを得にいかねばならぬこともある。

立徹と打った後は必ずそのことで葛藤した。しかし答えは出なかった――。

もう一つの気がかりは、稀に星目手（初心者の手）かと思うような手が出ることだ。難解極まりない攻め合いを完璧に読みきりながら、その直後、素人でもやらないような見損じが飛び出すのだ。生きるか死ぬかの難所をくぐり抜けた後に張り詰めていた気がふっと切れる——これこそ碁の最も恐ろしい瞬間である。この魔の刻はどんな打ち手にも多かれ少なかれ訪れるが、立徹の場合はそれが極端な形で現れた。おそらくは彼の凄まじいまでの才気の反動に違いない。

因淑は立徹が碁の真理を求めていると見ていたが、それは半分しか当たっていなかった。

立徹の望みは古今無双の名人になることだった。名人になるのは当然のこととして、いずれはかつての名人でさえも向こう先々先で破るほどの最強の名人になる——。そんな現実離れした破天荒な夢はむろん少年らしい妄想であったが、立徹は単に夢想するだけでなく、その望みのために常軌を逸した努力を厭わなかった。彼の少年時代の勉学の凄まじさは前に述べた通りだが、並の体力や精神力では体がもたないほどの修行をした。

立徹は碁の真理の追求というよりも、名人さえ破るほどの手を見出せる打ち手にならねばならぬという気概で打っていた。過去の名人たちの碁譜だけでなく本因坊元丈の碁も安井仙知の碁も知得の碁も並べていた。今はまだ敵わぬが、いずれは全員を打ち倒すつもりだった。そのために剣を磨く。十年後、いや五年後には、家元の碁打ちの誰よりも強くなってみせる。それが自分を育ててくれた父、因淑の恩に報いるただ一つの道だ——。

井上家の当主が春策から因砂に替わった五月、葛野丈和は仙石大和守(せんごくやまとのかみ)宅で桜井知達と二局打った。一局は中押し勝ち、もう一局は五目勝ちだった。負けた知達は何度も首を傾げた。自分の負けが信じられない風だった。

「それだけ考えたら、いい手も浮かぶだろうさ」

知達は碁石を片付けた後に、悔しそうに言った。

「早碁なら負けないんだけどな」

丈和はそう言われても別段腹は立てなかった。そうかもしれぬと思ったからだ。おそらくヨミの早さでは知達にはかなわないだろう。

だが、碁はいくら考えてもよいのだ。またとことん考えて最善手を見出すのが碁打ちの務めであるはずだ。知達が負けたくなければ、同じだけの時間を掛けてとことん読めばいいだけのことだ。それを怠り、早碁なら負けないというのは、単なる負け惜しみにすぎぬ。ただ、そのことは口にはしなかった。

翌六月と七月にも、丈和は仙石家において知達と三局打った。丈和はそのすべてに勝ち、ついに知達を先二(せんに)(三段差)に打ち込んだ。

その三局の碁譜を見た元丈は言った。

「知達はこの一年近く、ほとんど上達しておらん」

そのことは丈和も打っていて感じていたことだった。

「おそらくほとんど修行をしていないのであろう」

「あれほどの才を持ちながら、惜しい話です」

「才あればこそだ」

元丈の言葉に丈和ははっとした。

「知達はここまで上りつめるのに、さほどの苦労もなしに来たのであろう。碁才ある者にとってみれば、碁はいかにも容易な遊芸と映るかもしれん。死ぬほどの精進をしても初段に到達できない者もいれば、知達のようにいささかの努力もなしに二段ほどの力になる者もいる。むろん、驚くべき才ではある。しかし前にも申したように、碁はそこからが本当の修行。その先は道なき道を歩まねばならぬ。楽々と来た者には、険しい道中となろう」

その言葉は丈和の胸に響いた。そしてあらためて険しい道を行く覚悟が生まれた。

元丈は最後に言った。

「碁の技というものは、一度身に付ければ、もう失わぬというものではない。高手の芸となれば、少しでも精進を怠れば後退する」

師の言葉には説得力があった。今も元丈が盤に向かわない日はなかった。知得と並んで碁界最高峰にありながら、なお、精進を怠らない師の姿勢は門下生たちに碁の厳しさを教えていた。

知達を先二に打ち込んだ翌八月、丈和は兄弟子の智策に先で八目勝ちをおさめた。この碁は最初から最後まで大激戦だったが、丈和の力がわずかに智策を上回った。打ち終えた後、智策は「お前はこの半年で半子は強くなっている」と言った。半子強くなるということは、一段分強くなっているということである。これは丈和の年齢を考えれば、驚異的なことである。

「何よりもヨミの力が増している」

尊敬する兄弟子に褒められて、丈和は心から嬉しく思った。

智策の言葉を証明するかのように、同じ月、丈和はこれまで定先（二段差）の手合割だった本因坊家の塾頭格であった水谷琢順に四番勝ち越し、先々先とした。

丈和は大いに自信を得たが、気持ちを緩めることはいささかもなかった。なぜなら智策とはいまだ定先であり、さらにその上には元丈が君臨していたからだ。二人に追いつくことは叶わないだろうが、その努力を続けることが、碁打ちとしての生き方であると思った。

十四

年が明けて文化八年（一八一一年）になった。

この少し前から、外国船がしばしば日本近海を航行するようになり、択捉島の露西亜人上陸事件などもあり、幕府は国防の急務を感じていた。そこで文化四年には蝦夷地を幕府直轄地とし、翌年は間宮林蔵を樺太に派遣して探索させた。文化七年から八年にかけては伊能忠敬に命じ、九州一円、種子島、屋久島などの測量をさせている。

しかし江戸の庶民にとっては、そんな出来事は露も知らぬことだった。

文化から文政にかけての時代は「化政時代」と呼ばれ、それまで上方中心だった様々な文化が江戸を発信地とするようになった頃である。庶民の教育レベルも上がり、川柳が流行り、多色刷りの錦絵が飛ぶように売れた。庶民の生き方を面白おかしく描いた滑稽本も多数出版された。大当たりした『東海道中膝栗毛』と『続膝栗毛』も享和・文化・文政年間に刊行されている。

この頃に刊行された碁の書物も非常に多い。前に述べた服部因淑の『温故知新碁録』『繹貴奕範』がベストセラーとなったのもこの頃である。それだけ碁が庶民の間に広まった証である。碁会や碁の興行なども頻繁に行なわれた。碁打ちたちはただひたすらに碁の芸を高めるために切磋琢磨していたのだ。

文化八年閏二月、立徹は初めて桜井知達と打った。

対局場所は安井家の道場だった。安井家は本因坊家の敷地の半分ほどで、門下生も半分以下だった。立徹十四歳初段、知達十五歳二段、天才少年同士の対決である。手合割は立徹の定先である。

立徹は、評判の知達が相手ということで大いに燃えた。盤側に安井家の跡目である知得がいることも立徹の闘志をかきたてた。知得に服部立徹の力を見せてやる。

序盤から二人は激しく戦った。両者、一歩も引かずに戦ったが、立徹のヨミが優った。

中盤、大ヨセに入ったところで、立徹は形勢良し、と見た。「大ヨセ」とは戦いが終わって、ヨセに入ろうかという段階を言う。一手十数目を優に超える大きなヨセの手がいくつもあるところからそう呼ばれる。数目以内の手しか残っていない状況は「小ヨセ」と言う。立徹は大ヨセをどういう順序で打っていくかを考え、地の計算をした。細かいながらも勝てると見た。知達も言うほどの者でもない。

知達が左辺で先手のヨセを打ってきたとき、立徹は考えずに受けた。頭の中は次に打つ大ヨセのことしかなかった。続けて白がハネダしてきた時、これも瞬間的にアテを打った。しかし知達がアタリに継がず、ワリコミを打った時、愕然とした——黒には受ける手はない。素人碁打ちでもやらないような見損じだった。

形勢は一気に白に傾いた。その後、立徹は何十手か打ったが、追いつくどころか差は開く一方で、無念の投了となった。後年、彼は修行時代の打碁を収めた『奕図(えきず)』を刊行するが、そこにこの碁を載せて、反省の弁を綴っている。

立徹が投了すると、盤側にいた知得は何も言わずに席を立った。

師匠である知得の姿が消えてから、知達は笑いながら言った。

「お前、強いな」

「強くない」と立徹は悔しさを嚙み殺して言った。「だから負けた」

「おいらには勝てないよ」

その一言で立徹はかっとなった。

「見損じさえなければ勝っていた」

「見損じがなくても、おいらが勝っていたさ。負けを見損じのせいにするな」

立徹は知達を組み伏せたい思いに駆られたが、懸命にこらえた。碁に負けて、他家の道場で狼藉(ろうぜき)を働いたとあっては、父の面目を潰すことになる。いかに内容がいい碁を打っても、負けた者は何の言い訳もできないのが勝負の世界だ。

立徹は泣きたいほどの気持ちをこらえて、安井家を後にした。

帰宅して父の前でその碁を並べた。左辺の見損じの手までできたとき、因淑は言った。

「この手はなんだ」

立徹は答えなかった。

「なぜ、こんな手が見えぬ」

「私が――弱いからです」

「違う」と因淑は静かに言った。「弱いはずがあろうか。ここに至るまで見事なヨミを見せているではないか。見ていて何度も感心したほどのヨミだ」

それから深いため息をついた。

「お前が読めないならば怒りはせぬ。あるいは相手のヨミが上回ったならば、仕方がない。だが、これはヨミ以前のところだ」

立徹は返す言葉がなかった。

「おそらくお前は難解な戦いを制し、勝ったと思ったのであろう。しかし、碁はそういう時が一番危ない」

師匠の言うとおりだった。

「油断や見損じがなくとも、優勢な碁を勝ちきるのは難しい。お前はこの碁を勝ちと見たかもしれぬが、わしの見たところ、その差は二目ほどだ。大きいようだが、存外小さい。これを最後まで勝ちきるのは容易ではない。まして相手は知達だ。終局までいかなる手段を繰り出してくるかわからぬ。それらの勝負手をすべて受けきって初めて勝ちとなる」

因淑の言葉は胸に突き刺さった。

同じ月、立徹は再び知達と打った。

今度は服部因淑の道場だった。

この碁も最初から両者は激しく戦ったが、戦いを制したのは知達だった。中盤以降はほぼ一方的に攻められ、最後は右辺の石を綺麗に仕留められた。

前局は見損じさえなければ勝っていたと思っていただけに、知達など恐るるに足りぬと見ていた立徹だが、この碁で彼の本当の力を見た。同時に、自分と一歳しか違わぬ少年に、これほど打てる者がいるということに衝撃を覚えた。

盤側にいた因淑も同じ思いだったらしく、押し黙ったまま盤上を眺めていた。

「お前、強いな」

知達は前と同じことを言った。立徹はからかわれていると思い、答えなかった。

「知得師匠もおっしゃっていた。服部家の小僧はたいしたもんだって」

言ってから知達は因淑がそばにいることに気付き、慌てて口を噤(つぐ)んだ。

「知達よ」

因淑は静かに言った。

「お前はなぜそんなに早打ちなのか」

「なぜって——考えなくてもわかるから」

「そうかもしれぬが、考えれば、よりいい手が浮かぶこともあるぞ」

「いくら考えても同じだよ」

因淑は盤上の石をいくつか取り除いて何手か前の局面に戻した。

「お前はここでハネたが、これも読んで打ったのか」

「ああ、そうだよ」

「ここで黒がコスめばどうした」

因淑が黒石を盤上に置いた。知達は「ケイマに打つ」と言って白石を置いた。

二人はそのまま変化図を並べた。十数手後、黒の石は死んだ。しかしその代わりに黒には大きな厚みが生まれ、形勢は黒が圧倒的によくなっていた。

知達は押し黙った。

因淑が並べた変化図には立徹も驚かされた。

この局面では戦うことばかりに頭がいき、石を捨てて打つという考えにはまったく及ばなかったからだ。どれほど先まで読めたとしても、またいかに素早く読めたとしても、捨てるという発想がない限り、この変化には永久にたどり着けない。因淑はヨミだけがすべてではないということを示してくれたのだ。

これには知達も感じ入るところがあったようだった。いつもの生意気な軽口は出なかった。

それにしても、知達の早見えは驚くべきものだと立徹は思った。ほとんど読まずに感覚だけで打っているように見えて、すべての手にしっかりとヨミが入っている。ヨミの力は負けるとは思わなかったが、自分が上だと言い切れる自信もなかった。

もしかすると、本因坊元丈や安井知得、あるいは奥貫智策などよりもよほど怖い相手かもしれぬと思った。元丈や知得はいずれ年老いる。壮年期にどれほど強くとも、老境に差し掛かった時は、誰しも棋力が落ちる。智策もまた自分よりも十二歳も上だ。しかし一歳しか違わない知達とは、今後何年にもわたって打ち続けなくてはならぬ。知達を超えることができなければ、頂きに達することはできぬ――。

その年、立徹は知達と集中的に対局した。閏二月から五月の終わりまでに先で九局打ち、結果は立徹の五勝四敗だった。一つの勝ち越しとは言え、定先でほぼ打ち分けという結果はとても満足できるものではなかった。

現時点での力は知達がやや上と認めざるを得なかった。ヨミは互角としても、知達には天性の閃き（ひらめ）のようなものがあった。立徹は打倒知達を掲げ、修行に一層力を入れた。

十五

七月のある夜、夜空に長い尾を持つ箒星（彗星）が現れた。明るく輝く箒星は長らく空に留まり（記録には八ヶ月以上も肉眼で見えたとある）、人々は何か災厄が起きる前兆ではないかと不安にかられた。

立徹もまたその箒星に、波瀾に満ちた人生を予感した。しかし同時に、如何なる困難が待ち受けていようと、それを撥ね退けて進むという覚悟を持った。

八月、立徹は本因坊道場で奥貫智策と打った。

智策との対局は二年ぶりだった。二年前は二子で三局打って立徹が二勝していたが、手合割は変わっていなかった。智策二十六歳五段、立徹十四歳初段である。

この対局は元丈始め坊門の多くの門下生が観戦した。二年前に智策に二子で勝ち越し、また知達に先で健闘している少年の腕を見てみようというものだった。そこには丈和の姿もあった。

立徹は負けるわけにはいかぬと思った。この二年ひたすらに修行し、一子は腕を上げたつもりでいる。今なら坊門跡目の智策に対して先二で打てる自信もあった。

立徹は焦らずじっくりと打った。智策は立徹が二年前と同じようにいきなり戦ってくると思っていたのか、少し意外そうな表情を見せた。布石が終わり中盤に差し掛かった時、満を持した立徹は白に襲いかかった。白は全体に薄く、苦しい局面に見えたが、智策は慌てなかった。いつものように軽やかに黒の攻めをかわした。まさに柔よく剛を制すといった趣だった。

盤側で見ていた丈和は、さすがは兄弟子、と思った。自分はとてもこんな風に軽快には打てぬ。智策との差をはっきりと感じた。同時に、初めて見るあばた面の少年の碁にも感心した。智策にかわされながらも、石が急所へ急所へと迫っている。その証拠に智策もなかなか突き放せないでいる。

戦いが一段落した時点で、形勢は黒がよかった。立徹の攻めが功を奏した形となった。この少年は相当に打てると丈和は見た。いや、打てるどころではない。とてつもない才能だ。桜井知達も恐ろしい少年だが、この立徹という者も同じくらい恐ろしい。自分よりも十も年下の少年たちが自分を追ってくる。彼らが手にしているのは碁才だけではない。「時」という何よりの武器を持っている。そう思うと、背中に冷たいものを感じた。おそらく兄弟子の智策もそれを感じているのだろうと思った。二子局とは思えないほど真剣な表情で打っている。

碁は黒が形勢やや良しという形でヨセに入った。立徹はもう貰ったという顔をしている。着手が幾分早くなっている。

そこから智策の追い上げが始まった。見事な手筋を駆使してヨセていく。差がじりじりと詰まっていくのを見た時、丈和はあっと思った。形勢は必ずしも黒がいいわけではなかったのだ。智策はヨセの手を見ながら戦っていたのだ――部分的に損をしたように見えても、その分はヨセで取り返せばむしろ得になる。兄弟子の、碁盤全体を見ているところに感服した。

楽観気分で打っていた立徹も途中から顔色が変わった。

碁は布石も中盤の戦いも非常に重要だが、ヨセもまた勝負に大きく関わる。一九九〇年代から二〇〇〇年代にかけて、世界最強の名を恣にした韓国の李昌鎬は史上に残るヨセの名手だ。全盛期は、序盤から中盤はじっくりと打ち、ヨセで相手を突き放すか、あるいは抜き去るのを得意とした。その驚嘆すべき終盤の計算力は「神算」と呼ばれ、世界の強豪たちを慄かせた。

終局したのは、日が暮れる直前だった。作り終えた結果は、苗だった。

立徹は必勝と信じた碁を苗にされて言葉を失った。悔しさと情けなさが込み上げた。二年前に同じ二子で勝ち越した相手に苗という結果は、この二年まったく上達していないに等しいと言えたからだ。

「智策に、以前のお前ではないことを教えてこい」

そう言って送り出してくれた父の顔が浮かんだ。息子の必勝を疑っていなかった父に何と言えばよいのだ。

なぜもっとヨセを頑張らなかったのか――。大ヨセに入った時は、勝ったと思っていた。相手のヨセを何も考えずに受けたが、手を抜いて別のところに打つ機会はいくらでもあった。なぜ、そうしなかったのか。どう打っても勝ちだと思っていたからだ。真剣に打っていれば、少なくとも一目は残せたはずだ。後悔と怒りが奔流のように噴き上がり、心が千々に乱れた。

丈和は顔を歪めて悔しがる少年を見て、不可解に思った。途中、少年が明らかな楽観気分でいたのは、盤側からも窺えた。それほど悔しいのならば、なぜ気持ちを引き締めて打たなかったのか。知達ならそんな顔はしなかっただろう。「油断したよ」と笑い、「それさえなかったら、勝っていた」と言っただろう。むろん本心でもそう思っていたはずだ。

局後の感想はなかった。少年は対局の礼を述べて道場を後にした。

「服部立徹の碁はどうであった?」

立徹が去った後に、元丈が智策に訊ねた。

「前に打った時よりも、強くなっております。おそらく一子は――」

「それを相手に芇（じご）は見事だ」

　智策は黙って一礼した。

「心の揺れが大きい子だな」

「はい」

「険しいところになればなるほど、気が張って、ヨミが冴える。まさに才ある子だ。だが、その才気が彼の力を殺（そ）いでおる」

「それはどういう意味でしょうか」

　門下生の一人が訊ねた。

「ヨミの鋭い碁打ちは、誰でも読めるところで、往々にして気が緩む」元丈は言った。「碁で一番難しいのは、形勢の悪い碁を勝つことではない。形勢のいい碁を勝つのが最も難しいのだ」

　丈和はその言葉にはっとした。

「このままでは負けると見れば、誰も虎穴（こけつ）に入ることを恐れぬであろう。しかし勝ちと見れば、危ない橋は渡りたくない。石橋でさえも叩いて渡る。だが、負けている方は必死で勝負手を繰り出してくる。安全に勝とうとするあまり、相手の勝負手に怯（ひる）めば、碁はそこでひっくり返る」

十六

秋に入ったある日、元丈はぶらりと安井家を訪ねた。本所の本因坊道場と薬研堀の安井家は歩いてもすぐのところにあった。

「おお、元丈ではないか」

玄関に十徳姿の知得が現れた。元丈は僧衣をまとっていた。

「対局中ではなかったか」

「門下生たちの碁を見ていた」

「それは邪魔をしたな」

「いや、構わぬ。何か用か」

「用というわけではないが、久しぶりにお主の顔を見たくなってな」

知得は笑顔を見せると、「少し待ってくれ」と言い、奥へ消えた。しばらくして僧衣に着替えてやってきた。

「碁は見なくていいのか」

「後で並べさせる」

二人はどこというあてもなく安井家を後にした。

「浅草寺にでも行くか」

「いいな」

僧衣の二人は大川（隅田川）沿いの道を歩いた。

秋とはいえ、まだ陽射しは強かった。しかし川から吹く風が心地よかった。

「この前、知達の碁を見た。丈和と打った碁だ」

元丈の言葉に、知得は苦笑いを浮かべた。

「見事に打ち回されていたな。四番負け越しで先二に打ち込まれた。これから伸びていかねばならん少年が打ち込まれているようでは話にならん」

「いや、知達の才は相当なものだ」

「よくないことに、本人もそれを自覚しておる。本気を出せば、智策に先で勝つと言いよった」

元丈は笑った。

「威勢のいい小僧だ。だが、それくらいの力はある」

「しかし本気を出すのがどれほど困難なことか、知達にはわかっておらぬ」

元丈は頷いた。

二人はやがて浅草寺の参道に着いた。

「そこの茶屋で休まんか」

元丈の提案に知得も頷いた。二人は参道の入口近くにあった茶屋に入り、団子を頼んだ。

「酒はなくていいのか」と知得は言った。

「昼間から酒は飲めん。それに、坊主がこんなところで酒をきこしめしているところを見られるわけにもいかんしな」

元丈が僧衣を指差して言うと、知得が笑った。

「それはそうと、お前の子はいくつだ」

「三つだ」知得は答えた。「元丈のところは？」

「九つになる」

碁の家元は僧籍なので、妻帯は表向きには許されていなかったが、別宅を構えるという形でお目こぼしされていた。

「碁は打てるのか」

「一応は打てるが、上手（じょうず）になれれば御（おん）の字というところだな。あの子が家を継がねばならぬようだと、坊門の将来は暗い」

二人は団子を食べながら、よもやま話に花を咲かせた。

「ところで、元丈は名人碁所（めいじんごどころ）願いを出す気はないのか」

「ない」

元丈はにべもなく答えた。

「お前ももう三十七だ。名人になってもおかしくない」

「古来、名人は他と隔絶した打ち手がなると決まっている。知得にさえ勝てない俺が名人願いを出せば、泉下の名人たちに笑われる」

知得は複雑な表情をした。元丈の言葉は真理である。元丈が名人を目指すなら、知得を先々先（一段差）に打ち込まねばならない。もちろん知得が名人を目指すにも元丈を先々先に打ち込まねばならない。そんなことは互いに不可能だ。

囲碁史に燦然と輝く本因坊元丈と安井知得の二人はついに名人にならず、八段半名人に終わっている。後世、名人の力がありながら名人になれなかった四人の碁士（棋士）を「囲碁四哲」と呼んだが、そのうちの二人が元丈と知得である。

二人は名人位を互いに譲り合ったとも言われている。『坐隠談叢』には「彼の名人碁所の如きも、互に謂へらく、是れ斯道の最長者が其威望と、古今に絶したる神技を以てするに非ざれば、到底得る能はざる地位なりと」とある。また同書に「其昇格に方りて、他より争碁の生ずる如きは、未だ其徳の備はらざる証拠にして、強て之を覬覦せんとするは、僭越至極の沙汰と言ふべく、軈ては名人の聖位を汚す虞ありと為せり」とある。二人とも、名人は争碁などで就くものではないという信念を持っていたのだ。覬覦とは「不相応なことを望む」という意味である。同書において他の棋士に対してここまで手放しの称賛は見当たらない。おそらく同時代においても、二人の棋力と人間性は高く評価されていたことと思われる。

「お互いに因果な身の上だな」知得は言った。

「まったくだ。物心つく前に碁を覚え、碁盤の上で白と黒の石を並べて一生を終えるのだからな」

「後悔してるのか」

「いや。後悔も何も、ほかに何もできんしな」

元丈はそう言って豪快に笑った。

「むしろ、こんなことで暮らしてゆけるなど、果報なものだと思う」

「俺もそう思う」と知得は言った。「お前も知っての通り、俺は三島の漁師の倅だった。もし碁を覚えていなければ、今頃は遠州灘で毎日魚を獲っていただろう。もしかしたら、とうに海で命を落としていたかもしれん。それがどうだ、上様の前で技芸を披露するまでになった」

「権現様のおかげだな」

権現様とは徳川家康公のことである。碁の家元をこしらえ、碁打ちに扶持を与えた家康がいなければ、江戸の碁打ちはない。

二人はしばらく黙って茶を飲んだ。やがて知得が呟くように言った。

「しかし、俺たちは何のために碁を打ってるのだろうな」

「この技芸を高めるためじゃないか」

「碁打ちは魚を獲るわけでもない。米を作るわけでもない。碁などなくなったところで誰も困らぬ。碁の技芸が高まることで、何かの役に立つのかな」

「俺は思うのだが――」元丈は言った。「三千年も昔に碁が生まれたということは、それだけで何かしらの意味があるのだと思う。もしも碁というものが、その間に簡単に極め尽くされていたなら、今頃、碁打ちなどというものはどこにもいない」

「うむ」

「遠くは算砂師、道碩師、そして道策師と、過去、幾多の師が盤上の棋理を求めて精進されたが、今もなお、我らは碁の奥義の入口に立てたかどうか――。もし、碁を極め尽くした仙人がいるならば、我らは彼に三子は置かねばならぬと思う」

知得は黙って頷いた。

「いずれは碁の仙人に二子に迫りたい。我らの代では無理かもしれぬが――」元丈は言った。「百年後、いや二百年後の碁打ちならば、二子で打てるようになるやもしれぬ」

「俺たちはそのためにあるのか」

「そういうことだ。だからこそ、後世のためにもいい碁譜を残さねばならぬ。俺たち碁打ちは、碁の棋理を極めるための捨石の一つにすぎん。知得は、それでは不満か」

「いや」

と知得は笑って答えた。

「大いに満足だ」

第三章

天才少年

一

文化八年（一八一一年）の秋、元丈は水谷琢順の訪問を受けた。

琢順は元丈より五歳年下の三十二歳で、長年、本因坊家の塾頭格をつとめ、元丈のよき相談相手でもあった。もともとは本因坊門下の外家である水谷琢元の息子で、十代の頃から本因坊道場で修行をしていたが、前年に水谷家に戻って家を継いでいた。段位は五段で、十代の頃の奥貫智策に白番で勝ったこともある。

二人はしばらく世間話をしていたが、やがて琢順が切り出した。

「本日、畏れ多くも師家に参りましたるは、跡目のことでございます」

「その話か」

「そろそろ寺社奉行に、正式に奥貫智策を跡目とする願書を出されてはいかがでしょう」

元丈はすぐには答えなかった。琢順は続けた。

「坊門においては跡目は智策をおいてほかにはおりませぬ。智策もすでに二十六歳です。跡目になってもおかしくない年です。段位こそ五段ではありますが、力はそれを超えたものがあります」

それは元丈も認めていた。智策は才能も碁の筋も申し分がない。碁に明るく、形勢判断も優れている。しかも小太刀の冴えとも称すべき技の切れ味がある。

　ただ、何かが足りない気がしていた。それは口では説明できないが、しいて言えば、碁が美しすぎるのだ。いまだ自分に対しても、また知得に対しても、先の壁を越えられないのも、それゆえだ。名門本因坊家の跡目になる者なら、先を持てば、たとえ相手が師匠であっても圧倒するほどの力を見せてほしい。しかし智策以外に坊門の跡目候補はいない。

「わかった」と元丈は答えた。「年が明けて春になれば、智策の跡目願いを出すことにする」

　琢順は相好を崩した。

「跡目に智策が座れば、もう後顧の憂いはございませぬ。あとは元丈殿が名人碁所になるのみ。このことは我らが門下一同のみならず、泉下の烈元師も願っておられます」

　元丈は黙って苦笑いした。名人になる気はなかったが、むろん琢順には言わなかった。

　智策を跡目に据えることについては、もうひとつ気がかりなことがあった。それは智策の体の弱さである。もともとが痩身であったが、対局中はほとんど食べられず、一局打ち終わると傍目からでも頬が落ちているのがわかった。徹夜の対局の後など、熱を出して寝込むこともあった。

　碁の勝負においては、棋力は当然のことながら、体力もものを言う。御城碁の下打ちは寺社奉行宅において勝負がつくまで何日かかろうとも打つ。そして最後は一昼夜、一睡もしないで打ち続けることも珍しくない。そうした激しい長丁場の勝負に、はたして智策は耐えられるだろうか――。

しかし元丈はその心配を打ち消した。誰しもそれを覚悟して碁打ちになったのだ。智策の体のことなど余計な斟酌以外の何物でもない。碁打ちたるもの、勝負に命を懸けても惜しくはないのは皆同じだ。年が明ければ、寺社奉行所に正式に跡目の願書を出すことにしよう。

ところが、元丈の気持ちを迷わせる出来事が起こった。

秋の終わりから暮れにかけて、丈和が智策に先で三連勝してカド番に追い込んだのだ。碁譜を見ると、いずれも中盤までは形勢不明かやや白がいい局面を、終盤に黒が抜き去っていた。

丈和は坊門きっての長考派である。序盤からとにかく一手一手をじっくり考える。難しい局面になると、一手に半時（一時間）くらいは優に考える。同門の稽古碁でそこまで考えられてはたまらんということで、彼と打つのを嫌がる門下の者もいた。

そんな丈和に智策が胸を貸したのだが、三局の碁はすべて徹夜となっていた。

おそらく明け方近くに智策に疲れが出たために、最善のヨセを打てなかったのだろうと、元丈は思った。だが負けは負けである。疲れが出たから負けたという言い訳は通用しない。

元丈は智策の将来に一抹の不安を抱いた。


年が明けて文化九年（一八一二年）の正月三日、元丈は丈和と智策を打たせた。

対局室は元丈の部屋で、他の門下生は入れなかった。

「この碁は打ち切りでなく、勝負がつくまで打ち継ぐことにする」

元丈は二人に言った。つまり夜になればひとまず打ち掛けにし、翌日、続きを打つというものだ。智策の体力を考慮する一方で、御城碁の下打ちと同じ条件で打たせるという意味もあった。

「では、始めよ」

元丈の言葉で、対局が開始された。

丈和は一礼すると、黒石を丈和から見て右上の小目に力を込めて打った。榧の碁盤にピシリという高い音が鳴った。この一局に対する気合いがこもったような音だった。

智策は静かに碁笥に手を入れると、左下の小目に白石をそっと置いた。

打ち方も、剛の丈和に静の智策だな、と元丈は思った。

短軀でずんぐりむっくりの丈和に対して、痩身で背の高い智策、また一文字に見えるほどの太い眉にぎょろりと大きな眼をした丈和に、細い眉に切れ長の目をした智策と、体型も顔も対照的な二人だった。

辰の刻（午前八時頃）に始まった対局だが、夕刻になっても五十手ほどしか進まなかった。

盤上ではまだ戦いが始まっていない。しかし嵐の前触れのような緊張感を漂わせていた。

元丈は久しぶりに見る丈和の碁に、成長を感じた。以前はやたらと刀を振り回す田舎侍のようだったが、今はじっくりと剣を構えている。おそらく智策と何度も対局し、彼の鋭い返し技にあって、身をもって学んだことが多かったのであろう。

いつのまにか部屋の中は暗くなり、盤上の石さえ見えづらくなっていた。だが対局する二人は盤面に集中している。局面は六十手ほど進んでいたが、まだ戦いは起こっていなかった。

丈和が石を置いたとき、「ここまで」と元丈が言った。

その瞬間、張り詰めていた空気が緩んだ。

「ここで打ち掛けとする。明朝、巳の上刻（午前九時頃）にて打ち継ぐ」

二人は頷くと、碁石を片付けて一礼した。

元丈が行灯の灯を点けると、目の前に、丈和の真っ赤に上気した顔と智策の蒼白の顔が見えた。

「智策、大丈夫か」

元丈が声をかけると、智策は静かに頭を下げた。


翌朝、対局が再開された。

白が左辺に打ち込んだことから、戦端が開かれた。それまで互いにためていた力を爆発させたかのように、大きな戦いとなった。盤上に生きていない石同士がいくつも切り結び、戦いは延々と続いた。

盤側にいた元丈も変化を読んだが、この戦いはどちらが有利なのか、はたまたどう決着するのかはまるで見えなかった。

夕刻近く、珍しく智策が長考に沈んだ。盤面では右辺から中央にかけて難解な攻め合いが起こっていた。次の一手で碁が決まる、簡単には打てぬ局面だった。

半時（はんとき）（一時間）ほど考えた後、智策は右辺の黒にツケを打った。妙手だ、と元丈は思った。これで右辺の黒には生きがない。

丈和は小考した後、左辺のキリを打った。元丈は、なんだ、その手はと思った。まるで方向違いの一手ではないか――智策がデを打てば、そこで碁は終わる。

ところが智策はいつまでたっても打たなかった。元丈はもう一度盤面を見て、はっとした。白が右辺を打てば黒を取れるが、黒にすべての石を捨石にされ、左辺を大きくまとめられる。しかし左辺を荒らす手を打てば、中央の白が取られ、右辺の黒が復活する。そこに至るまでのヨミは恐ろしく深い。元丈でさえも容易には読めないほどの複雑怪奇な変化だった。

元丈は心の内で唸った。丈和のキリは智策の妙手の上を行く妙手ではないか。

智策は碁笥の蓋から黒石をひとつ取り出すと、盤上に静かに置いた。それを見て丈和は黙って一礼した。

誰も一言も喋らなかった。三人とも黙って盤面を見つめていた。

最初に口を開いたのは元丈だった。

「見事な攻防であった」

二人は無言で頭を下げた。

「丈和よ」と元丈は言った。「よくぞ、その手を見つけた」

元丈の言葉に同意するように智策も大きく頷いた。

「どこから見ていた?」

「中央にカケツギを打ったときに――」

元丈は、何?と思った。カケツギは三十手も前に打った手ではないか。

その局面はよく覚えている。ただ、その時点では碁はどうなるかはまったくわからなかった。黒のカケツギに対して智策が最強に応じたことから難解な変化になったが、もし智策がおだやかに打っていれば、まだこれからの碁だった。

「智策がヒキを打っていれば、こうはならなかったはず。あるいはグズミを打っていても——」

「すべての変化を読みましてございます」

元丈は苦笑した。あの局面ですべて読むことなど不可能だが、その言葉を咎(とが)めはしなかった。勝った上に変な謙遜(けんそん)をするよりも、それくらいの稚気(ちき)を出すほうが可愛い。

その言葉で感想は終わり、智策と丈和は石を片付けて、部屋を退出した。

ちなみに、丈和が智策に対して先で打った碁譜は七局しか残っていない（三勝三敗一芇(じご)）。この年に先々先(せんせんせん)の手合になっているので、数局は散逸したものと思われる。あるいは最初から碁譜に残さなかったものか。同門の碁ではそういうことも珍しくない。


二人が去ったあと、元丈は不思議な感慨にとらわれた。

あの丈和がついに智策に先々先になった。これは大変なことだ。煌(きら)めくような才など感じさせせなかった男が、坊門の麒麟児(きりんじ)と言われたほどの男にもう一歩のところまで迫ったのだ。

少年の頃から丈和の碁は形が悪かった。家元で修行した者は、何よりも石の形を重視する。形に明るくなることが上達の一番の近道であるからだ。だが丈和は形よりもヨミを重んじる。それは力自慢の素人衆の打ち方に近い。尾張の徳助、阿波の米蔵といった在野の賭け碁打ちは、正式に修行していない分、形など無視してヨミを頼りに打つ。丈和は坊門で十年以上も修行しながら、今なおそんなところがある。玄人なら読まないような手を読み、実際に打ってくる。ただ、そのヨミの力で智策に肉薄したのは事実だ――。

元丈は碁盤の上に、今しがた見た碁をゆっくりと並べた。

二人とも実によく打っている。一手一手に深いヨミが入っている。

やがて局面は丈和がカケツギを打ったところまできた。

そこで元丈はさきほど自らが言ったヒキの手を打ってみた。この手で勝負は先延ばしになるはずだ。実戦は智策が強手を打ったために、結果的に潰れになった。智策にしては功を焦ったかと思いつつ、ヒキからの変化を調べようとした時、はっとした――十手目に黒からの鬼手が見えたのだ。

その手を打たれて見ると、白がうまくいかない。いろいろと調べてみたが、白によくなる図は見つからなかった。

次にグズミの変化を並べてみた。すると、またもや十二手目に、黒からすごい手があるのが見えた。

元丈はもう一度局面を戻し、ほかの変化を並べてみた。

一時（二時間）ほどかかってあらゆる変化を並べ尽くした結果、白によくなる図は出てこないことを確認した。むしろ実戦において智策の打った手こそ、局面をもっとも複雑にする手で、その場面における最善の応手と言えた。

――すべての変化を読みましてござります、という丈和の言葉を思い返した。

あの言葉は本当だったのか。だが、はたしてそんなことが本当にあるのだろうか。碁の変化はまさしく千変万化、自分の打つ手が十通りあるとして、相手の応手がそれぞれに十通りあるとすれば、その二手だけで百通りの手を読むことになる。わずか八手先を読むだけで気も遠くなるような変化を読まねばならぬ。三十手先の結末まですべて読むというのは人間業ではない。

元丈は碁盤の前で腕を組んで、目を閉じた――。

二

同じ頃、本因坊家以外でも、次代の碁界を担うべき二羽の鳳雛が育っていた。

丈和が智策に対して定先から先々先になった同じ一月、服部立徹はついに桜井知達に四番勝ち越し、手合を定先から先々先とした。知達との初手合から一年近い月日が経っていた。年齢は立徹が十五歳、知達が十六歳である。

記録に残っている二人の対局はここまで十九局、立徹の先で十二勝六敗一芇だから、記録に残っていない対局が数局あると考えられる。後年、多くの碁打ちを恐れさせた立徹の先を、一年近くにわたって抑え込んだ知達の才気は、やはり相当なものと言わざるを得ない。

その碁は薬研堀の安井家で打たれた。対局が終わった後、知達は朗らかな顔をして言った。

「お前、強くなったな」

立徹は素直に頭を下げて、「ありがとう」と言った。

初めの頃は一歳年上で居丈高にものを言う知達が嫌いでならなかったが、一年近く対局を続けるうちに、いつのまにかそうした気持ちは消えていた。たしかに口は悪いが、性根は竹を割ったようなさっぱりした男だった。それは盤を離れてもわかるが、対局中にも見えるものだった。

碁は別名「手談」ともいう。実際に言葉は交わさないものの、対局中は互いの「手」で語り合っていることからそう呼ばれる。穏やかな挨拶もあれば、いきなり喧嘩腰の乱暴な言辞もある。売り言葉に買い言葉のような激しいやりとりもあれば、時には、皮肉や嘲笑とも言える手もある。碁打ちは無言で対局しながら、白と黒の石によって互いにそうした会話を続けている。

　それだけに同じ人間が何局も打つと、互いの性格や胸の内まで見えてくる。好敵手と呼ばれる碁打ち同士は、対局中、この相手ならここでこう打ってくるはずだ、という直感が生まれるという。

　知達の碁はまさに彼の性格を表していた。手があると見るやすぐに打ち、また駄目と察すると変わり身も早かった。様々な手段を読みながら、敢えてそれを打たずに含みを持たせるといった老獪さはなかった。普通、知達のような一直線の碁ではなかなか強くはなれないが、彼の場合、手の見えがすこぶる早く、深かった。

「その年でおいらに先々先とは、立派なもんだ」

　知達は碁石を片付けながら言った。

　立徹はその言葉にも腹は立たなかった。むしろ何の悪気もなくそんな言葉を発する知達を好ましく思った。

　ただ、ひとつ気になることがあった。それは前年の秋以降、知達の碁が淡白になっているように感じることだ。ヨミは相変わらず鋭いものがあったが、勝負に執着する気持ちが薄くなっているように見えた。事実、今日の対局で、ひとつの芇をはさんで立徹の四連勝だった。

　しかし知達は別段気にする素振りも見せず、明るい声で言った。

「日暮れまでまだ少しある。散歩でもするか」

二人は安井家を出た。とくにあてもなく、大川（隅田川）沿いの道を南に歩いた。

一月の冷たい風に加えて小雪がちらついていたが、二人の少年は気にも留めなかった。

「知達は智策さんにはどうだ？」と立徹が訊いた。

「二子だけどな」知達は面白くなさそうな声を出した。「けど、本気で打ったら、先でも負けない」

知達が負け惜しみで言っているのではなく、本心からそう思っているのがわかって、思わず笑った。

「智策なんて怖くないさ。それよりも――」と知達は言った。「おいらはお前の方が怖い」

「俺が？」

知達は頷いた。

「おいらが名人碁所になるのに、お前が一番の厄介になりそうな気がする」

「知達は名人になるつもりか」

知達はこともなげに「ああ」と答えた。

「二十年くらい先の話だけどな」

「その前に誰かが名人になったらどうするんだ」

「ならないさ」知達は言った。「名人碁所に一番近いのはうちの跡目の知得師匠と本因坊元丈殿だが、二人とも名人碁所を望んでいない。次に名人を狙うのは智策だが、智策にはあと三年で並ぶ。そして次の三年で抜き去る」

立徹は知達の並々ならぬ自信に驚くと同時に、それを衒いもなく堂々と言ってのける姿が眩しく見えた。まさに彼の碁のようだった。

「本因坊家にはまだ何人も門下はいるぞ」

「智策のほかにはたいしたのはいないが、葛野丈和とかいうのがいるな」

「強いのか」

「いや、強くない。しかし嫌な碁を打つやつだ」

「嫌な、とは？」

「ねちっこい。こっちがうんざりするくらい考えやがる。ありえない手まで読むんだから、ご苦労なこったと思う。碁はたいしたことはないんだが、あの執着心にやられる。智策の一歳下で、まだ互先になれないというから、全然駄目だろう」

立徹は笑った。

「まあ、あんなのはどうということはない。とにかく、おいらの名人碁所の一番の障壁になるのは、お前だ」

知達はそう言うと、道端の小石をひとつ拾って、大川に投げ入れた。そばにいた水鳥が驚いて飛び立った。

「そのためにも、絶対に互先にはさせん」

「いや、必ず互先にしてみせるぞ」

立徹の言葉に知達は白い歯を見せた。

翌月、先々先（せんせんせん）での一局目は服部家で打たれた。先々先は下手（したて）が「黒、黒、白」の順番で打つが、下手の者が先から打ち込んだ場合、上手（うわて）の黒番から始めるのが習わしだった（下手から見て、「白、黒、黒」の順になる）。

「立徹に先で負けるわけにはいかんよな」

対局前、知達はそう軽口を叩いた。

序盤、知達はほとんど考慮時間を使わずに打った。格下相手に先番（黒番）で真剣に考えてたまるかという知達の気持ちが、立徹にも伝わってきた。

前にも述べたが、江戸時代は先番のアドバンテージは五目前後と考えられており、黒は先番で五目勝てば上出来とされていた。だがこのときの知達はそれ以上に勝とうとした。格下とみなしている相手に、五目の勝ちでは満足できなかったのであろう。

碁は実力伯仲の者同士の対局でも、大差がついたり中押しで決まることも珍しくない。

だが、それは結果論に過ぎない。一目を争う局面において、互いに妥協しない戦いがそのような結果になったというだけだ。棋力が近い相手に、最初から大差で勝とうとか中押しで潰してしまおうと考えて打つのは、むしろ危険を伴う。このときの知達の碁がまさにそれであった。

立徹は知達の無理気味の手をとがめ、序盤から優位に立った。焦った知達は一気に形勢を盛り返そうとして、激しい手を打った。それは恫喝に近いような乱暴な手だった。

上手は時として下手の恐怖心を見越して、こうした手を打つことがある。相手を怯ませれば、それだけで大きな利得を得る。だが、そんな手は気の強い相手やヨミに自信のある打ち手には通用しない。

立徹は冷静に読み、最強手で応じた。碁は難解な戦いに突入したが、もともと無理な形だっただけに、黒はその戦いでさらに形勢を損ねた。

「負けたよ」

知達は怒ったような声で言うと、アゲハマ（相手から取り上げた石）を盤に投げ出すようにして置いた。立徹は黙って一礼した。

知達はしばらく顔を紅潮させたまま無言でいたが、次第に蒼白になった。先々先の手合で上手が先番を落とすのは、大変な痛手である。そのことがじわじわと心にのしかかったのかもしれない。

「感想をするか」

立徹が訊いた。

「不要だ。どの手が悪いかはわかっている」

知達は碁石を片付けると、立ち上がった。そして「失礼する」と言って、部屋を出た。

これまで知達は負けた時に憎まれ口は叩いても、こんなふうに憮然として立ち去ることはなかった。

立徹は知達に白を持って勝ったものの、心から喜ぶ気にはなれなかった。勝つには勝ったが、この碁にはそれほどの価値がないように思えたのだ。名局は一方だけがよくても生まれない。互いに好手妙手を繰り出してこそ、世人を唸らせる名局が生まれるのだ。

あの元丈と知得のように――。

立徹は自分と知達を「丈得」になぞらえていた。元丈と知得も年は一歳違い。最初の対局は元丈十四歳、知得十三歳と聞いている。自分と知達の初手合もほぼ同じ年齢だ。

元丈と知得がともに棋界最強となったように、自分と知達もそうなってみせる。

ただ、自分も知達も「丈得」ではない。知達は名人を狙うとはっきりと言ったし、自分もまた口には出さねど、いつかは名人になりたいと願っている。そして、いずれは半名人になった知達を先々先に打ち下ろし、名人碁所になる。そのためにも知達には切磋琢磨しあえる打ち手でいてほしい。

四日後、再び服部家で立徹は知達と打った。今度は立徹の先番である。

いつもは対局前に軽口の一つも言う知達が一言も喋らなかった。それどころか笑顔さえ見せなかった。

白石の入った碁笥（ごけ）を引き寄せると、怖い顔で一礼した。こんな知達を見るのは初めてだった。

ゆっくりした布石から始まったが、三十一手目に立徹が右辺の白の構えに打ち込んだところから碁はにわかに激しくなった。互いに生きていない石同士が右辺から中央にかけてのび、戦線が拡大した。

立徹が左下隅の石からノゾキを打ったとき、知達の鋭い返し技が飛び出した。白は自陣を補強した上に、黒の上辺になだれこむことができた。もっとも黒も隅の地が固まって損はない。

立徹は白が手を抜いていた左下隅で戦いを仕掛けたが、白は軽やかに石を捨てて中央に先着し、黒の左辺の石を睨（にら）んだ。

この碁は知達の技の切れ味が素晴らしかった。各所で手筋の冴えが見事に決まり、立徹は完全に打ち回された。そして、左下隅に手をつけられたところで、投了した。

負けは悔しかったが、ここまできれいに斬られると、むしろ清々（すがすが）しかった。それに久々に強い知達を見た気がして、喜びに似た気持ちを味わった。

——やはり知達はこうでないと。

弱い碁打ちに勝っても仕方がない。名人になるべき才を持った男を打ち破ってこそ価値がある。


立徹は翌三月、再び知達と打った。この碁も立徹の先である。

両者、気合の入った碁だったが、立徹が黒番九目勝ちをおさめた。目数(もくすう)は開いたが、勝負は最後までどちらに転ぶかわからないほどの白熱の一戦だった。

整地して数え終わった後、知達は静かに言った。

「強くなったな」

知達はこれまでも何度も同じ言葉を発していたが、この時の言い方はそれまでのものとは違っていた。上から見下ろすような物言いではなく、年下の少年の成長を認めた響きがあった。

立徹は素直に喜んだ。それは知達から初めて自分を対等の敵と見てもらえた喜びだった。立徹はこの一年、知達だけを追いかけていたと言っても言い過ぎではなかった。

立徹の碁譜は、文化八年(一八一一年)からこの対局の時まで、二十三局が残されているが、そのうち二十二局が桜井知達との碁で、もう一局は奥貫智策との碁だった。十四歳から十五歳にかけての立徹は、知達によって鍛えられたと言えるだろう。

知達と打った六日後、立徹は番町の旗本、黒田治左衛門宅で奥貫智策と打った。黒田は因淑を贔屓にしており、彼から立徹のことを聞き及び、智策と打たせてみようということになったのだ。

智策とはおよそ七ヶ月ぶりの対局であったが、手合は二子（四段差）のままである。

立徹は、いずれ天下を狙うためには何が何でも互先にならねばならぬと思った。互先への道のりは遠い。四番勝ち越して先二（三段差）になり、さらに四番勝ち越してやっと定先（二段差）になる。そこから四番勝ち越しで先々先（一段差）、そして、その壁を破って初めて互先（同格）で打てる。

坊門の麒麟児、奥貫智策に並ぶには何年かかるかわからない。恐ろしいことに、元丈と知得は智策に先を敷かせてこなすという。その強さは想像もつかない。安井家の当主である仙知もまた元丈と知得には劣らないという噂だ。その頂きははるか雲の上だ。

ただ、そんなことで怯む立徹ではなかった。彼は目の前に聳える山が高ければ高いほど燃えた。低い山では頂きに立つ喜びもないと考えるような少年だった。

この碁も智策何するものぞという気迫で盤に向かった。

序盤は比較的おだやかな進行を見せたが、智策が左上隅を狙った手に、立徹が手を抜いて右上隅の黒石を動き出したところから、二つの場所で戦いが勃発した。

立徹の碁は同時に何箇所かで戦いが起こることが多い。やがてそれが碁盤全体を巻き込んだ大きな戦いへと発展する。後年、幻庵（立徹）の碁が多くの碁好きを熱狂させた理由はそこにあったが、それは少年の頃から持っていた独特の棋風であった。

しかし智策もまた力は立徹に劣るものではない。二子置かせていることもあり、逃げていては大勢に遅れると見た智策は、少年の戦いを真っ向から受けてたった。

戦いは中盤まで続いたが、やがて大ヨセに入った。

立徹は、一子を捨石にして左下を大きくまとめれば勝てると見た。それは欲張った手だった。

智策は様々な味を見ながら左下隅に手をつけていった。結局、白石は生き、地合いは一気に細かくなった。

作り終わると、芇だった。

二子での芇は負けに等しいとも言える。立徹にとっては残念な結果だったが、落ち込みはしなかった。むしろ智策相手に存分に戦い抜いたという満足感のようなものを味わっていた。対局前は、智策との距離に呆然となっていたが、戦い終えた今、その距離は思っているほど遠くはないと感じた。

智策と立徹の碁譜を見た元丈は言った。

「因淑殿の息子ははっきりと腕を上げている」

師の言葉に智策も頷いた。

「その立徹に二子置かせて帀にするとは、さすがだ」

「指運がよかっただけにござります」

碁ではしばしば「指運」という言葉が使われる。碁の最小の手は一目であり、それはつまり最終手を打った者は最後の一目の手を打ったことになる。微細な局面で、最後の手をどちらが打つかは、ほとんど運に近いものがある。それで最終手で一目勝ちあるいは帀にした碁打ちは「指運」ということがあった。もちろんそこにはいくばくかの謙遜の意味も含まれる。

「二子の碁ではないな」

「しかり」と智策は答えた。「もとより負けは覚悟しておりましたが、ヨセに入り、立徹が大きく勝とうとしたゆえ、隙が生じました」

元丈は苦笑した。

「少年らしい覇気だが、そういう勇み足が勝ちを落とす。しかし、若いうちはそういうものがなければ大成はしない。ただ、心の揺れが大きいのは治っていないな」

元丈は顔から笑みを消すと、言った。

「それが治れば——この小僧はいずれ恐ろしい打ち手になる」

智策もまた真剣な表情で頷いた。

三

ここで文化九年(一八一二年)の主だった碁士たちの段位を見てみよう。

安井仙知八段(四十九歳)安井家当主
本因坊元丈七段(三十八歳)本因坊家当主
安井知得七段(三十七歳)安井家跡目
林門悦六段(五十七歳)林家当主
井上因砂六段(二十九歳)井上家当主
服部因淑六段(五十二歳)
水谷琢順五段(三十三歳)本因坊家(塾頭格)
奥貫智策五段(二十七歳)本因坊家跡目(内定)
鈴木知清(ちせい)四段(三十四歳)安井家(塾頭格)
林鉄元(てつげん)四段(三十一歳)林家跡目

葛野丈和四段（二十六歳）本因坊家
桜井知達二段（十六歳）安井家
服部立徹初段（十五歳）

唯一の八段半名人である仙知はすでに半ば隠居に近く、対局数は激減していた。元丈と知得の二人はともに七段ながら八段格として遇されていた。ただ、ともに名人を望まなかったのは先に述べた通りである。ちなみに名人は「九段格」である。

林門悦と井上因砂の六段は家元の当主としての建前上の段位であり、いずれも実力はそれより劣った。門悦に関しては長老的な意味もあり、当時「手合上手なりと雖も、力量伴はず」との評があった。「鬼因徹」こと服部因淑は六段ながら実力はそれ以上と言われていたが、すでに全盛期は過ぎていた。

水谷琢順と鈴木知清はそれぞれ本因坊家と安井家の塾頭格で力もあったが、七段上手を狙える器とは見られていなかった。また林鉄元も跡目の格式上、幾分甘い段位を与えられていた。

したがって、次代の碁界の覇者を狙うと見られていたのは、年齢的にも打ち盛りを迎えようとしていた奥貫智策だった。元丈と知得が第一線を退けば、智策が天下を取るだろうというのが衆目の一致した見方だった。近いうちに正式に本因坊家の跡目となれば、七段を許されるであろうとも噂されていた。

一部では、丈和も侮りがたき存在と見られていた。七段の技ありと言われる智策に先々先(一段差)に迫る力は、他家にとっては十分に脅威だったが、それよりも二十歳を越えてから急速に上達を見せたことのほうが不思議がられていた。

丈和は素人衆に人気が高かった。玄人好みする智策の碁とは違い、丈和の碁は生きるか死ぬかの激しい碁で、見ている者を楽しませるものがあったからだ。とはいえ、実力的には智策には及ばずと見られていたし、あくまでも珍物的な存在だった。

それよりも江戸の碁好きたちを騒がせていたのは、智策とはほぼひとまわり歳下の二人の少年——すなわち桜井知達と服部立徹の存在だった。二人とも智策にはまだ二子の手合だったが、先々先になるのも遠い日ではないだろうと言われていた。何より勢いがある。もし数年のうちに智策に互先(同格)に追いつけば、若さがものを言う、と。

四月の初め、丈和は元丈に呼ばれた。

「服部立徹と打て」

元丈は言った。

「かしこまりました」

そう答えながら、丈和は、これはただの対局ではないと思った。師は立徹を物差しにして、自分と智策を測ろうとしている――。

正月に智策に対して定先から先々先に手合を直した後、兄弟子とは二局打ち、互いに先番を勝っていた。ただ、丈和が衝撃を受けたのは、智策の先番にはほとんどなすべもなく敗れたことだ。足早に地を稼がれ、戦う機を摑めないままに土俵を割った。先で四連勝したときは、すぐにでも互先になれるかと思っていたが、それはとんでもない思い違いかもしれなかった。このままでは先々先を維持するのも難しいかもしれぬ。おそらく師の元丈も同じ思いでいるはずだ。それだけに、服部立徹には負けられぬと思った。

立徹が桜井知達に先々先になったという話は丈和も耳にしていた。智策を追う若手たちが次々に現れたのだ。今はまだ猫のように見えても、やがては虎に化けるやもしれぬ。いずれ家門をかけて戦う日が来る。そのためにも今のうちに潰しておかねばならぬ――。

文化九年の四月十五日、丈和と立徹の手合が旗本、大野喜一郎宅の碁会において持たれた。

この碁こそ、囲碁史上最も熾烈な戦いを演じた二人の初手合だった。この後、丈和と立徹は生涯にわたって対局することになるが、残された六十九局の棋譜は、現代のトップ棋士たちをも慄かせるものである。「棋譜を見ているだけで、石の叫びが聞こえるようだ」という棋士もいる。

この日、大野家には、本因坊家の珍物、丈和と売り出し中の俊英、立徹の初手合に、十人を超える観戦者が集まった。

手合割は四段の丈和に対し初段の立徹の先二だった。先二とは下手が先番と二子番を交互に打つ手合で、初番は立徹の二子番だった。

「お願いいたします」

服部立徹はそう言って頭を下げると、右上と左下の星に黒石を二つ置いた。

丈和ははやる気持ちをおさえた。兄弟子である智策が二子でこなしている相手であれば、自分もまた二子に打ち込みたい。間違っても先に打ち込まれるようなことがあってはならぬ。

立徹が智策と打った碁を間近に見て、彼が侮りがたき存在であることは十二分にわかっていた。桜井知達にまさるとも劣らぬ才を持った少年だ。ゆめゆめ油断はならぬ。

序盤は静かに進んだ。

三十手目から石が本格的に接触して、下辺から中央にかけて競り合いが始まった。三十四手目、立徹の手が一瞬止まった。そこはノビが普通だが、手が止まったということは、ハネてくるかもしれぬと丈和は思った。果たして立徹はハネてきた。その手は上段から剣を振り下ろしてくるような手だった。

丈和は「この小僧めが！」と思った。

ハネに対して押さえれば穏やかで、それで碁は悪くはない。しかし少年の気合いに怯んだようにも見える。

丈和はキリを入れた。立徹はすかさず切られた石を伸びた。観戦者たちが色めきたった。

にわかに激しい戦いとなった。一手一手が恐ろしく難解で、一歩間違えれば、一気に形勢が傾く。戦域は下辺から左辺に移り、さらに左下隅から上辺へと拡大し、やがて全局的な戦いとなった。

丈和は打ちながら、立徹の不思議な強さを感じていた。さきほどのハネは黒の打ち過ぎであったはずだ。だから、むしろ戦いは歓迎だった。それなのに、なかなか白がよくならない。この小僧のしぶとさは何だ。

黒は左上隅に劫を仕掛けてきた。これも黒の無理気味の劫だった。白は堂々と受けて立った。何手か劫を争った末、その劫は白が勝った。部分的には白が得をしたはずだが、驚いたことに全体を見れば黒が少しも損をしていないのだ。いや、むしろ全局的には黒がよくなったと言えないこともない。

丈和は背中に冷たい汗が流れるのを感じた。この小僧は常に碁盤全体を見ている。

上辺から中央にかけての白石が厳しく攻められた。丈和は先手で生きたかったが、それは難しかった。大石が死ぬことはないが、いじめぬかれた上に右下隅の大きなところに打たれると、形勢を挽回するのは相当に難しくなる。

そのとき立徹と目が合った。あばた面から鋭い目が、「もう貰ったぞ」と言っているように見えた。丈和はその目を睨みつけた。しかし立徹は目を逸らすこともなく、逆に睨み返してきた。十歳以上も下の少年のふてぶてしい態度に、丈和はかっとなった。二人はそのまま無言で睨み合った。相手が目を逸らさない限り、決して自分から目を逸らす気はなかった。

盤側の者たちも二人の睨み合いに気付いた。部屋の中は一種異様な空気に包まれた。丈和は立徹を睨んだまま碁笥から白石を取り出すと、碁盤に叩きつけるように中央の石にツケた。立徹もまた気合いを込めて即座にサエギリを打った。

丈和がデを打ったとき、少年の口から、あっ、という声が出た。ツケの手が効いていて、押さえることができないのだ。

少年は苦悶の表情を浮かべながら、さきほどのツケた白石を取りきった。

先手で大石を生きた丈和は右下隅の最大のヨセを打った。これで形勢は一気に細かくなった。

立徹はがっくりと肩を落とした。ツケの手に対して遮らずに、外から押さえていれば、白は生きる手を打たねばならなかった。そこで右下に回れば、黒の勝利はほぼ確実だったからだ。立徹は全身をよじって悔しがった。

丈和はそれを見て、心の中で、よし、と言った。そして再び立徹を睨みつけた。立徹もまたそれを受け止めたが、その目はさきほどのような得意気なものではなく、怒りと悔しさに満ちていた。

しかし、白はまだ追いついたわけではなかった。右下隅にまわれたことはとてつもなく大きかったが、実はまだ黒がよかった。つまりそれまでが圧倒的だったのだ。

丈和は気持ちを引き締めた。もし、小僧が落ち着いて最後まで打てば、黒が数目は勝つだろう。だが、焦りと怒りから着手が乱れれば、どうなるかはわからない――。

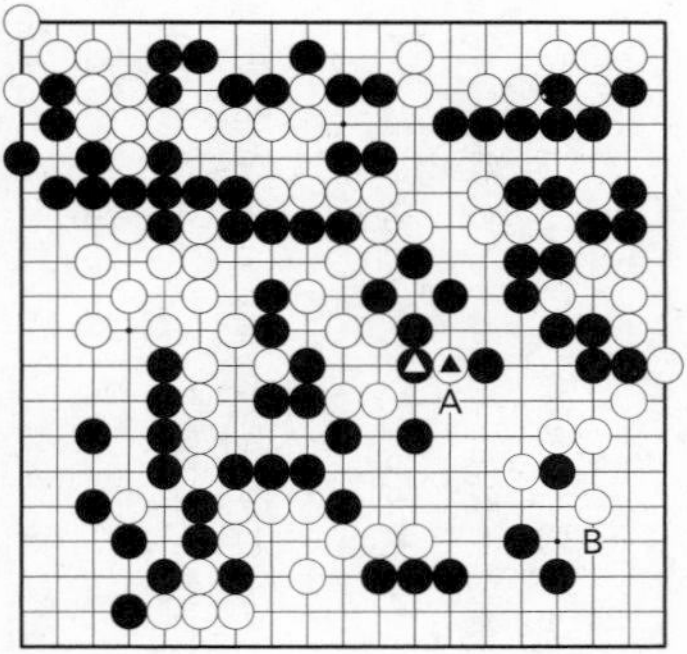

はたして黒の着手が乱れた。終盤の小ヨセで、ついに悪手が飛び出したのだ。

終局して整地すると、地の数はぴったり同じ――芇だった。

立徹の顔色は蒼白だった。二子で芇、しかもほぼ勝利を手中に入れた碁を芇にされたのだから、その悔しさは並大

文化9年（1812年）4月15日
葛野丈和
先二　二子番　服部立徹
172手△まで。△に対して、黒が△とデたのは失着。Aとオサえていれば先手Bに回れた

抵のものではないだろうと丈和は思った。

ただ丈和にしても、苄にした喜びはなかった。それどころか、全身が冷や汗でびっしょりだった。内容は完全に負けていたからだ。次に打つ向こう先番で勝てるかとなれば、自信がなかった。それほど恐ろしい相手であった。

何より不気味だったのは、立徹が二子の打ち方をしてこなかったことだ。二子の威力は絶大である。だから下手は二子の置石を利用して、地を大きく取るように石立（布石）を組み立てる。しかし立徹は地を取るような石立はせず、白に対して真っ向力勝負を挑んできたのだ。それは、先でも勝てるぞ、という傲然たる自信に満ちた打ち方だった。

丈和は本因坊家に帰宅してから、その碁を繰り返し何度も並べた。

どこかに小僧の弱点があるはずだ。ところが弱点を見つけるどころか、並べるたびに立徹の強さが見えてくるではないか。とにかくヨミが凄まじい。それに「碁が大きい」。常に碁盤全体を見ている。まぎれもない才能だと思った。

それだけに、戦いの終盤に見せた不用意な一着がわからなかった。おそらく、どう打っても勝ちと見ていたのだろう。自分の気合いの手に反発したい気持ちが強すぎて、反射的にサエギリの失着を打った。そこで碁は一気に細かくなったが、問題はむしろそのあとだった。

失着を打ったとはいえ、その時点ではまだ黒がよかった。冷静に形勢判断をすれば、逃げ切れたはずだ。にもかかわらず、少年は最善のヨセの手段を尽くさなかった――。

一方的に勝っていた碁を細かくされて頭に血が上ったのだろう。

丈和はヨセを何度も並べ直した。ヨセの黒の手はそれまでの凄まじいヨミの碁ではなかった。一手一手に後悔の念が残っているのを感じた。「ツケの手に、外から押さえておけば勝ちだった――」「なぜもう少し考えて打たなかったのか――」そんな思いを引きずったまま打っているのがはっきりとわかった。

見えたぞ、と丈和は思った。

四

翌日、旗本の木村甚右衛門から丈和と立徹の手合が見たいという申し出があった。木村甚右衛門は前日の対局の観戦者だった。

四月二十四日、丈和と立徹は木村家の屋敷で再び対局した。

この日の観戦者は十五人に増えていた。先日の二人の対局の評判を聞いてやってきた者たちだった。ただ、盤側にそれだけの人が詰めると、さすがに窮屈（きゅうくつ）になるため、観戦者は対局者の邪魔にならないように、そっと入れ替わって碁を見る。対局部屋には入れなくとも、離れた別室に置かれた碁盤でほぼ同時に対局の碁譜が再現されて、観戦者たちはそれを見ることができる。

別室の観戦者たちはそこで酒や肴をつまみながら、あれやこれや口を出すのだ。多くがそれなりの腕を持っているから、変化図などもどんどん並べる。皆、対局者に金を賭けているだけに、夢中になって勝負の行方を見る。これが当時の碁好きたちの碁会の楽しみだった。もちろん対局者には相応の謝礼も支払われるし、対局料とは別の懸賞もあった。懸賞は勝者が取ることになるだけに、碁打ちたちも真剣だった。

だが丈和も立徹も懸賞などには目もくれなかった。二人の頭の中はただ、この相手に勝つ、という一念があるのみだった。

この日は立徹の先番だった。本来、上手にとっては先二の先番は楽な手番である。しかし丈和はそうは考えなかった。むしろ向こう先の方が危ないと見ていた。この小僧は得体の知れない怖さがある。それゆえ先では徹底的に勝たねばならぬ。そのためには、何よりもヨミ勝つことだ。「ヨミでは敵わぬ」と思わせておかねばならぬ。

この丈和の考えこそ、勝負師ならではの習性でもある。あらゆる勝負事において、「この相手には勝てない」あるいは「苦手だ」という心理は勝負には絶対にプラスに働かない。そして囲碁のようなメンタル要素の強い勝負の場合はとくにそれが大きい。相手のヨミが自分よりも上かもしれないと思えば、難解な局面で恐怖心を招く。そのために相手の勝負手に怯むということもある。一目を争う局面においてはそれが勝敗をわけることにもなるだけに、相手に苦手意識を植え付けることは絶対的な有利となる。だからこそ丈和がヨミで勝負しようと考えたのだ。

この碁は不思議な展開になった。

立徹が丈和の手に対して、いたるところで手を抜いたのだ。丈和の手に受ければ、利かされと見たか、それとも部分戦には目もくれずに大場に先行するという作戦を取ったのか、いずれにしても一局目のような激しい戦いは起こらなかった。

別室の観戦者たちも、これには意外な感がしたようだった。しかし互いに我が道を往くといった趣のある碁は、それはそれで面白く、観戦者たちは喜んだ。

碁は夕暮れ前に終わった。予想外に早い終局だった。

作って先番立徹の三目勝ちだった。

観戦者の一人が感心したように言った。

「先二の逆番を入れるとは、立徹もなかなかのもの。さすがは鬼因徹殿の秘蔵っ子だけのことはある」

立徹は得意そうな顔をして丈和を見た。

「丈和殿、いかがでしたか」

この日の主催者の木村甚右衛門が訊いた。

「なかなか上手に打たれました。ただ――」丈和はそこで言葉を切った。「服部因淑殿の教えは、戦わずして勝つことに宗旨替えしたようですな」

立徹の顔色が変わった。

「まあ、碁は勝てばそれでよいのですが」

丈和はそう言いながら石を片付けた。

「丈和殿」立徹は鋭い口調で言った。「それがしが逃げたとおっしゃるのか」

「碁には逃げる手もある。勝てぬとあれば、それも立派な手でござる」

「聞き捨てならぬ」

立徹が低い声で言った。部屋の空気はたちどころに張り詰めたものになった。

丈和は平然とした顔で白石を碁笥にしまうと、蓋をして、碁盤の上に置いた。そして甚右衛門の方に向いて一礼すると、「これにて失礼つかまつります」と言って、部屋を出ていった。

丈和が立ち去った後も、立徹は握り締めた拳をぶるぶると震わせていた。胸の内にあった勝利の喜びもすっかり消えていた。

逃げたつもりはなかった。この碁は初めての先番ということもあり、一瞬で決着がつくような激しい戦いを敢えて避けたのだ。

碁の最終目的は勝つことである。逃げようが戦おうが、結果がすべてだ。だから丈和の言葉がある種の負け惜しみにすぎないのは、立徹自身もわかってはいたが、笑い飛ばすことができなかった。「逃げた」という言葉に耐え難い屈辱を覚えたのだ。

立徹は打倒丈和を胸に刻んだ。しかもただ勝つだけではない。今後は、戦って、戦って、戦い抜いて、木っ端微塵に粉砕してやる――。


翌日、立徹は安井仙知の道場で片山知的と打った。

片山知的は山形藩士で江戸詰めの武士だった。安井家の門人で、後に六段まで上がり、庄内藩の長坂猪之助、松代藩の関山仙太夫とともに「武家三強」と言われた強豪である。生年は不詳だが、この頃、三十前くらいと思われる。当時の段位は三段。古碁に詳しい福井正明九段によれば、強いことは強いが、力に頼った強引な碁で、やや素人臭さのある碁打ちだという。

初段の立徹は三段の知的に対して先で打ったが、初めから激しく戦った。丈和を倒すためには戦いの力をつけなくてはならぬとの思いからだった。

立徹の凄まじい力に強豪の知的も終始たじたじだった。中盤からはほぼ一方的に攻められ、最後は上辺の白石を取られて、投了した。

「それがしの完敗でござる」

知的はそう言って深く頭を下げた。

二人は初めから並べ直して、検討と感想を行なった。途中、何度か知的が「こう打てばどうだったか」と訊ねた。立徹がそれに対して変化図を並べると、知的は「うーん」と何度も唸った。

「すごいヨミでござる」知的は感服したように言った。「こちらが先でも勝てるかどうか――」

「それはありません」

立徹は慌てて手を振った。

「いやいや」と知的は言った。「聞けば立徹殿はまだ元服前というではござらぬか。その年でそれほど打てれば、いずれは半名人も狙えるであろう」

立徹は黙って一礼した。

感想を終えて石を片付けた後、知的が立徹に語りかけた。

「それにしても、碁一筋に生きるそなたを羨ましく思う」

「片山殿は秋元但馬守（あきもとたじまのかみ）様のご家臣で、二百石取りの立派なお武家様ではありませぬか」

「なんの、窮屈（きゅうくつ）な勤番侍よ。衣食の憂（うれ）いはないが、自由もない。もしも嫡男（ちゃくなん）でなければ、この道に邁進できたのにと思えば、ときに我が身を恨みたくなることもある」

知的はそう言って寂しそうな笑顔を浮かべた。

立徹は安井家からの帰り道、知的の言葉を反芻しながら、わが身を振り返った。

もし自分が嫡男だったなら、今頃は父の跡を継いで十石の足軽になっていただろう。それが不思議な縁で、養父の服部因淑に見出され、この道に進むことができた。その幸運にあらためて感謝すると同時に、人は皆生まれながらにして生きる道が決められているこの世の理不尽に思いを馳せないではいられなかった。武士の子は武士に、百姓の子は百姓に、商人の子は商人になるのが定めである。

碁打ちはそうした軛から逃れた不思議な生業である。元丈殿は武家の生まれで、知得殿は伊豆の漁師の出と聞いている。義父の因淑は美濃の百姓の倅だ。しかしいざ碁盤に向かえば、生まれや育ちは一切関係ない。身分や貧富の差など、盤上には何の力も持たない。人としての能力のみで競うことができるのだ。それは素晴らしいことだと思えた。それだけに碁打ちたるもの、ひたすらに精進し、盤上の真理を極めなくてはならぬ。

片山知的と打った四日後の四月晦日、立徹は再び丈和と対局した。今度は蘇我伊賀守宅で催された碁会だった。前回の終局後の二人のやりとりは碁好きの間で噂になっており、二人の対局を見たいという者が増えていた。

三局目は再び立徹の二子番だった。

立徹は前局とは打って変わって序盤から激しく戦った。丈和も堂々と受けて立ったが、二子の効力は凄まじく、白はほとんど勝機らしいものを見いだせないまま、じわじわと差を広げられ、終わってみれば、黒番六目勝ちだった。中押しとまではいかなかったが、立徹の一方的な勝利と言えた。

「どうですか」立徹は丈和に言った。「戦いでも勝ったでしょう」

丈和は、ふん、と鼻で笑った。

「戦いといっても二子ではないか」

「先でも同じこと」

「勝ってから言ってもらおうではないか」

立徹はかっとなった。

「なら、今からもう一局打とうではないか」

「拙者はかまわぬが――」

丈和はそう言って盤側にいる主催者である蘇我伊賀守の顔を見た。伊賀守は苦笑しながら言った。

「まもなく日が暮れる。さすがに今から打てば、決着は明け方となる。お二人の対局を見たいのはやまやまではあるが、これはまた別の機会にお願いしたい」

立徹もさすがに短慮な言葉を恥じた。素人ではあるまいし、玄人碁士が続けてもう一局というのはありえない。

「それでは、拙者はおいとまさせていただきます」

丈和は盤側にいる観戦者たちに一礼して立ち上がると、さっさと部屋を出て行った。

残された立徹はまだ怒りが収まらなかった。

「なんという言い草だ」

つい言葉が口をついて出てしまった。

「まあまあ、立徹殿」と伊賀守が柔らかい口調で言った。「お腹立ちもわかるが、貴殿は勝たれたのであるから、笑ってすませばよかろう」

「だが、あのような無礼な態度は――」

「たしかにいささか非礼ではある。ただ、丈和殿にしてみれば、十以上も歳下の貴殿に負かされて、嫌味のひとつも言ってみたい気持ちもあるのではなかろうか。ここまで立徹殿の二勝一芇（じご）。三局打って一つも入らないのでは、丈和殿も相当悔しい思いをしているはず」

「芇（じご）の碁も、本当なら拙者が勝っていた碁」

立徹の言葉に伊賀守は苦笑いした。

蘇我伊賀守が立徹の怒りをほぐそうとして言った言葉の半分は当たっていた。

丈和は立徹との三局で、彼の恐ろしさを身に染みて感じていた。前に打った二局目の向こう先の碁で立徹に「逃げた」と言ったのも、負けた悔しさからだった。その碁は白から戦いを仕掛けたものの、黒にするりとかわされ、大場大場に先行され、勝機を摑めぬままに終わった。それで、うまく打たれた悔しさから口をついて出た言葉だったが、一方では、そういう碁なら怖くはないと思ったのも事実だ。ところが、この日の三局目の碁は戦いで敗れた。二子とはいえ、少年の戦闘力のすごさをまざまざと見せられた一局だった。

丈和はまだ自分の方が強いとは思っていたが、十一歳という年齢差を考えると、先二の手合は威張れた差ではない。

聞けば立徹は十二歳で入段したという。自分はその頃ようやく碁を覚えた。それからしばらくは本庄の中屋で近隣の素人たちとの賭け碁に興じていた。江戸に出たのは十四の年だ。本因坊家を訪ねて一つ年上の智策と打ち、三子局四子局と続けて負かされた。あれから十二年、智策にはようやく先々先に迫ったとはいえ、いまだ智策の先番には歯が立たない。はたして互先になれる日が来るのだろうか。いや、それよりも桜井知達服部立徹の追撃にどこまで持ちこたえることができるのだろうか。おそらく数年のうちには並ばれ、そして、抜き去られるだろう。そう考えると絶望的な気持ちに陥りかけたが、丈和はそれらを心から追い払った。

誰がいようと関係ない。相手が強かろうと弱かろうと、自分の碁の強さが変わるわけではない。自分がやるべきはひたすら精進するのみだ――。

五

服部立徹は丈和との対局の七日後、安井家で桜井知達と打ち、先番一目勝ちした。二日後、今度は服部因淑宅で再び知達と打ち、先番三目勝ちした。これで先々先になって六勝三敗となり、知達をカド番に追い込んだ。あと一つ勝てば四番勝ち越しで互先になる。

「立徹、お前、本当に強くなったな」

知達は感心したように言った。

「碁が前よりも厳しくなっている」

これまで師匠であり父である服部因淑を別にすると、最も多く対局したのは知達である。自分の碁を一番知っている相手だと言っても過言ではない。その知達の言葉だけに、心から嬉しかった。

二日後の五月十一日、立徹は丈和と四度目の対局を旗本の林田新兵衛宅で行なった。

この頃には江戸の碁好きたちの間で、葛野丈和と服部立徹の碁は面白いという評判が立ち始めていた。碁の内容もさることながら、対局前と終局後のいがみあうような両者の振る舞いも見物(みもの)であると言われていた。

ここまで三局打って、丈和は一番も入っていない。四局目は立徹の先番であるが、この局を丈和が落とすと、カド番に追い詰められる。その意味でも注目された一番だった。

対局前から部屋の空気は張り詰めていた。

碁盤の前に正座する二人は一言も言葉を交わさず、目も合わせなかった。

二十人を超える観戦者が二人を取り囲んでいた。もっとも対局が始まれば、その多くが別室に引き上げる。

「それでは、始めてください」

新兵衛の言葉に丈和と立徹は小さく頷き、碁盤の上に置かれた碁笥(ごけ)を手に取って膝下に置いた。それから小さく一礼した。

開始早々、立徹が左辺に大きな模様を構えた。下手(したて)の打ち方ではない。丈和が顔を上げると、立徹と目が合った。その目は、来るなら来い、と言っていた。

丈和は敢然と黒の模様の中に打ち込んだ。お望みなら黒の模様をガラガラにして見せようではないか。

ところが黒は打ち込んできた白石を攻めることはせず、上からかぶせるようにして圧力を加えた。白を生かす代わりに、下辺と上辺に厚みを築いて打とうという、立徹独特の全局を見た悠然とした打ち方だった。観戦者たちの間に、ほう、という感心したような小さな声が起きた。

黒が下辺に迫ったとき、丈和はツケからキリの強手を打った。黒を凝り形にしてしまおうというものだったが、立徹は切られた石を捨てて打つという大胆な返し技を放った。両者とも、相手の言いなりにはなるまいと、意地と意地のぶつかりあいだった。

対局の緊張感は観戦者たちにも伝わった。盤を眺める者たちはほとんど身動きもしない。別室にいる者たちも声を潜めて検討しているようで、その声は対局部屋にはまったく届かなかった。

下辺の戦いは思わぬ変化を見せた。立徹は下辺の石を捨てた代償に、左下の白石を取ってしまった。しかも下辺に厚みまで築いた。

丈和もまた右上の黒の構えに対し、ケイマから戦いを起こし、右上から中央にかけて大きな模様を築いた。それはさきほどの立徹と同じく、打ち込んでこい、と誘う構えだった。

立徹は白模様の中に深々と打ち込んだ。これもまた気合いの一手だった。白の攻めは厳しかったが、黒は見事にしのいで見せた。先手を取った白は右辺の大きなヨセを打った。

その時点で、形勢はまったく不明だった。

中央の複雑な戦いを残したまま、勝負は終盤戦に入った。外は暗くなりかけていた。主催者の新兵衛が「ここでひとまず打ち掛けにして、夕餉になさってはどうか」と声をかけた。両者も同意して、食事を摂った。

半時（一時間）後、対局が再開された。すでに陽はすっかり落ち、部屋には行灯の火が灯された。

まもなくヨセに入ったが、形勢は極微とも言えるもので、盤側にいる者たちには、いずれが有利なのかはまったく見当がつかなかった。

別室で観戦者たちは様々なヨセの変化を並べるが、並べるたびに勝敗が入れ替わるほどの接戦だった。いずれにしても一目を争う碁には違いないと意見は一致していた。観戦者たちが計算ができなかったのは、中央付近の戦いの帰趨と、その近辺のヨセが難解を極めたからだ。

「これはもはや指運だな」

別室の観戦者の一人が言った。

もちろんそんなことは対局者である丈和も立徹もわかっていた。夜戦になっても両者は延々と考え、丑の刻（午前二時頃）になっても、まだ終わらなかった。形勢は依然不明のままである。

さすがに寅の刻（午前四時頃）を過ぎると、観戦者の多くも床に就いた。しかし対局者は薄暗い行灯の火の横で、身じろぎもせず盤面を見つめていた。当時の碁は、その日に決着のつかない場合、打ち掛けにして後日打ち継ぐことは珍しくなかったが、小ヨセに入ると、そのまま打ち切ってしまうのが一種の不文律になっていた。

丈和と立徹は観戦者もほとんどいない薄暗い部屋で、ひたすらヨセの手を読んだ。

その頃、別室では寝ずに起きていた観戦者たちがこんな会話を交わしていた。

「二人とも朝から正座を崩すことなく相対している。感服するほかはない」

「そばで見ていると、まるで命のやりとりをしているようで、殺気さえ感じる」

終局したのは、卯の刻（午前六時頃）、すでに夜が明けたころだった。整地すると、盤面はきっちり同じ目数——芇だった。

その頃には、観戦者もほとんどが目覚めて盤側に集まっていたが、激闘の結末を見て一様にため息をついた。

立徹はカド番にする機会を逃した悔しさでがっくりと首を垂れた。

一方、丈和の顔にも安堵の色はなかった。先二の先番（向こう先）を二度とも破れなかったことは上手としては屈辱的なものであったからだ。

丈和は帰宅して、その碁を初めから並べた。

そこから見えてきたのは、立徹の碁盤全体を見る大きな構想力だった。さらにそれを可能とする凄まじいヨミだった。この小僧は天才だ、と思った。もしかすると力はすでに同格かもしれぬ。

これまで勝てなかったのは、自分が立徹よりも強いと思っていたからではなかったか。決して侮っていたわけではないが、十一歳も年下の子供にむきになって打てるかという気持ちがどこかにあったのではないか。兄弟子の智策が二子で打っている相手なら、自分も二子に打ち込まねばならぬという舐めた気持ちがあったに違いない。

この少年はそんななまやさしい相手ではない。真剣にぶつからなければ潰される。元丈師に向かうように、また兄弟子智策に向かうように、命懸けで打たねば勝てる相手ではない——。

四日後、丈和と立徹は再びあいまみえた。

場所は第一局が打たれた大野喜一郎宅だった。観戦者は前局よりさらに増えていた。通算で五局目となるこの碁は立徹の二子番だった。観戦者の多くが立徹に賭けているという噂をちらりと聞いた。ここまで四局打って上手が一番も入らず、しかも今回は二子だ。誰でも立徹に乗るだろう。だが丈和にとってそんなことはどうでもいいことだった。

丈和は序盤から時間を使った。これまでは、下手の少年よりも時間をかけて打つのは沽券にかかわるという気持ちもあったが、もうそんな見栄などには構っていられなかった。今日はとことん考えて打つと決めていた。

ただ、立徹に二子置かせて打つのが苦しいこともわかっていた。まともに戦えば潰される。かといって固く打てば、地合いで足りなくなる。

そこで丈和は足早に地を稼ぐ打ち方をした。そういう碁は必然、石が薄くなる。碁で「薄い」とは、弱い石や傷のある石をかかえているという意味である。逆に「厚い」とはそうした石がなく、相手を圧迫する強い石があることを言う。

丈和は敢えて薄さに目をつぶり、相手に攻めさせて、その攻めを土俵際のかかとでこらえて戦うことを選んだのだ。力とヨミに自信がなければできない打ち方だった。

立徹の攻めは強烈だった。盤上に散らばる白の弱石に狙いを定め、カラミ攻めを繰り出した。

「カラミ」とは複数の石を同時に攻める高等戦術のひとつである。ひとつの石をしのぐだけなら玄人碁打ちにとっては難しいことではない。しかしカラミにかけられると高手でも、すべてをしのぐのは困難と言われている。もっとも地を損してしのぐことはできるが、それではシノギとは言えない。

丈和のシノギはもちろんそんなものではなかった。守りながらも常に攻めを繰り出すのだ。これは、土俵際に追い込まれた力士がうっちゃりの技を狙う、あるいはロープ際に追い詰められたボクサーが鋭いカウンターを狙うのに似ている。下手をすると、攻めている方がやられる可能性もある。

丈和の巧妙なシノギに、さしもの立徹も手を焼いた。この攻防に観戦者たちも惹きつけられた。見ていてこれほど面白い碁は滅多にない。

そして丈和はすべての石をしのぎきったばかりか、地もまるで損をしなかった。

作り終えて、白番丈和の八目勝ち——完勝だった。

立徹との五局目にして初めての勝利だったが、丈和の力とヨミが発揮された名局だった。

負けた立徹は呆然としていた。まさか二子置いて完敗するとは思ってもいなかったのだろう。

翌日、この碁を見た元丈は、ただ一言、「見事なり」と言った。丈和自身もこの一局で何かを会得した気がした。

六日後、丈和と立徹は芝の大信寺(だいしんじ)で六度目の対局をしたが、丈和は立徹の先に対して白番で大きな模様を築き、堂々と寄り切った。結果は白番三目勝ちだった。

さらに翌六月朔日(ついたち)に向こう二子で二目勝ち、十一日に向こう先で一目勝ちと、一気に四連勝した。これで対戦成績も丈和の四勝二敗二芇となった。伸び盛りの少年を先二で押さえ込む丈和の力は世人を驚かせた。

しかし、立徹もこのまま押されてはいなかった。

七月朔日に丈和との二子局を凄まじい戦いで中押しで破ると、五日に知達に先番で中押し勝ちした一局をはさみ、九日には、再び丈和と打ち（立徹の先番）、またもや激闘の末に中押しで破った。

さらに二十日に知達に先番で中押し勝ちした翌日、丈和と打ち（立徹の二子番）、これにも中押し勝ちした。これで丈和との対戦成績は立徹の一つ勝ち越しとなった。

この頃では、丈和と立徹の碁は碁好きたちの間で大人気となっていた。なにしろ碁が滅法面白いのだ。

碁打ちにはいろいろなタイプがある。本因坊元丈のように厚みを築いて豪快な攻めで追い込んでいくタイプもあれば、安井知得のように足早に地を稼ぎ、相手の攻めをしのぎきるというタイプもある。元丈と知得はその両極端と言えたが、すべての碁打ちが大きく分けるとどちらかのタイプに分かれる。もっとも智策はオールラウンドプレーヤーと言えた。ところが丈和と立徹はそのどちらでもない。両者ともヨミを主体にして徹底的に戦い抜く碁だった。

碁打ちにとってヨミと戦闘力は、最大のアドバンテージとなる。盤上の戦いを制したものが勝利を得る確率が非常に高い。ただ前にも述べたが、戦闘力は勝利の絶対条件ではない。戦いに負けても最終的な勝利を得ることは少しも珍しいことではない。これが碁というゲームの摩訶不思議なところであり、「アルファ碁」が登場するまでコンピューターが苦戦した部分である。

明治の碁界を完全制覇して「名人中の名人」と呼ばれた本因坊秀栄は、孫子の兵法を彷彿とさせる戦わない碁を得意とした。相手が戦いを仕掛けてくるとさっとかわし、あるいは部分的な戦いでは損したかに見える分かれを取りながら、最終的には勝利するという勝ち方を見せた。もっとも、戦うしか道がないとなったときの秀栄の戦闘力は凄まじく、後年「不敗の名人」と言われた若き秀哉を何度も粉砕している。

話が逸れたが、丈和と立徹の戦闘力も古今屈指のもので、両者ともに相手を潰してしまうほどの力があった。ボクシングに喩えると、ハードパンチを持ったボクサーだ。しかもポイントを稼いで判定勝ちするようなタイプではない。互いに相手をKOする目的で、渾身のパンチを繰り出すのだ。結果的に細かい目数で終局することはあっても、そこに至るまではずっと凄まじいパンチの応酬で、両者が何度もダウンするような碁だったから、見る者を熱狂させたのも当然といえた。まして、その戦いを繰り広げているのが、二十六歳の青年と十五歳の少年という組み合わせだったから、碁好きたちにはたまらなかったのだろう。

面白いことにというか、不思議なことにというか、二人とも相手が違えば、ここまで激しい碁は打たなかった。実際、戦いのないじっくりした碁も少なくない。ところが、両者が対局すると、他の対戦相手には見せないような一歩も引かない激闘を演じるのだ。ただ両者のパンチの質は少し違った。一発の威力は立徹が上だったが、丈和は連打を得意とした。

囲碁史には好勝負を演じたライバル関係の碁打ちが数多くいるが、丈和と立徹ほど、闘志と敵意を剝き出しにして戦った二人はいない。それは互いの全人格を懸けての戦いと言ってもいいくらい強烈なものだった。『御城碁譜』を編集し、三人の天才、橋本宇太郎、呉清源、曺薫鉉を育て、昭和の碁界に大きな貢献をした瀬越憲作名誉九段は、丈和と立徹を好敵手ならぬ「悪敵手」と呼んだ。

なぜ二人は見る者に殺気さえ感じさせるほど激しく戦ったのか。

おそらく性格的にも相容れないものがあったのだろうが、筆者はそれだけではなかったと思う。後に二人は名人位を狙うほどの大強豪となるが、若くしてお互いにそれを心の深いところで察知していたのではないだろうか。

自分の未来に立ち塞がるのは、必ずやこの男である——そんな勝負師ならではの鋭い勘が働いたような気がする。それは他の碁打ちからは感じない「何か」であり、二人の間でのみテレパシーのように感応したのかもしれない。だからこそ、両者ともに相手を完膚無きまでに叩きのめそうと、死力を尽くして戦ったのではないだろうか。

とまれ、文化九年（一八一二年）は、囲碁史上に残る二人の戦いの火蓋が切って落とされた記念すべき年となった。

六

丈和が立徹と激しい鍔迫り合いを演じている頃、本因坊家で大事件が起きた。

奥貫智策が内弟子との稽古碁中に血を吐いて倒れたのだ。その血が鮮明だったことから、労咳（肺結核）にかかっているのはすぐにわかった。胃病なら血はどす黒く濁るからだ。

道場は騒然となった。栄養状態のよくなかった当時、労咳は珍しい病ではなかったが、厄介な病とされていた。稀には恢復することもあったが、若いと進行が速く、多くの場合は数年以内に亡くなった。跡目が内定している智策だけに、まさにお家の一大事だった。

すぐに医師が呼ばれた。

診察を終えた年老いた医師は、元丈の私室で告げた。

「労咳が進んでおります。智策殿はもともとが蒲柳の質でござったのでしょう。肺の大方がやられております」

「昨年の暮れから、悪い咳を繰り返しておったが、まさか労咳だったとは――」

元丈は沈んだ声で言った。

「智策は若い頃からすぐに風邪をひいてよく咳をしておった。本人は喘息だと言っていたので、今回もそうだとばかり思っていた」

「智策殿が血を吐いたのはこれが初めてではなかったとのことです」

医師の言葉は元丈を驚かせた。

「皆に余計な斟酌をさせてはならじと黙っておられたとのことでございます」

「そうであったか――」

元丈は自らの迂闊さを悔やむと同時に、智策の気遣いに心を打たれた。何度も血を吐いたとなれば、おそらく恢復は望めぬであろう。

「して、智策はどれくらい持つものか」

「いや、それはなんとも――」

医師は言葉を濁した。

医師が帰ったあと、元丈は奥の部屋で寝ている智策の元へ向かった。

智策の布団の周りでは、何人かの内弟子たちが看病していた。労咳は空気感染する病気だが、当時は遺伝と見なされていて、病人を隔離するという考えはなかった。かつて本因坊道策の五人の天才弟子のうちの四人が次々に夭逝したのも、労咳の伝染だったと考えられている。

「どうだ」

元丈に声をかけられて、智策は体を起こそうとした。

「よい。そのまま寝ておれ」

元丈はそう命じた。智策は「失礼いたします」と言って横になった。

「なぜ、黙っておった」

「申し訳ございません」智策は小さな声で言った。「師匠にご心配をお掛けしたくなく――」

「早めに養生すれば、恢復が見込めたかもしれぬではないか」

智策はかすかに首を横に振った。

「自分の体のことです。もはや助からぬ命と覚悟しておりました」

「それでも対局は体に障る」

智策は血を吐く七日前に丈和と打っていた。結果は丈和の先番中押し勝ちだったが、それは薄氷の勝利といえるもので、丈和は兄弟子に最後の最後まで苦しめられた。両者、夜を徹して打ち、終局したのは翌日の昼前だった。早打ちの智策にしては珍しく時間をかけて打った碁だった。

元丈はその碁を思い出し、とても病を背負った者が打てる碁ではないと思った。いや、あんな碁を打てば命を縮める——。

「なぜ、丈和と打った？」

元丈の言葉に智策は微笑(ほほえ)んだ。

「どのみち助からぬ命なら——存分に打ちたいと思いました。丈和なら相手にとって不足はありません」

「そうか」

「師匠」と智策は言った。「お家のことは心配なさることはありません。丈和はいずれ坊門を背負って立つ男となるでしょう」

「わしのあとを継ぐのはお前しかおらぬ」

「ありがたきお言葉に存じます」智策は微笑んだ。「それを励みに今日まで修行して参りましたが——それはもうかなわぬ仕儀(しぎ)となりました」

そう言って目を閉じた。

智策は床に二日間伏していたが、三日後、ようやく体を起こすことができた。

朝、道場にふらりと現れた智策を、内弟子たちは緊張した面持ちで見た。智策が血を吐いたことはすでに皆が知っていた。

ただ元丈は、丈和も含めた内弟子たちには、智策の病状が重篤(じゅうとく)であるとは言っていなかった。それは智策の頼みでもあったが、他家に知られたくないという元丈の思惑もあった。本因坊家の跡目の病が重いと知られれば、いろんな意味で不利に働くかもしれないからだ。そのためにはたとえ道場内であっても伏せなくてはならない。

「丈和」

智策は碁譜並べをしようとしていた丈和に声をかけた。

「兄弟子、起き上がったりして、お体に障りませぬか」

「ゆっくり休ませてもらった。もう大丈夫だ」

智策は丈和の前に座った。

「一局打とう」

丈和は驚いた。

「それはいくらなんでも――」

智策はにやりと笑った。

「斟酌(しんしゃく)には及ばぬ。たかだか碁ではないか」

智策はそう言うと、盤の石を片付け始めた。そこまでされては丈和も断ることができず、黙って石を片付けた。

「俺の先番だったな」

智策は黒石が入った碁笥を手前に引き寄せた。

先々先は三局中、下手が二局先で打ち、上手が一局先で打つという手合である。下手が四番勝ち越せば互先になるが、そうなるには互いに先番を入れあっても、十二番は打たないといけない。

先々先になってからの三局は、互いに先番を入れあっていた。丈和は四局目にあたるこの碁は何としても勝ちたかった。初番の白番はなすすべもなく敗れていただけに、二度目の白番はたとえ負けることになっても勝負の形に持っていきたかった。

序盤、八手目を終えて、四隅はすべて白黒が二手ずつ打ち合う不思議な布石になった。九手目のコスミから智策は足早に地を稼いだ。丈和は兄弟子の飛燕のような素早さに舌を巻いた。必死で追いすがってもまったく追いつかない。一手進むたびに差が開いていく感覚を味わった。

このままでは勝負にならないと見た丈和は中盤に差し掛かる前に強引に仕掛けていった。碁はそこからにわかに激しい戦いになった。

すでに陽は落ちていた。通いの弟子たちは帰っていたが、内弟子たちは盤側から離れなかった。

碁は難解なヨミ合いになり、互いに一手一手時間を使った。

丑（うし）の刻（午前二時頃）を過ぎ、さすがに内弟子たちも部屋に引き上げた。広い道場に丈和と智策の二人だけが、行灯の薄暗い光の中で、碁盤をはさんで対峙していた。両者とも一言も発しない。ときどき智策が小さな咳をする以外は、部屋には物音一つしなかった。

丈和は戦いながら、左辺の黒模様を荒らした。これで地合いは追いついた。しかし智策は悠然としたもので、中央の大石を狙って、右辺の黒にカタツキを打った。その手に受けると中央が危ないと見た丈和は中央を打った。智策はその手にかまわず、右辺の白石を制した。丈和は逆に中央の黒に襲いかかった。ところが黒は難なくしのいでしまった。

明け方近くになり、戦いが収束に向かう頃には、智策が逆に地合いで優っていた。丈和は今さらながら、兄弟子の戦上手（いくさじょうず）に感服した。

足りないと見た丈和は上辺の黒を取りに行った。しかし智策は鮮やかな返し技を放ち、先手でしのいでしまった。さらに右下隅の白を見事な手筋で劫（こう）にした。白は劫に負けると、切断されて大石がもぎ取られる。

実質ここで勝負はあったが、丈和は劫を争った。そして劫には勝ったが、その代償として、中央の二子を助け出されてしまった。

終局したときは朝になっていた。
最後まで作り終えて、智策先番十一目勝ちという大差だった。
まわしに手がかからなかった――と丈和は思った。兄弟子に先々先に迫ったときは、互先までもう少しだという思いでいたが、智策の先番の圧倒的な強さはその気持ちを打ち壊した。この差は尋常なものではない。

「兄弟子、感想をお願いできますでしょうか」

丈和の言葉に智策は頷いた。

智策は一手目から並べ直して丈和の疑問手を指摘しつつ、どう打てばよかったかを示した。それは一見ぬるそうに見えて、実は不思議な力強さを持った手だった。自分では気付かぬ手だった。

丈和は兄弟子の強さの秘訣を見たように思った。懐が深く、こちらの刀がなかなか届かない。

これまでも智策は局後の感想（検討）で丁寧に教えてくれたが、ここまで深いヨミと大局観を披瀝したことはなかった。

感想というものは、敗着を探す意味が大きいが、同時に盤上に現れなかった変化を探究するものでもある。ただ、自らを脅かす敵手に手の内のすべてを見せることはしない。

好敵手同士による局後の感想は、互いに次の対局を見据えた虚々実々の駆け引きとも言える。

それだけに丈和は、兄弟子が感想で手の内をすべて明かしてくれたことを不思議に思った。

感想を終えると、智策は笑いながら、「それにしても――」と言った。

「相変わらず、ゴリゴリ来るなあ。初めて打ったときを思い出したよ」

丈和もその日のことを思い出した。

「三子と四子で負かされました」

「弱かったなあ、松之助は」

智策は丈和を昔の名前で呼んだ。

「今も弱いです」

「そんなことはない」智策は強い口調で言った。「もう十分強い。あと一年あれば、俺を抜くだろう。その日が来るのが楽しみだが――」

そこまで言って、寂しそうに笑ったが、言葉の続きはなかった。丈和は何も言えなかった。

智策は小さな咳をした。

「さすがに少し疲れたよ。休むとする」

智策はゆっくりと立ち上がった。

くあ
「ありがとうございました」
丈和は兄弟子の背中に向かってもう一度礼を言ったが、智策は振り返らずに右手を軽く上げて応え、部屋を出て行った。

七

翌々日、丈和は大野喜一郎宅で服部立徹と打った。

この碁は立徹の先番だった。白番の丈和は左辺で厚みを築くと、それを背景にして右下隅の黒を強引に攻めた。立徹はまさかそこまで激しくやってくるとは思っていなかったようだった。激しく抵抗したが、この戦いは丈和に凱歌（がいか）があがった。

中盤以降も丈和の手筋が冴え、立徹はほうぼうの石をしのぐのに必死だった。

終盤はさらに大きく差がつき、黒の投了もやむを得なかった。立徹は信じられないという顔で、アゲハマを碁盤の上に投げるように置いた。丈和が立徹にここまで完勝したのは初めてだった。

これで立徹との戦績を五勝五敗二芇（じご）の五分に戻したが、丈和にとってはそのことよりも、ほぼ一方的に破った碁の内容の方が嬉しかった。二日前に打った智策との碁と、その後の検討が、自分の碁の何かを変えつつあるのを感じた。

四日後、森卯兵衛宅の碁会で丈和は智策と打つことになった。二人の対局も碁好きたちに人気の取り組みの一つだった。

対局前に、元丈が智策に「打たずともよい」と言った。

「森卯兵衛殿には、拙者から伝えておく。もう少し体が恢復してから打てばよい」

智策は「それには及びませぬ」と答え、丈和とともに家を出た。

この碁は先番の丈和が智策のお株を奪うような足早な打ち方をした。智策は逆にじっくりと打ち、力を溜めた。

中盤、智策が黒に襲いかかった。智策の攻めは強い。丈和は正面からそれを迎え撃った。そして丈和は智策の怒濤(どとう)の攻めを撥(は)ね退(の)け、ついに智策の石を潰した。

最後、ハネの手を見たとき、智策は微笑んだ。少し間を置いて、

「参った――」

と言って、軽く頭を下げた。

「ありがとうございました」

丈和は深く一礼した。

盤側にいた者たちも大満足の一番だった。

「智策殿の攻めも厳しいものがござったが、それをしのぎ切った丈和殿もまた見事」

主催者の森卯兵衛は両者を褒め称えた。

感想は観戦者のための簡単なものになった。複雑で難解な変化は、素人には理解不可能だし、見ていてもつまらない。智策も丈和も阿吽の呼吸で、わかりやすい変化図を並べて、検討してみせた。

丈和は検討しながら、この対局は単に勝負の碁ではなく、智策が自分を鍛えてくれた一局であるのを感じた。なぜなら、ふだんの軽やかな打ち回しではなく、敢えて力を溜めて、怒濤の攻めを繰り出す打ち方だったからだ。それは弟弟子のシノギの技を見るためだったに違いない。智策の検討は前回同様、丁寧なものだった。勝負には勝ったが、智策の並べる変化には幾度も唸らされた。そこには丈和のヨミになかった手がいくつも現れた。

もしかしたら――と丈和は思った。兄弟子の病は相当重いのではないか。自分の命が残り少ないと感じ、持てる力を与えてくれようとしているのではあるまいか。丁寧な感想の言葉の裏には、自分亡き後の本因坊家を支えていけ、という思いが込められている気がした。

不意に丈和の胸に熱いものが込み上げ、検討碁盤がみるみる涙で滲んで見えなくなった。

智策と打った六日後、丈和は三田の大松寺の碁会に招かれ、そこで立徹と打った。当時は大きな寺でも碁会がよく開かれていた。昔から寺では博打が頻繁に行なわれていたから、見物人同士が金を賭ける碁会が寺で開かれても不思議ではない。ちなみに博打の「テラ銭」という言葉は、寺が博打場だったことから生まれたとも言われている。

立徹の二子番のこの碁は序盤から凄まじいまでの激闘となった。集まった碁好きたちは大いに喜んだ。

互いの石が火を噴くようなせめぎ合いが延々と続いたが、それを制したのは丈和だった。立徹は刀折れ矢尽きた体でついに投了した。

二子で負けた少年は屈辱で肩を震わせていたが、丈和は自分が腕を上げているのがはっきりとわかった。智策との二局が自分の碁を変えたと確信した。以前の自分なら打たない手をいくつか打ったからだ。その証拠に、対局中、立徹が自分の手に対して意外そうな表情を浮かべることが幾度もあった。

三日後、旗本の大高孫一郎宅の碁会で、丈和は再び兄弟子の智策と打った。

この碁も前局と同じく丈和の先番だった。

智策と打てることは嬉しかったが、一方で兄弟子の体が気がかりでもあった。朝、ともに本因坊家を出るときから、智策の顔色がよくなかったからだ。

はたして序盤から智策の白石はやや重かった。いつもの足早な碁ではなかった。かといって厚いわけでもなく、石に一貫性が感じられなかった。

丈和が左辺の白の一目を制した時点で、黒がはっきりとよくなった。中盤、智策が丈和の石に襲いかかったが、その攻めにもいつもの切れ味がなく、丈和はあっさりとシノギ形にした。

地合いで足りないと見た智策は局面打開をはかって、乱戦に持ち込んだが、それは明らかに無理気味の手だった。智策の石は方々でバラバラになり、終盤は悲惨な形となった。

その碁は九日前の兄弟子の碁ではなかった。智策独特の敏捷で華麗な石運びはどこにもなかった。

すでに夕刻近くになっていたが、智策の顔は土気色だった。手拭いで口を抑えて何度も咳をした。

終盤、勝負はもはや決していたが、智策は投げなかった。丈和は打ちながら、心の中で「早く投げてくだされ」と何度も言った。

兄弟子を打ち破るのが辛かったのではない。智策のこんなひどい碁を多くの人に見せたくなかったのだ。見物人の中には、安井家や井上家の門人たちもいる。彼らに智策の不出来の碁を見られるのは耐え難かった。手を抜いてそれなりに碁の形にすることはで

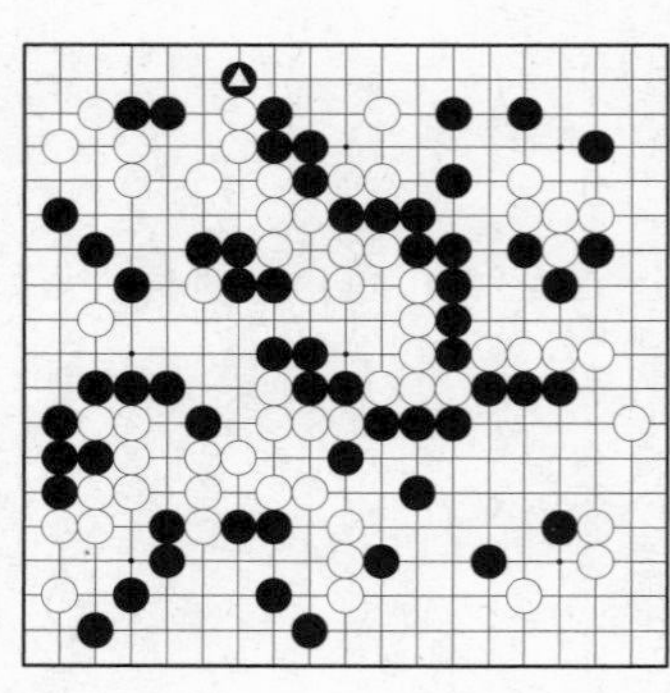

文化９年（1812年）８月14日
奥貫智策
先々先　先番　葛野丈和
「奥貫智策絶局」。121手△完

きる。しかしそんなことをしても、高手が碁譜を見れば見抜いてしまう。

終盤、智策は珍しく長考した。そして気合いを込めた勝負手を放った。それは妖手ともいうべき手だった。受けを誤ると逆転される——。丈和はじっくりと読んで最強手をもって応えた。智策の石は鋭い丈和の返し技にあって、こと切れた。

智策は静かに頭を下げた。

丈和は「ありがとうございました」

と言うのがやっとだった。

智策は疲労困憊（ひろうこんぱい）していたのか、立ち上がることもできなかった。丈和と催主の大高孫一郎に抱えられるようにして別室に運ばれ、駕籠（かご）が呼ばれた。

「大丈夫でござりますか」

寝ている智策に丈和が声をかけた。智策は弱々しく微笑んだ。

「情け容赦なく、潰してくれたな」

「申し訳ございませぬ」

「いや。もしあそこで手加減をしていたなら、俺はお前を許さなかっただろう」

　丈和は黙って頭を下げた。

　本因坊家に戻った智策はすぐに奥の間に寝かされたが、病状は周囲の者も驚くほど悪化していた。

　その夜、智策は大量の血を吐いて意識を失った。彼の命脈が尽きかけているのはもはや誰の目にも明らかだった。

　丈和は、これほどまでにひどい状態で自分と打ってくれた兄弟子に感謝すると同時に、その対局が彼の命を縮めたかもしれないと思うと、慚愧（ざんき）の念にかられた。

　翌日、丈和は稲垣太郎左衛門宅に出向き、桜井知達と打った。

　この日一日は兄弟子の看病をしたかったが、前から約束していた手合を休むわけにはいかない。後ろ髪を引かれる思いで、対局場へと向かった。

　知達と打つのはおよそ二年ぶりだった。初手合では知達の先を受けきれなかったが、その後、一年かけて盛り返し、先二に打ち込んでいた。元丈が「一年近く上達していない」と喝破（かっぱ）した通りの結果となった。

この碁は先二の手合になって初めての対局だった。あどけない少年だった知達もすでに元服していた。

二年ぶりに打つ知達は腕を上げていた。かつて見受けられた淡泊さは影を潜め、粘り強くなっていた。もともとが早見えの才気ほとばしる碁に加えて、ヨミが深くなっていた。

そんな知達に二子置かせてはさすがの丈和も受けきれず、中押しで敗れた。

五日後、今度は服部立徹と打った。

この頃の丈和の対局は非常に多い。文化九年の八月から九月にかけて、棋譜が残っているものだけでも十一局を数える。記録に残らない碁もいくつかあったことを考えると、相当な対局数だ。

対する服部立徹もまた対局数が非常に多かった。同じ文化九年の八月から九月にかけてこれも十一局の棋譜が残っている。そのうち丈和との碁が六局。つまり二人の碁はまさしく当代一の黄金カードであったと言える。

現代では非常に多忙なプロ棋士でも月に四、五局である。その多くが持ち時間三時間の碁であるが、それでもそのペースで打ち続けるのは大変なことと言われている。ところが、江戸時代の碁には持ち時間の制限はない。徹夜で打つことも珍しくなければ、二夜三夜ぶっ続けで打つこともあった。当時の人々の栄養状態や環境を考えると、これは命をすり減らしての対局と言える。碁打ちに夭逝する者が多かったのも頷ける。

この碁は旗本の木村甚右衛門宅の碁会で打たれた。

先番、二子番と連敗している立徹は序盤こそゆっくり打ち進めたが、途中からいつものように乱戦となった。丈和と立徹の碁は必ず激しい戦いになる。それが両者の手合が評判を呼んだ理由でもあった。

終盤、血気にはやる立徹は右下隅で強引に劫を仕掛けた。勝つか負けるかで、何十目という大劫争いになったが、丈和は立徹の劫ダテに手を抜いて劫を解消した。黒は左上の白に襲いかかったが、丈和に楽々としのがれた。

もはや大勢は決したが、立徹は投げなかった。「負けました」と言うのが悔しかったのかもしれない。投了しなければ、頭を下げる必要はない。最後まで作って、白番丈和の十二目勝ちだった。

これで丈和の三連勝、通算でも丈和の七勝五敗二芇となった。

その後も丈和の快進撃は止まらなかった。

十日後の九月朔日、丈和は大野喜一郎宅の碁会での立徹との二子局には敗れるが、その十日後に大信寺で打った向こう先の碁で、立徹を中押しに破った。さらに十日後、再び木村甚右衛門宅で立徹と打ったが、丈和が立徹の二子を見事に打ち回し、白番七目勝ちした。これで通算成績は丈和の九勝六敗二芇となり、ついに立徹をカド番に追い込んだ。

丈和は、立徹を食い止めたぞ、と思った。五ヶ月前、二つの芇をはさんで連敗したときは胆を冷やしたが、その後は九勝四敗。しかも直近六局は五勝一敗、もはや立徹は敵ではない——。

実際、この頃の丈和の伸びは凄まじかった。二十五歳から二十六歳というのは碁士としては急速に強くなる年齢ではない。にもかかわらず、丈和は文化八年から九年にかけて他家の碁打ちたちを圧倒するようになっていた。段位は四段ながら、七段の力は優にあるとも言われた。

事実、追いすがる天才少年の桜井知達を定先から先二に打ち下げ、今また同じく俊英の誉れ高い服部立徹を、先二から二子に打ち下げようとしていた。

巷間、丈和恐るべし、と囁かれ始めていた。

八

丈和が立徹をカド番に追い込んだ六日後の九月二十七日、奥貫智策が息を引き取った。

二十七歳の若さだった。

本因坊家が智策を跡目として寺社奉行に届けたという記録はない。しかし様々な伝承や、また本因坊家の菩提寺である本妙寺に奥貫智策の墓があることから彼が跡目に内定していたのは間違いないとされている。普通、当主と跡目以外は本因坊家と同じ墓には入れられない。

元丈の落胆ぶりは激しかった。幼い頃から薫陶し、人一倍目をかけてきた青年を失った悲しみだけでなく、名門、本因坊家を継げる碁打ちを失った痛手もあった。

この年、元丈は三十八歳になっていた。すでに打ち盛りは過ぎているのは自分でもわかっていた。御城碁を務めるのもあと数年であろうと思っていた。そのあいだに本因坊家を託せる碁打ちを育てねばならぬ。

智策亡き後、門下で実力第一は葛野丈和であることは衆目の一致するところだった。塾頭格の水谷琢順もその頃では互先で押され気味だった。

しかし丈和を跡目とすることにはためらいがあった。それは丈和の碁には暴れ馬のような品のなさを感じていたからだ。坊門の棟梁となるには、碁にも品格がなくてはならぬというのが元丈の考えだった。

また出自も気になるところだった。もともとが貧しい行商人の倅であり、しかも十代の終わりには無宿人として人足寄場に放り込まれている。幸いにしてこれを知る者は元丈のほかは二、三人しかいなかったが、ほとんど前科持ちといってもいいこの過去は絶対に秘匿せねばならないものだ。

一門の中で出自も棋力も申し分のないのは舟橋元美（ふなばしげんび）だった。丈和より九歳年上の元美は元水戸藩の武士で、博識で教養も高かった。五段の貫禄は十分にあったが、丈和には勝てないだろうと元丈は見ていた。また年齢も元丈と三歳しか違わず、跡目にするには少々年がいき過ぎていた。

それに以前から、林家から元美を養子に欲しいと請われている。この頃、三代にわたって実子相続にこだわった林家は、他の三家に大きく遅れをとっていた。当主の林鉄元は、家格を上げるためには、頭を下げてでも他家から実力者を貰い受ける必要があると考えていた。元丈も林家に元美を遣（や）るのはやぶさかではなかった。このまま林家が家業振るわずとみなされれば、最悪は取り潰しもありうる。碁界全体を考えれば、それは断じて避けなくてはならない。

そうなると、やはり跡目は丈和しかいない。これは塾頭格の水谷琢順も同じ意見だった。

しかし元丈は丈和を跡目にするという決断をしばらく置くことにした。

彼の脳裏にあったのは、井上家の外家である服部家の少年――立徹だった。

元丈は立徹の碁に光り輝くものを見ていた。今は丈和の後塵を拝しているものの、いずれ大きく伸びる才器と思っていた。智策や丈和と打った碁を見る限り、その才は疑いもない。安井家の桜井知達も大変な才だが、立徹のほうがより器が大きい。ただ、才があるからといって将来必ず八段半名人に上れるかと言えば、それはわからない。碁の道は険しい。わずかでも精進を怠れば、いかな才も腐り果てるのが碁だ。

それでも立徹を欲しい、と元丈は思った。あの才能を育ててみたい。

立徹は服部因淑の息子で、いずれ服部家を継ぐ身である。だが外家である服部家にいる限り、いかに強くなっても御城碁には出られない。御城碁は碁打ちの夢であるが、出仕が認められているのは、原則として家元の当主と跡目に限られる。例外がないわけではないが、ここ何年も外家から御城碁に出た者はない。かつては「鬼因徹」と呼ばれ、家元の碁打ちたちを恐れさせた因淑でさえ、いまだ御城碁は許されていない。

もし因淑に、立徹を貰い受けたいと頼めば、はたして彼は何と答えるであろうか。服部家のために拒むか、それとも立徹の将来のために手放すか——。

ただ、因淑が手塩にかけて育てた掌中の玉を奪うような行為はおいそれとはできなかった。それに貰い受けたものの、こちらの期待通りに伸びず、結局は跡目にしなかったとなれば、仁義にもとる。それゆえ、立徹を貰い受けるためには、必ず跡目にするという約束をせねばならない。

元丈が逡巡している間に、十月になり、再び立徹と丈和の対局が行なわれた。

大野喜一郎宅で打たれたこの碁は、江戸の碁好きたちの注目の一番でもあった。というのは、智策が急逝したことで、本因坊家の新たな跡目は丈和であろうと噂になっていたからだ。その最初の手合が立徹をカド番に追い込んでの一局だけに余計耳目を集めた。

桜井知達と並んで、明日の碁界を背負って立つと言われる立徹を二子に打ち込めば、丈和の跡目は固いと見られていた。

この日、立徹は手合が始まる半時（一時間）も前に対局場に来て、碁盤の前に正座して瞑目していた。そして、およそ二十日前の丈和との対局を思い出していた。

――あの日、木村甚右衛門宅の碁会で丈和に二子で完敗した悔しさは忘れられるものではない。真っ暗な夜道をあてもなく歩いた。家には戻りたくなかった。父の前で今の碁を並べたくはなかった。父は怒りはすまい。しかし、どれほど落胆するだろうか――。

不意に、あと一番負けると先二から二子に打ち込まれるということにあらためて気付いた。それは立徹の背筋を凍りつかせた。もし、そんなことになれば如何とする。

父である服部因淑から将来を見込まれ養子縁組までしてもらい、手ずから薫陶を受けながら、本因坊家の部屋住みの男に二子に打ち込まれるなど、到底許されることではない。もしそうなれば、もはや生きてはいられないと思った。

立徹は立ち止まったまま、しばらく恐怖におののいたが、やがて覚悟を決めた。その時は武士の子らしく、潔く腹を切る——。元服前ではあったが、立徹は自分は侍であると思っていた。

負ければ切腹と決断した途端、涙は止まった。同時に全身の震えもおさまった。

帰宅した立徹は早速、丈和との碁を並べた。それからその前に打った二局の碁も並べた。

三局をじっくり並べて、丈和の碁の変化に気付いた。以前の丈和とは何かが違う。それがどういうものかははっきりとは摑めなかったが、ヨミの広がりのようなものが加わっているのを感じた。

次になぜ丈和に負けたのかを自問した。

考えた末に辿りついた答えは、自分は丈和に勝てると思って打っていたのではなかったか、というものだった。初手合から四局打って一度も負けなかったことから、いつのまにかいつでも勝てる相手と考えてはいなかったか。ヨミも力も自分が上であると思い込んではいなかったか。もしそうなら、それは驕りであるばかりか、碁に対する不遜でもある——。

立徹は心を落ち着けると、それから数日間、部屋にこもってひたすら碁を並べて研究を続けた。

「丈和殿がお見えになられました」

その声に、立徹は目を開けた。やがて対局部屋に僧衣をまとった小太りの背の低い男が入ってきた。立徹は丈和と目を合わすと、小さく目礼した。

丈和は主催者に礼を述べ、観戦者たちに丁寧に挨拶してから、碁盤の前に静かに腰を下ろした。

立徹は目の前に座る男を見て、立ち居振る舞いに堂々としたものを感じた。二十日前に見たときよりも風格が増している気がした。智策が亡くなり、自分が本因坊家を背負って立っていかなければならない、という覚悟ができたせいかもしれない。

――相手にとって不足はない。

立徹は今日の碁に負けて二子に打ち込まれれば、腹を切る覚悟だった。

碁には、この一局、というものがある、というのが立徹の信念だった。どんな碁打ちにも生涯の一局がある。今、自分はそれを打とうとしている――そう思うと、全身がかっと熱くなった。だが、不思議と恐怖心はなかった。

「では、始めていただきましょう」

大野喜一郎の言葉で対局が開始された。

先番の立徹は右上の高目(たかもく)に打った。高目と目外し(もくはずし)は勢力を重視した打ち方である。その気合いを察知したか、丈和も右下に目外しを打った。

最初の六手が打たれた時点で、小目(こもく)は一手もなかった。つまり、この碁は将来必ず戦いが起こることが予見できた。観戦者たちは期待に胸を膨らませた。

はたして十八手目、右下隅から戦いが起こった。両者、互いに時間をかけて読み、その結果、白は右下と下辺で地を取り、黒は右辺の地を取った。その代わり、白黒双方とも生きていない石が中央に残った。

丈和は右辺から右上にかけての黒を固める代わりに中央の白を厚くした。多少の地は損しても、将来の戦いに備えた丈和独特の力強い打ち方だった。

立徹はもちろん丈和の意図は見抜いていた。白の狙いは右下から中央にかけての黒の大石である。丈和の凄まじい力は知っている。油断すると、大石が殺される恐れもある。

戦いは一旦は静まり、互いに盤面の大きなところを打ち合った。それは嵐の前触れの静けさだった。見る者は、次にどんな戦いが起きるのか、固唾(かたず)を呑(の)んで盤面を見やった。

両者ともにじっくり時間をかけ、五十手も進まないうちに日が暮れた。大野喜一郎の提案で、いったん打ち掛けとし、対局者と観戦者に夕餉(ゆうげ)が用意された。立徹と丈和は別室に案内され、それぞれ一人で食事を摂(と)った。

半時（一時間）後、対局が再開された。部屋には行灯が二つ灯されている。

七十九手目の立徹の手から中盤の戦いが始まった。左辺の白に対して、立徹がカタツキからハネという強手を打ち、白に大きな地を与える代わりに中央に強大な厚みを築いたのだ。丈和の右辺の厚みに対抗しようというものだった。

白は上辺で大きなコスミを打った。これは盤面最大の手だった。双方ともに先手で打てる場所だっただけに、黒はその手に受けるだけで、みすみす損をする。立徹は手を抜いて、中央にボウシを打った。これは中央の白を攻める手でもあり、同時に中央の黒地を盛り上げる、まさに攻防を兼ねた一手だった。白は中央の石をしのぐためにツケからノビを打ったが、黒はそれを待っていた。一手オシてから、左辺にケイマを打った。その瞬間、中央に大きな地が生まれた。これこそ立徹ならではの構想力だった。

丈和の顔色が変わった。数手前の上辺のコスミは失着に近かったのだ。丈和は上辺の黒地を大きく荒らしたが、それでは足りない。そして長考した末に、中央の黒地に踏み込んできた。まさに渾身の力を込めた勝負手だった。

立徹は、来たな、と思った。中央がそのまま地になれば黒の勝ちだが、黒にも傷がある。ただでは終わりそうもない。

立徹も時間をかけて読んだ。安全を期して固く打っても黒にいくぶんかは残ると見た。白の勝負手に対して最強手で応じるのは危険を孕んでいた。下手すれば逆転される。もし負ければ腹を切らねばならぬ――。

長考の末、立徹は最強手を選んだ。

勝てばいいという手は碁打ちの打つ手ではないと思っていた。たとえこの手で敗れることがあっても、服部立徹という打ち手は、最強の手を打つ男であったと後世の碁打ちに見られたい——。そんな覇気に満ちた少年らしい気合いの一手だった。

その一手から、碁は恐ろしく難解な戦いに突入した。観戦者たちも一斉に身を乗り出した。

丈和は黒地の中で暴れまわったが、立徹は最強の手で応手し、ついに白の石をすべて仕留めた。

最後は丈和の見損じで下辺の大石が死んだが、おそらく足りぬと見た丈和が投げ場を求めて打ったものと思われる。昔から日本の碁打ちは、このまま打って負けと見たときに、敢えて自らを潰れ形にして投了することがある。これを「投げ場を求めて打つ」と言う。

丈和が「ありませぬ」と言って頭を下げたとき、息を詰めて盤面を見つめていた観戦者たちからは、ほお、というため息が漏れた。

立徹はカド番をしのいだことよりも、納得のいく碁を打てた喜びが大きかった。

三日後、今度は小野十蔵宅で、再び立徹と丈和が打った。

この碁は立徹の二子番だったが、彼は地を捨てて豪快な厚みを築いて打った。

中盤から終盤に凄まじい戦いが起こったが、立徹のヨミが冴え、丈和はほぼ一方的に敗れた。

その五日後、両者は大野喜一郎宅で対局した。

立徹の先番で始まったこの碁で、丈和は左上隅と右下隅に小目を打った。まずは地を取って、じっくりと打とうという意思が窺(うかが)えた。

ところが早くも十二手目から戦いが起こった。二人の碁は必ず戦いになる。

下辺から起こった戦いはやがて全局に拡大した。その戦いの最中、観戦者たちをあっと驚かせる手があった。なんと、立徹は中央に近いところで、丈和にポン抜きを許したのだ。

「ポン抜き」というのは、一つの石を四手で囲んで取り去った形で、「厚み」の象徴と言えた。中央近くのポン抜きは碁盤全体を睥睨(へいげい)する力があり、その威力は三十目の地に相当するとも言われている。それゆえよほどの局面でなければ、中央近くでポン抜きを許すようなことはない。それを敢えて許すというのが立徹の常識にとらわれない構想力と言えた。しかも彼はポン抜きを許した中央の白石を大きく睨(にら)んでの攻めを見ていたのだ。

碁は右辺から上辺にかけて戦いが起こったが、立徹はその間も中央の白を狙っていた。そしてついに中央の白石の連絡を断つことに成功した。終盤、地が足りないと見た丈和は、左中央の弱石を放置し、右上の黒の七目をもぎ取った。それだけで二十目近い利益である。さあ、中央の白を取れるものなら取ってみろと開き直ったわけだ。

立徹は座り直して慎重に読んだ。そして中央の白を攻めた。白は何とかしのいだが、その代償として右下隅の石が死に、丈和は投了した。観戦していた者たちは、少年の剛力に舌を巻いた。

その五日後、両者はまたもや対局している。この碁は二子置いた立徹が丈和の石を徹底して攻め、なんと百十六手で丈和の大石を殺してしまった。まさに力で粉砕したような碁だった。

これでカド番に追い込まれた一局から、立徹は一気に四連勝したことになる。

それにしても、いくら人気の取り組みとはいえ、ひと月で四回の対局は尋常ではない。実は、これは元丈の命令でもあった。丈和が本因坊の名を継ぐにふさわしい力を持っているかを測るためと、その丈和に対して立徹がどのように打つのか見てみたいという思惑があったからだ。いざとなれば、立徹を本因坊家に迎え入れることも視野に入れていた。

もちろん丈和を跡目にという考えが一番にある。素性（すじよう）は褒められたものでないものの、実力は抜きんでている。

元丈はその月の終わりに丈和と対局している。手合は丈和の先である。碁譜には対局場所は書かれていないが、おそらく本因坊家で打たれたものであろう。その碁は黒が優勢のまま打ち掛けとなっている。続きは打たれていないので、勝負を争う碁ではなく、元丈が丈和の力を試す意味のものであったと考えられる。

元丈は丈和の打ちぶりに、あらためてその成長を確認した。最近の碁譜からもそれは窺えたが、実際に対局してみて、それがはっきりと見えた。智策の亡くなる少し前から、何かを会得したように強くなっている——。

その丈和に対して、一時はカド番に追い込まれながら、一気に四連勝する立徹の成長ぶりもただ事ではない。碁譜から見るその内容もほぼ完璧で、これまた信じられぬほどの伸びだった。この少年には明らかに天賦(てんぷ)の才がある。

元丈の目には、丈和と立徹は互いに絡みあって戦いながら天空に昇る二頭の龍のようにも見えた。一頭が昇れば、もう一頭もその力を利用して昇る。そしてその力を利用して、もう一頭もまた天に昇る——。

振り返れば、自分と知得もそのような形で強くなったのだ、と元丈は心の中で呟いた。

いずれこの二頭の龍ははるかなる天上で雌雄(しゆう)を決することになるであろう。

九

立徹と丈和は十一月にも三局打ち、打ち掛けの一局を除いて、立徹が先番、二子番ともに勝利した。いずれも激闘だったが、立徹の力が優った。なお、この月の二局の碁譜は失われている。

驚いたことに、立徹はカド番に追い込まれてから、六連勝し、逆に丈和をカド番に追い詰めた。あと一つ勝てば先二から定先に手合が直る。

翌十二月朔日(ついたち)、この大一番の対局は父である服部因淑の家で打たれた。この対局は因淑が望んだものだった。息子の碁をそばで見てみたいという気持ちだったのだろう。主催者がいる碁会ではないので、謝礼は出ない。しかし因淑の頼みに、元丈は快く丈和を寄こした。

立徹先番で打たれたこの碁も序盤から火の出るような激しい戦いが繰り広げられた。

終盤、丈和が右下隅に大きなコスミを打った。とてつもなく大きな手で、そこで白は形勢がよくなった。ここまでよく戦った立徹もさすがにここから巻き返すのは苦しいか、と因淑が思った瞬間、立徹は右下を受けずに、中央の白石にツケを放った。因淑はその手を見たとき、苦し紛れの一着だと見た。というのも、中央の白は十分に厚い形をしていて、とても攻めが効くとは思えなかったからだ。

打たれた丈和もまさかこの石が危ないとは微塵（みじん）も思っていなかっただろう。ツケられた石に悠然（ゆうぜん）とハネを打った。これで黒からは何の手もないはずだ。

ところが、立徹が左辺にツケを打った瞬間、丈和の顔色が変わった。さきほどのツケとそのツケで、左辺がちぎられるのだ。

丈和は左上にコスミを打った。もう一手続けて打てば、ちぎられた数子の石を助けることができる。黒がオサエを打てば、それだけで先手で大きな手を打てたことになる。

立徹はコスミにはかまわず、中央の白に襲いかかった。もちろん立徹がそう来るのは丈和も読んでいた。しかし中央の石に手を入れて、黒に右上を打たれて大きく取り込まれたら負けと見たのだ。

立徹の攻めは予想以上に強烈だった。まさしく肺腑（はいふ）を抉（えぐ）るといった鋭い手が次々と急所に来た。

そして、十数手後、白の大石が死んだ――。

因淑は愛弟子であり息子でもある立徹の凄まじい碁を目の当たりに見て震えた。なんというヨミ、そして、なんという力であろうか。これが十五歳初段の少年の打つ碁か――。

負けた丈和も呆然としていた。投了直後に真っ赤だった頬は次第に色を失い、青ざめていた。
立徹はこの碁に勝利したことで、ついに丈和に対して先二から定先に手合を直した。初手合からわずか八ヶ月、しかも最後は七連勝で決めるという離れ業だった。

翌日、丈和からその碁譜を見せられた元丈は、立徹は初段ながら、その力はすでに五段は下らぬと見た。一方、負けたとはいえ、丈和も白番として堂々と打っている。中央を取りに来いと言って、右下の大きなところを打ったのは丈和ならではの気合いである。もし中央に手を入れていたなら、三目くらいの負けになっていただろう。自分ならば、と元丈は思った。中央を無様に殺されて投了する（中押し負け）よりも、三目負けを選んだかもしれぬ。そしてヨセでそれを二目か一目に縮めようと頑張ったかもしれぬ。そのように互いに最善を尽くすのが「碁の芸」であると教えられてきた。一か八かで賽を振る素人衆のような碁は打ってはならぬというのが家元の碁打ちの矜持でもあった。

だが本当にそうであろうか、と元丈は思った。碁はたしかに芸ではあるが、究極的には勝負を争うものである。ならば、二目負けとわかった碁を一目負けにしようと砕身するよりは、大敗か大勝かの大勝負に出るのが本来の勝負というものではないか。
はたしてどちらが碁の本質なのだろうか――いくら考えても、その答えは見つからなかった。

このときの元丈の迷いは碁というゲームの本質に迫ったものでもある。というのは、碁は目数を争うものではあるが、勝負の観点から言えば、中押しであろうと十目差であろうと一目差であろうと、勝ちは勝ち。そこには差はない。

江戸時代の碁打ちたちが「芸」を尊んだのは、当時の碁にはコミがなかったからだ。先番（黒番）は圧倒的有利であり、そのために同格の者同士が打つ場合、先番を交互に打つ複数対局で優劣を競った。「互先」という言葉はそこから来ている。つまり一番勝負で決着をつけるのではないゆえに、碁の内容そのものが重視されたのだ。

もっとも実際に実力伯仲の高手同士が打てば、ほとんど先番を入れあうことになる。たとえば江戸時代の碁打ちで好敵手と称えられた元丈と知得は、最後に互先になってからの戦績が、元丈先番九勝一敗芇、知得先番十一勝一敗一芇一打ち掛けだ。

現代のプロ棋士はトーナメント戦が主流を占めており、一局で決着をつける必要がある。そのために先番（黒番）が六目半というハンデを背負って打つ。つまり黒番は盤面で七目以上多く地を取らないと負けることになる。逆に白番は盤面で六目まで負けてもいいことになる。

また一発勝負のトーナメントは生活がかかっているだけに、「負けても内容がよければ満足だ」という考え方はできない。勝てばさらに上に進めて賞金も増えるが、負ければ次の賞金を得るチャンスを失う。したがって、半目負けになりそうな局面となれば、一か八かの勝負手を狙うことになる。「内容のよい半目負け」など一円にもならないからだ。しかし現代の碁がそれで内容が乱暴になったということは決してない。半目勝ちを狙う勝負手で、盤面が紛糾して大戦争に発展するのも碁の醍醐味の一つである。

それよりも江戸時代の碁と現代の碁が決定的に違うのは、持ち時間である。家元の碁打ちたちは碁を芸とみなしていたから、「時間」に制約をつけるようなことはしなかった。正確な時計がなかった事情もある。だから難しい局面では、いくらでも考えることが許された。現代のトップ棋士たちが江戸時代の高手の碁を見て、「とてもこんな碁は打てない」と嘆息することがあるのは、そのためである。とくにヨセでのミスはほとんどない。

現代において時間無制限の碁を打つとなれば、プロ棋士は生活が成り立たない。時代が下るに従って持ち時間も短くなり、今や一般棋戦は三時間が主流である。持ち時間の長短について様々な意見があり、何がベストかは軽々に論じることはできない。ただ三時間の碁では、江戸時代のようなとことん読みまくる碁は打てない。

「現代の碁は厳しいが、深みがない」という意見もあながち間違いではない。というのは現代の碁は時間に追われて打つだけに、後の検討で悪手や見損じがいくつも見つかったり、また妙手の見落としも発見されたりする。ただ、それをもって現代の碁が江戸時代の碁に劣ると見るのも早計である。つまるところ、碁も人間対人間の勝負である。機械でない人間は必ずミスをする。悪また形勢がいいと慎重すぎる手を選ぶ手を選ぶし、悪いとなれば負けを覚悟で大胆に打つこともある。相手の気迫に飲まれてミスをするのも、時間にし、時間に追われてミスをするのも、人間だからである。かり」や「怯え」や「調子に乗る」といった、人間の弱点をすべて含んでの戦いであるからこそ、碁の魅力があると言える。

それは江戸時代も同じである。どれほど持ち時間があろうと、どこまで深く読もうと、人間である限りは必ず失敗を犯す。「両者ともに一つの悪手もない碁が十七局あった」と言われる「元丈・知得」の碁こそは、まさしく奇跡の碁譜と言える。ただ、穿った見方をすれば、それは負け碁を引っくり返すために互いに一か八かの勝負手を打たなかった面があったとも言えるかもしれない。

十

元丈が丈和の碁に感心する一方、服部因淑も立徹の変化に驚いていた。

もともとその碁才に惚れ込んで養子にしただけに、将来性は微塵も疑ったことはなかったが、このひと月余りに見せた成長ぶりはただごとではない。丈和にカド番に追い込まれてからは突如、何かが取り憑いたように碁が変わった。七連勝は神がかっているように見えた。

碁の強さというものは階段を一段一段登るように上がっていくようなものではないことは、経験上知っていた。二つ上がっては一つ下がる、あるいは一つ上がっては二つ下がる、それを何度か繰り返すと、今度はしばらく踊り場に留まることになる。足踏みばかりが続き、次の一段がなかなか登れない。碁の修行で最も辛いのがこのときだ。ところが、あるとき、長い足踏みが嘘のように一足飛びに数段駆け上がるのだ。

因淑は立徹が一気に停滞を抜け出したのを見た。

とくに目の前で丈和を粉砕した碁は見ていて肌に粟が生じるほどだった。十五歳にしてこれほどの碁を打てる少年は見たこともない。少年時の自分とは比べものにならないのは当然としても、おそらく元丈と知得の同じ頃よりもはっきりと強いだろう。

因淑はもう一度、丈和との一局を見てみたいと思った。

十日後の十二月十一日、再び服部因淑の家で、立徹と丈和の対局がもたれた。

立徹が定先に手合が直っての第一局だった。

この碁も左辺の競り合いから、碁盤全体の戦いへと発展した。二つの刀がしのぎを削るように、石がぎしぎしと音を立てているかのような錯覚を覚えた。

丈和は強い、と因淑はあらためて思った。智策のような華麗さはないが、力は智策を凌ぐと見た。その丈和に対して、真っ向力勝負を挑んで負けていない立徹の力にも感心した。立徹は地を欲しがらなかった。戦いにさえ勝てば、地などはあとからついてくるという堂々たる打ち方だった。

その立徹の気迫が上回ったか、中盤からは黒が次第に白を追い詰めた。そして終盤ははっきりと黒が優勢になった。最後は右下隅の地に手をつけられた白が投了した。

因淑は、立徹の成長は本物だと思った。智策亡き後、元丈と知得の次の覇者に一番近いのは丈和である。その丈和とがっぷり四つに組み、堂々と寄り切った。今は定先の手合だが、そう遠くない日に互先（たがいせん）に迫れるだろう。立徹は将来、必ずや名人になると確信した。

立徹が名人になるために打ち破らなければならない相手は何人もいた。中でも一歳上の桜井知達は互先になっていたとはいえ、恐るべき相手だった。

丈和との定先第一局に勝利した七日後、立徹は旗本の丸尾忠政宅の碁会で知達と打ったが、知達の先番に二目負けしている。

年が明けて、文化十年（一八一三年）一月八日、安井家で再び知達と打った。今度は立徹が先番で打ちながら、またもや知達に中押し負けを喫した。これで知達とは互先になってから一勝四敗となり、カド番に追い詰められた。

ここで読者の中にはこんなふうに考える人がいるかもしれない。立徹は丈和に対しては先で圧倒しているのに知達には中押し負けしている——ということは、丈和よりも知達のほうが強いのではないか、と。

残念ながら、碁にはその三段論法は通用しない。囲碁は陸上競技のようにタイムを争うものではないからだ。対戦ゲームは必ず相性というものがある。碁はとくにその要素が大きく、現代の超一流棋士同士の対局にもそれが如実に現れる。序列（ランキング）通りの勝敗結果になるなら、これほどつまらぬことはない。人が碁打ちの勝負に魅せられるのは、人と人が争うゆえの不可思議な要素があるからに他ならない。

江戸時代においては、名人の座に就くには、そうした相性を乗り超えて他と隔絶した強さを持たねばならない。つまり、どんな棋風の相手さえも打ち破る磐石の強さが求められた。これは至難の業（わざ）である。二百六十年間で、名人がわずか八人しか輩出しなかった理由もそこにあった。

二月三日、約二ヶ月ぶりに立徹と丈和の対局が木村甚右衛門宅で行なわれた。

昨年末以来久しぶりの対局ということで、観戦者が三十名を超えていた。もちろん、その多くが金を賭けている。

この碁は両者がじっくりと打ち進め、大きな戦いが起こらぬままに終盤を迎えた。観戦者たちも意外な成り行きに若干拍子抜けの碁だった。

このままヨセに入るかと思われたとき波乱が生じた。右辺に打ち込んだ白石の折衝から(せっしょう)それは起こった。白のノビに対して黒がカケツギを打てば穏やかだったが、立徹は強引に白を封鎖にかかったのだ。丈和が「何くそ」とばかりにキリを入れたことで、ただでは済まない戦いになった。

観戦者たちは、期待していた激戦が起こって大喜びだった。

立徹は白石を三目中手の死に形にしたが、取りきるまではかなり手がかかる。丈和はそれを捨石にして、中央に手を付けていった。

右辺は結局攻め合いになり、黒の有利な一手ヨセ劫(こう)になったが、丈和は諦めずに懸命に粘(ねば)った。しかし立徹は冷静に読み切り、最後は中央の白石もすべて取ってしまった。

丈和は憮然(ぶぜん)とした顔で「ありません」と言った。

丈和に対して先で連勝した立徹の人気は大いに上がった。

あちこちの碁会から引っ張りだことなり、文化十年の二月は碁譜が残っているだけで七局を数える。戦績は丈和に先で三勝一敗、知達にはともに先番を入れ合っての一勝一敗、水谷琢順には先で負けている。

三月、立徹は父の因淑から二段を許された。文化十年の春から暮まで、立徹の勝率は何と九割を超えている。明らかに段位を超えた力であったことがわかる。因淑が立徹の段位を押さえていたのは慢心するのを恐れていたからだ。

一年前に先二の手合割で打ち分けていた丈和に対しても、定先で勝ち越していた。凄まじいまでの急成長である。

十一

碁好きたちの注目を集めていたのは立徹・丈和戦だけではない。十七歳の桜井知達と十六歳の立徹の対局も高い人気を呼んでいた。年配の者たちからは、かつての「元丈・知得」を彷彿とさせるとも言われていた。また二人は元丈と知得のように仲も良かった。

立徹もまた知達を常に意識していた。彼の心の中にあったのは、丈和に追いつき、知達を突き放す——ということだ。そうなれば、もうあとは怖いものはない。

実際、知達との角逐（かくちく）は激しく、互先になってからは両者ほとんど五分の戦いを演じていた。

八月のある日の朝、立徹が薬研堀（やげんぼり）にある安井家の知達を訪ねた。

道場に通されると、知達は通いの客相手に稽古碁を打っていた。

囲碁指南は家元の大きな収入源の一つである。大きなタニマチには、屋敷まで出向いて指南するが、道場に碁を習いにやってくる者には、こうして稽古をつける。

知達は立徹を見ると、少し困ったような顔をした。盤面はまだ序盤だったからだ。

立徹はせっかく来たのだから、終わるまで待っていようと思った。素人の着手は早い。それほど長くは待つことはないだろう。対局の邪魔にならないように、道場の端に座り、他の門下生たちの碁を見ていた。

そこにふらっと安井知得が現れた。道場の空気が一変するのが、立徹にもわかった。知達の背筋もすっと伸びた。

知得は跡目だったが、当主の仙知は別宅を構え、半ば隠居状態だったので、知得が実質的な当主だった。

知得はゆっくりと道場を歩きながら、門下生たちの碁を眺めた。

立徹は知得とは一度も対局したことはないが、その碁は何度も並べている。まさしく巌(いわお)のような印象があったが、目の当たりに見るその人物もまた、周囲を威圧する風格があった。

このとき安井知得は三十八歳、段位は元丈と同じく七段上手だったが、ともに八段半名人格として遇されていた。その力は限りなく名人に近いとも言われている。

ただ、若い頃と比べて手合数は激減していた。元丈との対局もこの十年間（文化元年から文化十年）で、わずかに四局だった（うち二局は御城碁）。それ以前の十四年間に七十七局の碁譜が残っていることを考えると、極端に少ない。二人とも互いの家を背負う身であり、若い頃のように気楽な対局はできなかったからだ。

知得は道場の端に座っている立徹に気付いた。

「因淑殿の息子か」

立徹は手を床について深く頭を下げると、「服部立徹と申します」と言った。知得は知っているというふうに頷いた。

「知達の碁はまだしばらくかかる」

「はい」

「一局打つか」

一瞬、何を言われたのかわからなかった。まさか知得が直々に打ってくれるなどとは思いもよらなかったからだ。

「わし相手では気が乗らんか」

知得は笑って言った。

「滅相もないことでございます。ありがたき幸せにございます」

立徹は恐縮して言った。

「よし、わしの部屋に来い」

知得はそう言うと、道場を出た。立徹は慌ててそのあとを追った。

道場を出るとき、知達と目が合った。知達は「しっかり打てよ」と目で合図した。

立徹は知得の部屋に通された。

八畳ほどの簡素な部屋だったが、文机の周囲に碁の書が何十冊も置かれていた。中央には立派な榧の四寸盤があった。

二人は碁盤の前に座った。

「では、参ろうか」

知得がそう言って、白石の碁笥を引き寄せた。

立徹は黒石の碁笥を膝下に置くと、蓋を開けて、盤上に石を三つ置いた。

「天下の立徹に三つは打てん」知得が笑って言った。「一つ減らせ」

八段格の知得に対して二段の立徹は、本来なら三子の手合だった。二子は四段差である。

「恐れ多いことです。三子でお願いいたします」

「かまわぬ」

立徹は仕方なく盤上から黒石を一つ減らした。

知得は居住まいを正すと、左空き隅の小目に打った。立徹は右空き隅の小目に打った。

すかさず知得はその石にかかってきた。立徹はその石をはさんだ。

立徹は全身が興奮で熱くなってくるのがわかった。いずれは対局したいと思っていた相手ではあったが、まさかこんなに早く打てるとは夢にも思わなかった。

二子でも臆する気はなかった。いかに知得が相手でも、二子置けばそう簡単には負けないはずだ。それでも立徹は知得の力を警戒しながら打った。二子の碁は上手が苦しい。だからどこかで仕掛けてくる。そのときが勝負だ――。

ところが知得はなかなか仕掛けては来なかった。しっかりと足場を固めながら、立徹の石にじわりじわりと迫ってくるが、決して踏み込んではこない。しかしその石は無言の圧力を持っていた。

碁は黒が優勢のままに進行していたが、立徹はそれを意識することはなかった。それどころか、自分が追い込まれているような気分だった。

知得の石は、まるで居合の達人が間合いを測りながら、近づいてくるような恐ろしさがあった。その手はすでに刀の柄（つか）にかかっている。刃は鞘（さや）の内にありながら、抜き放たれた途端、どのように変化するか――。

これが知得の碁か――と立徹は唸（うな）った。これまで打ってきた碁打ちとはまるで違う。刀を抜かずして相手を下がらせる凄みがある。

碁は中盤にさしかかろうとしていた。盤上は二子の効力が残っていて、形勢もまだ黒がいはずだった。しかし立徹は勝ちきる自信はとうていなかった。

ここからが勝負だ。

「陽が落ちたな」

ふいに知得が呟くように言った。

その言葉に頭を上げると、部屋の中はすっかり暗くなっていた。立徹は陽が落ちていたのも気付かなかった。

「ここで打ち掛けとしよう」

知得の言葉に、立徹は全身の力が抜けた。ホッとすると同時に、この勝負の続きが行なわれないことに対する一抹の寂しさも覚えた。

打ち掛けの碁を後日に打ち継ぐというのはよくあったが、催主がいないこの碁は、打ち継がれることはないだろうと立徹は思った。おそらく知得は最初から打ち掛けにするつもりだったに違いない。

石を片付けてから、知得は感心したように言った。

「お前の碁はヨミのある碁だ」

知得に褒められ、立徹は喜びで震えた。

「因淑殿も将来を楽しみにしていることであろう」

「ありがたきお言葉に存じます」

知得の部屋を退出すると、廊下で知達に会った。

「どうだった、師匠の碁は」

「――恐ろしい碁だった」

知達は笑って頷いた。

「そりゃそうさ。師匠の強さは計り知れない。あの智策が先でやっと打てるかどうかだったんだからな」

奥貫智策の先を打ちこなしていたなど、想像もつかない。知得とのはるかな隔たりに目眩がしそうだった。同時に、碁という芸の深遠さに心が震える思いがした。

「知達」

「何だ」

「俺たちは果報者だな。これほどまでに遠大な世界に入ることができて――」

知達の顔から笑みが消えた。

「俺もようやくそれがわかってきた。前は師匠の凄さも見えなかった。いずれは師匠くらいになれるだろうと甘いことを考えていた。だが、それは――とんでもない思い違いだった」

そして悔しそうに唇を歪めて言った。

「俺は今、真剣に碁に取り組んでいる。将来は安井家の棟梁として恥ずかしくない碁打ちにならねばならぬ」

知達は変わった、と立徹は思った。もともと碁才は群を抜いていた。早見え早打ちで、天稟とも言える才があったが、これまではその才気にまかせただけの打ち方だった。その男が本気で取り組むと言い出したのだ。こうなればこの男は恐ろしい。

立徹はむしろ喜びを覚えた。知達とは生涯かけて戦っていくことになるであろう。はたしてどちらが名人の座を射止めるか——。

知達と別れ、安井家を出て家に戻る道中、立徹はひどく疲れを覚えた。足が重いし、全身がだるい。風邪でもひいたか、あるいは食べ物にあたったかと思ったが、そうではなかった。知得との碁で体力を使い果たしていたのだった。それに気付いた時、あらためて知得の恐ろしさを悟った。

翌月の九月七日、立徹は服部因淑宅で知達と対局した。この日は観戦者たちもいた。その碁は立徹の先番(手合割は互先)だったが、知達の見事な打ち回しに、苄にされた。その頃の立徹は先で丈和相手にも圧倒的な戦績をあげていただけに、それを苄にした知達の技は見事なり、と居並ぶ者たちを大いに感心させた。

立徹もまた知達の碁は以前と違うと感じた。切れ味が鋭くなっているし、ヨミが広くなっている。八月に安井家で会ったときに、気合いが入っていた知達の姿を見ていたが、まさかこれほど早く変化が現れるとは思ってもいなかった。やはり尋常ならざる打ち手だ。互先で突き離すどころか、うかうかすると、先々先に打ちこまれかねない。

十月朔日、立徹は丈和と打った。

両者ともに序盤から観客を唸らせる戦いを演じたが、中盤で立徹の技が決まり、先番三目勝ちをおさめた。これで先二から定先に手合が変わってから、立徹の七勝四敗となり、丈和をカド番に追い詰めた。あと一番勝てば、先々先に手合が変わる。

しかし三日後に打たれた碁では丈和が踏ん張り、白番一目勝ちでカド番をしのいだ。

その四日後に打たれた碁では、立徹が中押し勝ちし、再び丈和をカド番に追い詰めた。

翌日に続けて打たれた碁では丈和が逆に中押し勝ちし、またもやカド番をしのいだ。

両者の戦いは碁好きたちを大いに沸かせていた。それにしても一年前は丈和に先二（三段差）だった立徹が、今や先々先（一段差）に迫ろうとしていることは周囲からは驚きの目で見られていた。

丈和は段位こそ四段だが、他の家元たちからは七段の力は優にあると見られていた。その男に対して先々先になれば、立徹は六段の力はあるということになるからだ。十六歳でその実力は驚異的だった。

また一歳上の知達も同じように見られていた。現時点では、二十七歳の丈和が二人を押さえこんではいたが、おそらく数年のうちには並ばれて抜き去られるだろうというのが、江戸の碁好きたちの読みだった。

智策亡き後、次の碁界を背負って立つのは、知達と立徹であろう、と。

十二

同じ十月の二十四日、立徹は安井家で知達と対局した。

この碁の催主はなかった。安井知得が服部因淑に要請して持たれた手合だった。おそらく立徹と知達の碁を間近に見てみたかったのだろう。

対局は知得の部屋で行なわれた。

立徹が入室すると、すでに知達が碁盤の前に正座していた。立徹は盤側にいる知得に挨拶してから、知達の前に座った。

両者は一礼した。

知達は黒石を一つつまむと、右上隅の小目に打った。この碁は知達の先番である。

立徹は左上隅の目外しに打った。

知達はすぐには打たなかった。早打ちの知達には珍しいことだった。碁は極端なこと

を言えば三手目から大きく変化する。それだけにいったん考え出せばきりがないという
こともあった。ただ、以前の知達なら、一種の割り切りというか、どんな碁になっても
打てるという自信からか、序盤はほとんど考えることなくぽんぽんと打っていた。
知達の長考はそれだけ碁を真剣に打ち出したあらわれかもしれないと立徹は思った。
あるいは盤側にいる師匠の知得の存在があるのかもしれない。となれば、こちらもじっ
くりと打たねばならない。
両者は序盤から腰を据えて打った。
この碁は長くなるな、と立徹は思った。夜に終わることはない。おそらく、明け方に
なる――。
立徹が予想したように、盤面は遅々として進まなかった。
辰(たつ)の刻（午前八時頃）から始まった碁は未半刻(ひつじはんこく)（午後三時頃）を過ぎても、三十手も
いかなかった。知達がこれほどじっくり考えて打つことは珍しい。
最初は、盤側に師匠の知得がいるからではないかと思っていたが、どうやらそうでは
なさそうだった。知達は盤面に没入し、傍(かたわ)らの知得の姿も目に入らないようだった。両
者は一手一手にたっぷりと時間をかけた。
夕方、門下の弟子がお茶を運んできた。
立徹は湯呑(ゆのみ)に手を伸ばしたとき、知達の方を見やると、顔色がすぐれないのに気付い

た。

前に対局したときに比べ、いくぶんか頬の肉も落ちているような気がした。どこか体の具合が悪いのかもしれないと思ったが、すぐにその考えを振り払った。碁打ちは対局が始まれば体調の不良は関係ない。真剣勝負の場において、斟酌は無用だ。

ゆっくりと進んだ序盤だったが、四十三手目に黒の知達が下辺の白石にカタツキしたところから、俄かに風雲急を告げてきた。

知達の狙いは左辺の白である。しかし今、そこに手を入れていると遅れると見た立徹は、左辺を手抜きして、上辺を大きく広げた。知達は、やはりそうきたかというふうに小さく頷くと、左上の一間に飛んで、左辺の白を睨んだ。

立徹はそこでも左辺の黒に手を抜き、下辺からハネを打った。知達のオサエに対して、立徹はノビた。ここを手抜きしてアテを打たれるのは耐えられない。たとえ左辺が厳しく攻められようともだ。知達は左辺の白に襲いかかった。ついにきたな、と立徹は思った。ここは勝負どころだ。簡単には打てない——。

生きるだけなら難しくはない。だがそれだと中央を厚くされ、形勢を損なう。かと言って取られれば、碁はそこで終わる。

立徹は半時（一時間）も考えた末に、またもや左辺を手抜きし、中央の黒石にハサミツケを打った。知達が左辺の白を取れば、白は中央の黒を大きく攻めるという手だった。

乾坤一擲の勝負手だった。

知達の表情が変わった。

いつのまにか陽はすっかり落ちていた。知得は門下の者に命じて、行灯の灯を入れさせた。

知達もまた長考に沈んだ。左辺を取って中央はシノギにかけるか、それとも気合でツキダシを打ち、難解な戦いに突入するか――。薄暗い行灯の光に照らされた知達の顔は幽鬼のようだった。

部屋の中にいた三人は無言のまま盤面を眺めていた。静まり返った部屋は物音一つしない。庭から虫の音が聞こえている。

知達は碁笥に手を入れると、黒石を取り出し、盤上に鋭い音を立てて打った。ツキダシだった。

立徹は間髪を入れずにキリを打った。突き出せば、こう打つ一手だったからだ。しかしこのあとの変化はまるで見えなかった。恐ろしく難解な戦いになることだけはたしかである。

そのとき、知達の体がぐらりと揺れたかと思うと、そのまま盤の上に覆いかぶさるように倒れた。碁石が音を立てて飛び散った。

立徹は一瞬何が起こったのかわからなかった。

「知達、大丈夫か」

知得が大きく声をかけ、知達の体を抱き起こした。知達の顔には生気がなかった。

「しっかりせよ」

知達はかすかに頷き、「失礼をいたしました」と言って、盤上の乱れた石を並べ直した。しかしその途中で再び上体が倒れた。

「構わぬ。横になれ」

知得は知達にそう命じ、その場に横にならせた。

「恥ずかしい振る舞いをして、申し訳ございませぬ」

「喋らずともよい。安静にせよ」

知達は横になったまま、小さく頷いた。

「立徹殿」知得は立徹の方を向いて言った。「この碁はここで打ち掛けということに願えまいか」

むろん異存はなかった。碁の行方よりも知達の体が心配だった。

知得は門下の者を呼ぶと、知達を部屋に運ばせた。

「知達殿は——どこか加減がよくないのでしょうか」

「先日、血を吐いた」

知得は答えた。立徹は言葉を失った。血を吐いたということは労咳(ろうがい)であろう。まさか智策と同じ病に罹るとは――。

「医者が言うには労咳とは限らないということだ。知達は夏に体を壊して何度か寝込んだが、それが治りきっていないのかもしれぬとも」

立徹はそうであってほしいと願った。知達は自分が生涯の好敵手と認めた男である。再び元気を取り戻し、共に老いるまで戦っていくのだ。労咳などで斃れる運命ではない。

石が散らばったままの盤上に目をやった。打ち掛けとなれば石をしまうだけだが、この状態のまま片付けたくはなかった。それできれいに石を並べ直した。知得がそれをじっと見つめていた。

立徹が打たれた局面に戻すと、それまでじっと見つめていた知得がぽつりと言った。

「この碁、はたしてどのように変化するか――」

それは立徹も知りたかった。

知達はツキダシを打ったときには、黒が切ってくるのはわかっていたはずだ。すると、それに対応する手も同時に読んでいたに違いない。はたして、それはどの手なのか。局面はどのように変化するのか。それはきっと、わくわくするような図に違いない――。

「この碁、知達殿が快癒すれば、打ち継ぎたく存じます」

知得はにっこりと笑って言った。

「わしも見たい」

その碁を打ち継ぐ機会はなかなか訪れなかった。

ただ、知達はその後、徐々に恢復に向かっていると聞いた。労咳を懸念されていたが、どうやらそれは見立て違いということだった。立徹は風の便りにそれを耳にして大いに安堵した。いずれ恢復すれば打ち継ぐ日もくるであろう。

立徹は秋から暮にかけて丈和と七局打ったが、丈和の踏ん張りに二勝五敗と負け越し、定先に手合が変わってからの対戦成績でも、丈和の一つ勝ち越しになった（碁譜は多くが紛失している）。

伸び盛りの立徹の先を押さえこむ丈和の底力に、世人はあらためて舌を巻いた。ただ、その内容は紙一重の差で、どの碁も最後までどちらが勝つかわからないものだった。少年の力が丈和に肉薄しているのは明らかで、定先の壁を破って先々先に打ち込むのは時間の問題だろうと言われた。

十三

年が明け、文化十一年（一八一四年）になった。

一月九日、服部因淑宅に安井家の若い内弟子がやってきた。用件は、打ち掛けになっている昨年秋の立徹と知達の対局を、立徹が打ち継ぐ意志があるかどうかを訊ねるものだった。立徹は即座に了承した。

江戸時代には、このように日を大きくまたいで打ち継がれる碁もよくあった。多くはあの続きを見たいという碁好きたちが催す碁会で打たれるもので、この立徹と知達のような純粋の対局が三ヶ月以上空けて打ち継がれることは珍しい。

五日後、立徹は打ち掛け局を再開するために安井家を訪れた。

知達が玄関まで出迎えてくれた。

「よく来てくれた」

久しぶりに見る知達は元気そうだった。頬はまだいくぶんこけてはいたが、血色はよかった。

「もう、いいのか」

立徹が訊くと、知達は笑いながら「あの時は驚かせて悪かったな」と謝った。

「もうすっかりよくなった」

「それは何よりだ」

「この碁のことがずっと気にかかっていた」と知達は言った。「師匠もこの続きを見たいと申されている」

二人は知得の部屋に通された。

知得が盤側に座り、「では、始めよ」と言った。

二人は一手目からゆっくりと並べた。打ち継ぐ場合は、初手から打ち掛けの場面まで交互に盤上に石を置いていく。

立徹は並べながら、三ヶ月前の対局の思考が頭の中に蘇ってくるのを感じた。

やがて局面は、黒の知達がツキダシを打ったところまできた。立徹はキリを打った。

三ヶ月前はここで知達が盤に崩れたのだ——。

知達は一瞬目を閉じて大きく息を吸い込むと、碁笥から黒石を取り出して、中央にケイマを打った。これに対して立徹は切った石をがっちりとつないだ。ここまではまだヨミの範疇だ。

黒は中央の石をノビた。きたか、と立徹は心の中で呟いた。いよいよここからが本当の戦いだ。碁は未知の世界に入る——。

立徹はまず下辺の地をがっちりと取った。知達は中央にマゲを打った。

互いに中央付近を打ちあいつつ、両者ともに左辺の攻防を睨んでいた。

六十五手目、知達は左辺にオキを打った。その手を見た瞬間、立徹は思わず喉の奥から、うっ、という声を漏らした。予想もつかない強手であった。まさしく肺腑を抉るような鋭さを持った手だった。

立徹自身、相当に攻められるのは覚悟していた。ただ、シノギくらいはあるだろうと見ていた。問題は損をせずにしのげるかどうかだと思っていた。しかし知達のオキは、全部の石を根こそぎに取る、という禍々しい意思を持った手だった。

ふと盤側の知得を見ると、彼もまた険しい目で盤面を見つめていた。もちろん知得の表情などを見なくとも、超難解な局面であるのはわかる。

なるほど、知達が見ていたのはこの手だったか、と立徹は思った。さすがは知達だ。あらためて知達の恐ろしさを肌で感じると同時に、全身がぞわぞわするような快感を覚えた。これこそが碁だ――。

立徹は時間を使って読んだ。一歩でも間違えば碁は終わる。しかしいくら読んでもシノギの筋は見えなかった。

ならば、と立徹は決断した。いかに捨てるかだ。

立徹は左辺の石の一部でも連れて帰ることに成功すれば打てると考えていた。そのためならどれだけ石を捨ててもいい。それは喩えれば、本体を逃がすために、殿の兵が犠牲となって追撃を振り切る凄まじい退却戦とも言えた。

知達の強烈な手に対して、立徹は次から次へと石を捨てた。ただ捨てるのではない。いつでも逆襲に転じる手を秘めながらの捨石である。知達もそうはさせじと、全体を睨んでの大きな攻めを見せる。

両者の読み比べに、盤側にいる知得が感心したように何度も小さく頷いた。

この攻防で、立徹はなんと合計十七子の石を捨て、ついに本体を生還させた。払った犠牲も大きかったが、その代償に先手を得た。そして下辺のとてつもない大きなヨセにまわることができた。形勢よし、と立徹は思った。

しかし碁はまだ終わらない。盤上にはなおも戦いの火種はいくつも残っている。立徹は気を引き締めた。

いつのまにか陽は落ちて夜になっていた。行灯に灯がつけられた。

非勢と見た知達は、じっくりと時間をかけて勝負手を繰り出した。勝ち負けには淡泊な知達とは思えないほどの執念あふれる手に、立徹は、彼のこの碁に懸ける覚悟を見た。

立徹は黒の勝負手をことごとく封じ込め、ついに白番四目勝ちをおさめた。

「負けた――」

終局すると同時に、知達は小さな声で呟いた。立徹は黙っていた。

「不思議なシノギだった」

知達の言葉に、立徹は「運がよかった」と答えた。

「いや、運などではない」

盤側にいた知得が口を開いた。

「見事なヨミだった。左辺のシノギは高段の芸である。負けたとはいえ、知達もまた見事。これは名局である」

二人の少年は黙って一礼した。

「碁は一方がよくても名局にはならぬ。両者の高い芸が嚙み合ってこそ、生まれるものである」

名人の力量ありと言われる知得に名局と評価され、立徹は全身が喜びに震えた。

その時、知達が激しく咳きこんだ。立徹は、手拭を口にあてて咳を抑えている知達の頬にうっすらと紅がひかれているのに気付いた。次の瞬間、それは顔色をよく見せるためだったと気付いた。おそらく自分に余計な気遣いをさせないためだ——。

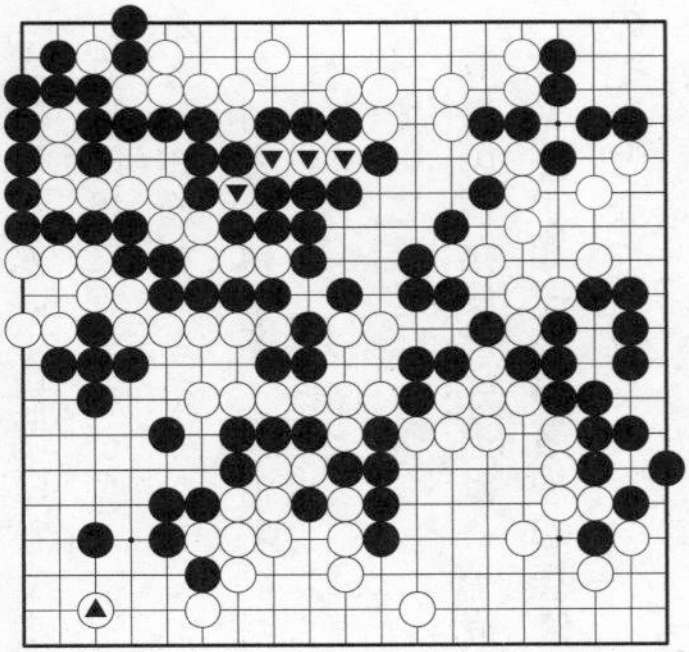

その配慮に胸が熱くなると同時に、知達の体は相当に悪いのではないかと思った。今日の対局は病を押して打ち継いだものかもしれない。

知得も咳きこんでいる知達を黙ったまま心配そうに見つめていた。

やがて知達の咳も止んだ。

「失礼しました」

知得は軽く頷くと、二人に言った。

文化 11 年（1814 年）1 月 14 日
互先　服部立徹　4 目勝ち
先番　桜井知達
「桜井知達絶局」。白は左上隅の 16 子を捨て、逃げ切った（▼部分は取られたあと）

「この碁、大いに自慢にしてよし」

立徹は畳に両手をつき、「ありがとうございました」と深々と頭を下げた。顔を上げると、知達が笑みを浮かべていた。

「負けたとはいえ、俺も名局が打てて嬉しいぞ。思い残すことはない」

「おかしなことを言うな。お前とは何十年も打ち続けることになる。これからも名局を作っていこうぞ」

立徹の言葉に、知達は「そうだな」と言って笑った。

この碁が知達との最後の碁になるとは立徹には知る由(よし)もなかった。そしてこれが知達の絶局となった。

〔中巻へつづく〕

〈おもな囲碁用語〉

空き隅　あいている隅のこと。

アゲハマ　対局中に囲って取り上げた相手の石。

アタリ　相手の石を囲み、あと一手で石を取れる状態。そういう状態にする手を**アテ**という。

オサエ　相手の石の進入を防ぐために、相手の石に沿って打つ手。

オシ　相手の石に接触して（押しつけて）一歩もひかず自分の石を伸ばす手。

カカリ　相手の隅の石に辺の方から接触せずに一間ほどあけて仕掛けていく手。

カケツギ　キリを防ぐために、相手の石が入ってきても次の手で取れる状態にしたツギ手。

キリ　相手の石を切断する手。

グズミ　部分的にはダンゴ状に重なって働きの悪い形だが、その局面では有効な手。

ケイマ　相手の石から縦二路、横一路（縦一路、横二路）離れたところに打つ手。将棋の桂馬の動き方に由来する。

コスミ　自分の石から斜めに打つこと。

コスミツケ　コスミの手で相手の石にツケる（くっつけて打つ）こと。

小目（こもく） 碁盤の外側から見て三番目の線と四番目の線の交わった場所。
サガリ 自分の石を碁盤の端に向かってつなげて伸ばす手。
シチョウ アタリ状態が階段状に連続し、最終的には石を取られる形。
シチョウアタリ シチョウの行き先に打って、シチョウの成立を阻止する石。
シノギ 相手の勢力圏のなかでなんとかして活きること。
シマリ 隅にある自分の石の近くに補強として打ち、隅の陣地を囲う手。
捨石 得をするためにあえて小さく石を捨てること。
スベリ 相手の地の中に入り込んで、地を減らしてしまうこと。
ツギ キリを防ぐために、自分の石と石をつなぐこと。
ツケ 相手の石の隣にくっつけて打つこと。
デ 相手の石の間に出ていく手。
トビ 自分の石から一間、二間ほど間をあけて打つこと。
ノゾキ 次に打つと相手の石を切断できる場所へ打つ手。
ノビ 自分の石の隣に打って伸ばすこと。
ハネ 相手の石が接触しているとき、相手の行く手を遮るように自分の石を斜めに打つこと。
腹ヅケ 二子並んだ相手の石の側面にツケる手。

ヒキ　相手から圧力を受けたときに自分の石を一歩引いてつなげて打つこと。

ヒラキ　自分の石を補強するため、自分の石と石の間をあけて辺と平行に打つ手。

ボウシ　相手の石に向けて中央から一間あけて圧力をかけて打つ手。

本書は「週刊文春」二〇一五年一月一・八日号から二〇一六年十一月十日号まで連載したものに加筆した作品です。
また、文庫化にあたって、二〇一六年十二月に小社から上下二巻で刊行された単行本を、三分冊にしました。

DTP制作　エヴリ・シンク

文春文庫

幻庵（げんなん） 上

定価はカバーに表示してあります

2020年8月10日　第1刷

著　者　百田尚樹（ひゃくたなおき）
発行者　花田朋子
発行所　株式会社 文藝春秋

東京都千代田区紀尾井町 3-23　〒102-8008
TEL 03・3265・1211㈹
文藝春秋ホームページ　http://www.bunshun.co.jp

落丁、乱丁本は、お手数ですが小社製作部宛お送り下さい。送料小社負担でお取替致します。

印刷・凸版印刷　製本・加藤製本
Printed in Japan
ISBN978-4-16-791537-7